세상 끝 외딴 섬

SEOUL, 2006

세상 끝 외딴 섬

초판 제1쇄 발행일 2006년 2월 27일
초판 제4쇄 발행일 2013년 2월 15일
지은이 아니카 토어 옮긴이 임정희
발행인 전재국 발행처 (주)시공사
주소 서울시 서초구 서초동 1628-1
전화 영업 2046-2800 편집 2046-2821~4
인터넷 홈페이지 www.sigongsa.com

En ö i havet
Copyright ⓒ Annika Thor 1996
First published by Bonnier Carlsen Bokfoerlag, Stockholm, Sweden
All rights reserved.
Korean Translation Copyright ⓒ 2006 by Sigongsa Co., Ltd.
The Korean language edition published by arrangement with
Bonnier Group Agency, Stockholm through MOMO Agency, Seoul.

이 책의 한국어판 저작권은 모모 에이전시를 통해
Bonnier Group Agency와 독점 계약한 (주)시공사에 있습니다.
저작권법에 의해 한국 내에서 보호받는 저작물이므로, 무단 전재와 무단 복제를 금합니다.

ISBN 978-89-527-4517-0 43850
ISBN 978-89-527-5572-8 (세트)

세상 끝
외딴 섬

아니카 토어 지음 | 임정희 옮김

시공사

1

기차가 서서히 멈춰 섰다. 역 승강장 확성기에서는 알아들을 수 없는 외국어가 울려 나왔다.

슈테피는 창가에 몸을 기댔다. 기차 연기 사이로 커다란 안내판과 함께 한쪽 옆으로는 유리 지붕이 덮인 벽돌 건물이 보였다.

넬리가 불안한 듯 물었다.

"이제 다 온 거야, 언니? 여기서 내려야 해?"

슈테피가 말했다.

"나도 몰라. 그런 것 같아."

슈테피는 의자 위로 올라가 짐칸에 있는 가방을 꺼냈다. 먼저 넬리의 가방을 내려놓은 뒤 자기 가방을 내렸다. 책가방은 바닥에 있었다. 기차 안에 아무것도 두고 내리면 안 된다. 어차피 갖고 온 것도 얼마 되지는 않지만.

모자를 쓰고 밝은 색상의 정장 차림을 한 여자가 객실 문에 나타났다. 그 여자는 독일어를 썼다.

여자가 말했다.

"빨리, 빨리. 여기가 예테보리야. 너흰 여기서 내려야 해."

여자는 대답도 기다리지 않고 서둘러 다음 객실로 갔다.

슈테피는 동생이 책가방을 메도록 도운 뒤 자기도 책가방을 멨다.

슈테피가 말했다.

"네 가방 들어."

"너무 무거워."

넬리는 투덜거렸지만 자기 가방을 들었다. 두 사람이 손을 잡고 객실 밖으로 나가 보니 이미 그곳은 기차에서 내리려는 아이들로 북적거렸다.

승강장은 아이들과 가방으로 혼잡했다. 그 뒤쪽으로 기차가 서서히 움직이기 시작했다. 덜컹거리고 삐걱거리는 소리를 내며 기차는 역을 빠져나갔다. 어린아이들 몇 명이 울어 댔다. 작은 남자 아이는 엄마를 찾았다.

슈테피가 말했다.

"네 엄마는 여기 없어. 엄마는 함께 오지 못했어. 다른 엄마가 생길 거야. 네 엄마처럼 친절한 다른 엄마 말이야."

"엄마! 엄마!"

남자 아이는 계속 엄마를 찾았다. 밝은 색상의 정장을 입은 여자가 오더니 남자 아이의 팔을 잡았다.

"가자."

여자는 다른 아이들을 향해 말했다.

"날 따라와."

아이들은 오리 새끼들처럼 여자의 뒤를 졸졸 따라서 높은 아치형의 유리 지붕이 덮인 역 건물 안으로 들어갔다. 커다란 카메라를 든 남자가 아이들 앞으로 다가왔다. 플래시가 번쩍하고 터졌다. 어린아이들은 놀라서 소리를 지르기 시작했다.

정장을 입은 여자가 화를 내며 독일어로 말했다.

"찍지 마세요. 아이들이 놀라잖아요."

그 남자는 계속 사진을 찍어 댔다.

"이건 내 직업이에요, 부인."

남자가 말했다.

"피난민 아이들을 돌보는 게 당신 일이라면, 내 일은 아이들의 사진을 감동적으로 찍는 것이죠. 이렇게 하면 기부금이 많이 들어올 거예요."

남자는 몇 장의 사진을 더 찍었다.

슈테피는 얼굴을 홱 돌렸다. 슈테피는 신문에 나오는 감동적인 피난민 아이가 되고 싶지 않았다. 기부금을 받아야 하는 사람이 되기 싫었다.

정장을 입은 여자는 커다란 대기실 뒤쪽으로 아이들을 데려갔다. 이곳에는 차단목 뒤로 한 무리의 사람들이 서 있었다. 안경을 쓴 중년 부인이 아이들 쪽으로 몇 발짝 다가왔다.

그 여자도 독일어를 썼지만 악센트가 좀 이상했다.

젊은 여자가 목록을 들고 오더니 이름을 부르기 시작했다.

"루트 바우만…… 슈테판 피셔…… 에바 골드베르그……"

이름을 하나씩 부를 때마다 아이들은 손을 들고 여자 앞으로 나갔다. 여자는 아이들마다 목에 걸린 갈색 이름표를 확인했다. 그러면 차단목 뒤에서 기다리던 어른들 중에서 한 명이 앞으로 나와 아이를 데리고 가버렸다. 이름을 불러도 대답하지 못하는 아주 어린 아이들의 경우에는 아이들이 앉아 있는 곳까지 와서 직접 데려갔다.

알파벳 순서로 부르기 때문에 슈테피는 아직도 한참을 기다려야 한다는 것을 알았다. 슈테피는 배가 몹시 고팠다. 몸도 피곤해서 침대에 눕고만 싶었다. 어제 아침부터 좁은 기차 객실에서만 지냈다. 수십 킬로미터나 되는 승강장은 엄마와 아빠가 있는 빈으로 연결되는 끈과 같았다. 그런데 이제 그 끈이 끊어졌다. 이제 슈테피와 넬리는 홀로 남겨졌다.

서서히 아이들과 어른들 무리가 줄어들기 시작했다. 넬리는 슈테피에게 바짝 다가섰다.

"우리 차례는 언제 오는 거야, 언니? 아무도 우릴 안 데려가는 거야?"

슈테피가 설명했다.

"이제 에스(S)로 시작하는 이름을 부를 차례야. 우린 좀 더 기다려야 해."

넬리가 투덜거렸다.

"배고파. 피곤하고 배고파."

슈테피가 말했다.

"먹을 게 하나도 없어. 버터 빵은 벌써 다 먹어 치웠잖아. 우리 차례가 올 때까지 기다려. 서 있는 게 힘들면 가방 위에 앉아 있어."

넬리는 작은 가방 위에 앉아 턱을 손에 받치고 있었다. 기다랗게 땋은 검은 머리는 거의 바닥까지 내려올 정도였다.

슈테피가 말했다.

"넬리. 우린 이제 진짜 성에서 살게 될 거야. 방도 아주 많아. 방에서는 바다도 내다보여."

넬리가 물었다.

"그럼 내 방도 있어?"

슈테피가 약속했다.

"물론이지."

"그건 싫어. 난 언니와 같은 방에서 지내고 싶어."

"엘레오노레 슈타이너."

슈테피는 여자가 부르는 소리를 들었다.

슈테피가 넬리에게 속삭였다.

"대답해. 너잖아."

목록을 든 여자가 다시 한번 불렀다.

"엘레오노레 슈타이너. 앞으로 나와!"

슈테피는 넬리를 데리고 이리저리 흩어진 가방 사이를 지나갔다.

슈테피가 말했다.

"여기 있어요."

여자는 목록을 들여다보았다.

여자가 물었다.

"네가 슈테파니 슈타이너니?"

슈테피는 고개를 끄덕였다.

"슈타이너."

여자가 큰 소리로 다시 한번 불렀다.

"엘레오노레와 슈테파니 슈타이너."

기다리던 한 무리의 사람들 사이에서는 아무런 움직임이

없었다.

"슈테피."

넬리는 떨리는 목소리로 말했다.

"아무도 우릴 원치 않는 거야?"

슈테피는 아무 대답도 하지 않았다. 넬리의 손만 꼭 붙잡았다. 손에 목록을 든 여자가 두 사람 쪽으로 돌아섰다.

"잠깐 기다려."

여자는 이렇게 말하며 두 사람을 옆으로 잡아당겼다.

"여기서 기다려. 금방 올게."

중년 부인이 목록을 넘겨받더니 이름을 계속 불렀다. 드디어 아이들이 모두 떠났다. 슈테피와 넬리만 가방과 함께 남겨졌다.

넬리가 물었다.

"이제 집으로 가도 되는 거야? 엄마와 아빠가 있는 집으로?"

슈테피는 고개를 흔들었다. 그러자 넬리가 갑자기 울음을 터뜨렸다.

슈테피는 넬리를 조용히 시켰다.

"쉿. 울지 마. 넌 이제 어린애가 아니야."

또박또박 차가운 돌바닥을 울리는 구두 소리가 가까워졌다. 젊은 여자가 중년 부인에게 뭔가를 다급하게 설명했다.

중년 부인은 펜을 꺼내더니 슈테피와 넬리의 이름표에 이렇게 적었다.

'이 아이들은 스웨덴어를 못합니다.'

젊은 여자가 슈테피에게 말했다.

"이리 와. 배까지 데려다 줄게."

슈테피는 한 손으로는 가방을, 다른 손으로는 넬리의 손을 잡았다. 두 사람은 여자를 따라 역 건물을 빠져나왔다.

2

세 사람은 역 앞에서 택시를 탔다. 태양은 이글거렸고 8월의 더위가 내리눌렀다. 두툼한 새 외투를 입은 슈테피는 땀에 흠뻑 젖었다. 집을 떠나오기 전에 엄마는 슈테피와 넬리를 위해 재봉사 게르라흐에게 부탁해서 외투를 맞췄다. 엄마는 게르라흐에게 특별히 따뜻한 안감을 대어 달라고 부탁했다. 스웨덴은 춥다는 말을 들었기 때문이었다.

외투는 짙은 파란색이었다. 깃에는 더 짙은 파란색 우단이 덧대져 있었다. 외투와 어울리는 모자도 짙은 파란색 우단으로 만들어졌다. 이번 여행 때문에 맞춘 외투가 아니었다면 슈테피가 참 좋아했을 만한 외투였다.

드디어 택시가 멈추고 세 사람은 차에서 내렸다. 부두에는 집채만한 배들이 정박해 있었다. 부두 끝에서 흔들거리는 하얀 증기선은 덩치가 큰 배들 옆에서 마치 장난감 배처럼 보였다.

젊은 여자는 요금을 지불한 뒤 넬리 가방을 들고 넬리와 함께 앞장섰다. 슈테피는 무거운 가방을 끌며 뒤따라갔다.

통로에서 멈춰 선 여자는 남자 승무원에게서 배표를 샀다. 여자는 슈테피와 넬리를 가리키며 스웨덴어로 남자에게 뭐라고 말했다. 남자는 처음에는 고개를 흔들어 대더니 젊은 여자가 계속 뭐라고 말하자 마침내 고개를 끄덕였다.

"이리 와."

남자는 두 소녀에게 이렇게 말하며 배 안에 있는 자리로 안내했다. 넬리는 약간 실망한 것 같았다.

"난 밖에 있고 싶어."

넬리는 슈테피에게 이렇게 말하며 갑판을 가리켰다.

"밖에 나가도 되는지 언니가 물어 봐!"

슈테피가 말했다.

"네가 물어 봐."

넬리는 어깨를 으쓱해 보이더니 그냥 자리에 앉았다. 모터가 배 밑에서 움직이기 시작하고 나서야 슈테피는 원조기구에서 나온 젊은 여자에게 작별 인사도 안 했다는 생각이 떠올랐다. 슈테피는 갑판 뒤쪽으로 달려가 보았지만 여자는 이미 사라지고 없었다.

서서히 출발한 배는 바다 안으로 들어섰다. 검은 연기가 굴뚝에서 솟아오르더니 엷게 흩어졌다.

넬리는 헝겊 인형처럼 웅크린 채 자리에 앉아 있었다. 이제 보니 넬리의 외투 단추가 잘못 채워져 있고 뺨에는 더러운 얼룩도 있었다. 슈테피는 손수건으로 얼룩을 닦아 주었다.

넬리가 물었다.

"배가 어디로 가는 거야?"

슈테피가 대답했다.

"우리가 가야 하는 곳으로."

"바닷가 휴양지로?"

"응."

넬리가 졸랐다.

"어떤 곳인지 좀 말해 줘."

슈테피가 말했다.

"그곳에는 부드러운 모래 해변이 펼쳐져 있어. 바닷가에는 야자나무들이 늘어서 있어. 해변에는 알록달록한 비치파라솔 아래 사람들이 누워 있지. 아이들은 물 속에서 장난치거나 해변에서 모래성을 쌓아. 아이스크림 장수는 상자를 어깨에 메고 아이스크림을 팔러 다녀."

슈테피는 한번도 바닷가에 가 본 적이 없었다. 하지만 빈에 사는 슈테피의 가장 친한 친구 에비는 2년 전에 이탈리아의 해수욕장에 간 적이 있었다. 휴가에서 돌아온 에비는 슈테피에게 해변, 야자나무, 해변용 의자, 아이스크림 장수에 대해 말해 주었다. 슈테피와 넬리는 엄마, 아빠와 함께 항상 도나우 강가로만 여행을 갔었다. 나치가 쳐들어오기 전에 말이다.

슈테피는 누가 쳐다보는 눈길이 느껴졌다. 주위를 돌아보니 맞은편 의자에 앉은 늙은 남자 두 명이 슈테피와 넬리를 호기심어린 눈으로 쳐다보고 있었다.

넬리가 걱정스럽게 물었다.

"저 사람들이 왜 우릴 쳐다보는 거야?"

슈테피가 대답했다.

"이름표 때문에 그럴 거야."

두 남자 중 한 사람은 씹는 담배를 입에 물고 있었다. 입가에서는 거무튀튀한 침이 흘러내렸다. 그 남자는 옆에 앉은 남자에게 뭐라고 말하더니 쿨룩거리며 웃었다.

"이름표 떼 버리자."

슈테피는 이름표를 떼서 책가방 속에 넣었다.

"이리 와. 밖으로 나가자."

두 사람은 갑판으로 나갔다. 바다 쪽으로 펼쳐진 하구 모습이 눈에 들어왔다. 예인선이 대형 선박을 항구 쪽으로 이

끌고 있었다. 작은 증기선이 대형 선박을 이끄는 모습은 마치 어린아이가 엄마에게 뭔가 보여 주려고 억지로 잡아끄는 모습처럼 재미있게 보였다. 부두에는 붉은 벽돌로 지은 창고들이 죽 늘어서 있었다. 높다란 크레인이 기린처럼 목을 쭉 빼고 있었다.

넬리는 산호 목걸이를 만지작거렸다. 이 산호 목걸이는 원래 엄마 것이었다. 엄마가 오래 전에 이탈리아로 신혼여행을 가서 산 것이었다. 넬리는 서로 모양이 조금씩 다른 작은 장미 꽃송이를 보며 늘 감탄했었다. 자매가 집을 떠나게 되었을 때 엄마는 넬리에게 이 목걸이를 선물했다.

넬리가 물었다.

"좀 더 얘기해 봐, 언니. 거기서 수영도 할 수 있어?"

"먼저 수영하는 법부터 배워야지. 오후에는 잠시 쉬러 모두 호텔로 돌아가. 식사 후에는 공원에서 산책도 하고 음악도 들어."

"우리도 호텔에서 사는 거야?"

"나도 몰라. 우리를 받아 줄 사람이 호텔을 소유하고 있을지도 모르지."

"그럼 우리도 모두 공짜로 쓸 수 있을 텐데."

"별장이 있을 지도 몰라. 개인 해변도 있고."

넬리가 물었다.

"그 집에 아이들이 있을까?"

슈테피는 어깨를 으쓱했다.

넬리가 말했다.

"그 집에 개가 있었으면 좋겠어."

넬리는 끊임없이 물어 댔다.

"피아노는 있을까?"

슈테피는 단호하게 말했다.

"물론 피아노도 있겠지."

슈테피는 넬리가 얼마나 피아노를 그리워하는지 잘 알고
있다. 넬리가 피아노를 막 배우기 시작했을 때, 슈테피 식구
들은 공원 가까이 있던 대저택을 떠나야만 했다. 엄마에게
결정권이 있었더라면 틀림없이 피아노를 가져갔을 것이다.
작은 단칸방의 한쪽 벽면을 피아노가 몽땅 차지하는 한이 있
더라도 말이다. 그러나 아빠는 피아노를 못 가져가게 했다.

아빠가 말했다.

"침대 네 개만 놓아도 방이 비좁아. 아니면 피아노 위에서
잘래?"

배는 이제 하구를 지나 넓은 바다에 이르렀다. 삭막한 바
위와 섬들이 옆을 스쳐갔다. 바람이 강해지면서 바다 위로
먹구름이 몰려왔다. 넬리는 슈테피의 외투를 잡아당겼다.

넬리가 물었다.

"해도 돼, 언니? 진짜 해도 돼?"

"뭘 말이야?"

"피아노 치는 거 말이야."

넬리가 말했다.

"해도 되냐고?"

"물론 해도 되지."

슈테피가 약속했다.

"그러니까 이제 그만 좀 칭얼거려."

넬리는 직접 피아노로 칠 수 있는 동요를 콧노래로 부르기 시작했다. 넬리는 엄마의 아름다운 목소리를 물려받았지만 슈테피는 그렇지 못했다.

배는 좁고 길쭉한 곳을 돌아 나왔다. 점차 바람이 거세지더니 증기선이 흔들리기 시작했다. 슈테피는 난간을 꼭 붙들었다.

넬리가 말했다.

"추워."

"그럼 안으로 들어가."

넬리는 머뭇거렸다.

"언니도 들어갈 거야?"

"아니."

갑판이 발밑에서 흔들거렸다. 속이 울렁거렸다. 하늘이 갑자기 어두워졌다. 멀리서 천둥소리가 들렸다. 몇 발짝 걸음을 옮기던 넬리는 생각이 바뀌었는지 다시 돌아왔다.

슈테피가 말했다.

"들어가 있어. 나도 곧 갈게."

슈테피는 눈을 감은 채 난간을 꼭 붙들었다. 배가 이리저리 흔들거렸다. 슈테피는 바다 위로 몸을 숙여 토했다. 목이 화끈거리고 몸에서 힘이 죽 빠지더니 어지러웠다.

넬리가 걱정스럽게 물었다.

"어디 아파, 언니?"

슈테피가 말했다.

"뱃멀미야. 뱃멀미를 하나 봐."

슈테피는 금방이라도 쓰러질 것 같았다. 넬리에게 몸을 기댄 채 슈테피는 배 안으로 돌아왔다. 슈테피는 책가방을 베개 삼아 눈을 감고 의자에 누웠다. 주변의 모든 것들이 빙빙 돌았다.

슈테피는 누군가가 팔을 잡아당기는 바람에 잠에서 깼다.

슈테피가 중얼거렸다.

"내버려 둬. 좀 더 잘래."

그러나 점점 세게 잡아당기는 바람에 눈을 떴다.

"언니!"

넬리가 들떠서 외쳤다.

"이제 다 왔어."

슈테피가 여기가 어딘지 깨닫기까지는 약간 시간이 걸렸다. 옆에 있던 넬리는 몹시 흥분해서 그 자리에서 폴짝폴짝 뛸 정도였다. 넬리의 뺨이 발그레해졌다. 머리 리본이 하나 풀어지면서 땋은 머리가 흘러내렸다.

"빨리 준비해. 다 왔단 말이야!"

3

갑판으로 나오자 눈에 보이지 않는 바람처럼 공기가 확 밀려왔다. 소금과 생선 냄새, 비릿하면서도 썩는 듯한 냄새가 풍겨왔다. 다시 구토가 밀려왔다. 슈테피는 꾹 참고 사방을 둘러보았다.

증기선은 목재로 된 부두에 정박했다. 통통한 선체와 나지막한 돛대가 달린 하얀 낚싯배들이 선착장을 따라 즐비하게 서 있었다. 돛대가 바람에 흔들거렸다. 좀 더 규모가 작은 부두에는 크기가 다양한 배들이 매여 있었다. 커다란 돌로 된 방파제는 파도가 항구까지 들이치지 않게 해 주었다.

부둣가에는 커다란 나무발판이 놓여져 있었다. 대부분은 텅 비어 있었지만 생선을 말리고 있는 발판이 몇 개 눈에 띄었다. 그 중에는 날개를 펼친 박쥐처럼 생긴 생선도 있었다.

부두를 따라서 빨간색, 회색 창고 들이 늘어서 있고, 창고 안에는 앞코를 바다 쪽으로 향한 채 배들이 보관되어 있었다. 그 뒤로는 밝은 색깔의 집들이 나지막하게 줄지어 서 있었다. 그 모습이 마치 바위 위에다 집을 지은 것처럼 보였다.

한 소년이 바퀴가 달린 수레에 상자와 자루를 실어 육지로 옮기는 동안 자매는 배에서 기다려야 했다. 자루가 하나 터지면서 감자들이 부두 위로 데굴데굴 굴러갔다. 그 중 몇 개는 물 속으로 떨어졌다. 화가 나서 얼굴이 시뻘게진 남자가 소년에게 소리를 꽥 지르자, 이 모습을 보고 깔깔대고 웃던 넬리도 입을 다물었다.

드디어 슈테피와 넬리가 내릴 차례가 되었다. 슈테피는 넬리의 손을 꼭 잡은 채 통로를 빠져나왔다.

부두에는 어떤 부인이 기다리고 있었다. 꽃무늬 원피스 위에 니트를 입고 머리에는 물방울무늬 스카프를 두른 부인이었다. 관자놀이 근처에서 회색 곱슬머리가 비죽이 삐져나왔다. 부인은 자매를 보더니 얼굴이 환해졌다.

"엘레오노레…… 슈테파니."

부인은 이상한 발음으로 자매의 이름을 불렀다. '슈테파니'는 '스테파니에'처럼 들렸다. 부인은 몸을 숙이더니 넬리를 번쩍 안고 뺨에다 입을 맞추었다.

슈테피는 손을 내밀며 인사했다.

"안녕하세요. 제가 슈테피예요."

부인은 슈테피와 악수를 하며 이상한 말로 뭐라고 말했다.

넬리가 물었다.

"뭐라고 하는 거야?"

슈테피가 말했다.

"나도 몰라. 스웨덴어인가 봐."

넬리가 물었다.

"독일어를 못하는 거야?"

넬리의 목소리가 떨렸다.

"그럼 우리가 하는 말을 못 알아듣는 거야?"

슈테피는 고개를 흔들었다.

"우리가 스웨덴어를 배워야지."

부인이 말했다.

"슈테피? 스테파니에 스테피?"

슈테피가 말했다.

"네. 슈테파니 슈테피. 넬리."

슈테피는 여동생을 가리키며 말했다.

"엘레오노레 넬리."

부인은 고개를 끄덕이며 웃음을 지었다.

부인이 말했다.

"알마. 알마 린드베리. 알마 아줌마. 가자."

보트 창고에 자전거가 한 대 기대어져 있었다. 알마 아줌마는 넬리의 가방을 짐칸 위에 단단히 붙들어 맸다. 아줌마는 넬리의 손을 잡은 채 집들 사이로 난 좁은 길을 따라 자전거를 밀고 갔다. 슈테피는 가방을 들고 뒤따라갔다.

집들은 서로 다닥다닥 붙어 있었다. 대부분의 집들이 나지막하거나 언덕에 착 달라붙어 있었다. 집집마다 작은 마당에는 흰 덤불과 구부정한 과일나무들이 자라고 있었다. 항구 근처에 있는 집들은 작고 나지막했다. 항구에서 멀어질수록 집들이 커졌다.

알마 아줌마는 활기찬 걸음으로 성큼성큼 빠르게 걸어갔다. 넬리는 아줌마의 걸음을 쫓아가느라 거의 뛰다시피 했다. 슈테피는 점점 뒤로 처졌다. 목이 마르고 입에서는 신맛이 났다. 벌써 집에서 수백 킬로미터 떨어지긴 했지만 발걸음을 옮길 때마다 빈의 주택, 거리, 사람들에게서 점점 더 멀어지는 듯한 기분이 들었다.

가방은 돌처럼 무거웠다. 할 수 없이 슈테피는 가방을 내려놓고 뒤에서 끌다가, 다시 앞에 놓고 발로 밀며 걸었다.

가방이 바닥에 질질 끌리는 소리가 나자 알마 아줌마가 뒤돌아보았다. 알마 아줌마는 슈테피의 가방을 짐칸 위에 올리더니 옆에서 잡고 걸으라는 시늉을 해 보였다. 그래도 무겁

긴 했지만 들고 가는 것보다는 훨씬 나았다.

넬리가 우는 소리를 했다.

"언니, 모래 해변은 어디 있어? 음악당은 또 어디 있고?"

슈테피는 아무 소리도 못 들은 척했다.

넬리는 목소리를 높이며 투덜거렸다.

"만약에 호텔이 없으면 어떡하지! 야자나무도 없고, 개도 없고, 피아노도 없다면!"

슈테피가 야단쳤다.

"조용히 해. 아직 다 온 것도 아니잖아."

바로 그 순간 세 사람은 유리 베란다가 딸린 노란 집 앞에 멈춰 섰다. 정면 계단 양쪽에 있는 화단에는 빨갛고 노랗고 푸른 꽃들이 피어 있었다. 금발머리 아이 두 명이 집 안에서 뛰쳐나오더니 알마 아줌마의 품 안으로 달려들었다.

넬리가 만족해하며 말했다.

"아이들은 있네. 게다가 나보다 어려."

가방은 현관 앞에 두고 모두 부엌으로 들어갔다. 식탁에는 얼굴이 더 야위고 엄해 보이는 부인이 앉아 있었다. 부인의 회색 머리는 리본으로 팽팽하게 묶여 뒤에서 틀어올려져 있었다. 부인은 창백한 눈으로 슈테피와 넬리를 머리끝에서 발끝까지 훑어보았다.

"불쌍한 것."

부인은 알마 아줌마에게 이렇게 말했다.

"비쩍 마른 데다 꼴이 말이 아니구나. 우리가 잘 먹이고 보살펴야 할 텐데."

알마 아줌마가 부인을 가리키며 말했다.

"메르타 아줌마야."

슈테피는 손을 내밀며 무릎을 굽혀 인사했다. 메르타 아줌마의 손은 차갑고 딱딱했다.

알마 아줌마는 하드 롤빵이 담긴 커다란 접시를 식탁 위에 놓았다. 유리잔 네 개에는 주스를 따르고 자신과 메르타 아줌마를 위해서는 커피를 끓였다.

모두 자리에 앉자 알마 아줌마가 하드 롤빵을 가리키며 말했다.

"불레."

그러고 나서는 유리잔, 식탁, 의자, 찻잔을 차례로 가리키며 스웨덴어로 말했다.

"글라스, 보드, 스톨, 코프."

슈테피와 넬리는 낯선 단어를 따라 하려고 애썼다. 어떤 단어는 독일어와 비슷하게 들렸고, 또 어떤 단어는 아주 낯설게 들렸다.

슈테피가 말했다.

"쉬톨. 의자."

알마 아줌마가 웃으며 따라했다.

"쉬톨."

아이들도 따라하며 재미있어했다.

"쉬톨, 쉬톨."

그리고 나자 아이들은 자신을 가리키며 소리쳤다.

"엘사! 욘! 엘사! 욘!"

자매가 스웨덴 단어를 열 개 정도 배우고 나자 메르타 아줌마가 자리에서 일어섰다. 메르타 아줌마는 현관 쪽으로 나가더니 슈테피의 외투를 갖고 와서 건넸다.

넬리가 불안하게 물었다.

"언니? 무슨 일이야? 왜 그러는 거야?"

슈테피가 대답했다.

"나도 몰라."

슈테피는 천천히 외투 단추를 채웠다. 알마 아줌마와 아이들이 두 사람을 따라 밖으로 나왔다.

넬리가 속삭였다.

"가는 거야, 언니? 여기서 함께 지내는 거 아냐?"

메르타 아줌마는 문으로 갔다. 슈테피는 책가방을 멨다.

"가지 마!"

넬리는 날카로운 목소리로 저항했다.

"언니도 여기 있어."

"일을 힘들게 만들지 마. 우리는 이 사람들이 시키는 대로 해야 해."

"우리 둘이 같이 살 수 있다고 엄마가 말했잖아. 이 사람들이 그렇게 약속했다고 엄마가 말했어."

"나도 알아. 어쩌면 오늘 밤만 떨어져 있는 건지도 몰라. 무서워하지 마."

넬리는 슈테피의 손을 꼭 잡았다.

넬리는 기어들어가는 목소리로 물었다.

"내일 올 거지?"

"꼭 올게."

슈테피는 약속을 지킬 수 있을지 없을지도 모르면서 약속했다. 슈테피는 메르타 아줌마를 따라 밖으로 나갔다.

계단 아래에 내려서자 슈테피는 뒤돌아보았다. 넬리와 알마 아줌마가 문가에 서 있었다. 알마 아줌마는 넬리의 어깨를 보호하듯 감싸안았다.

메르타 아줌마는 대문으로 자전거를 밀고 나갔다. 거리로 나오자 아줌마는 짐칸을 두드렸다. 슈테피는 가방을 앞에 안은 채 짐칸 위에 올라탔다. 메르타 아줌마도 자전거에 올라타더니 페달을 밟았다.

슈테피는 자전거를 타지 못한다. 한번도 타 본 적이 없었다. 빈 거리는 자동차와 전차로 복잡하기 때문에 엄마는 자전거를 타고 돌아다니는 것을 허락하지 않았다. 이제 슈테피는 한 손으로는 자전거를, 다른 한 손으로는 가방을 꼭 붙잡았다. 울퉁불퉁한 거리 위를 달릴 때마다 자전거가 넘어질까 봐 겁이 났다.

집들이 점점 드문드문해졌다. 자전거는 관목이 우거진 낮은 숲 속으로 들어갔다가 다시 나왔다. 길은 삭막한 회색 바위 사이로 굽이굽이 이어졌다. 바위 사이로 드문드문 들판이 보였다.

메르타 아줌마는 긴 언덕을 힘겹게 올라가더니 꼭대기에서 멈춰 섰다. 눈앞으로 바다가 펼쳐졌다. 끝없이 푸른 바다. 먹구름이 바다 위에 뚜껑처럼 덮여 있었다. 그 사이로 암갈색 바위와 섬들이 드문드문 삐져나왔다. 파도가 바위에 부서지면서 흰 물거품이 일었다. 바다 저 멀리에는 적갈색 돛 하나가 하늘과 바다를 배경으로 또렷하게 보였다. 수평선은 광선으로 이루어진 거대한 띠처럼 보였다.

세상 끝이야, 슈테피가 생각했다. 세상 끝에 왔구나.

언덕배기에는 외딴 집이 한 채 놓여 있었다. 바람 앞에 스스로를 보호하기라도 하듯 바위 옆에 딱 붙어 있었다. 아래 해변에는 빨간 보트 창고가 있었다. 부두에 매인 보트가 파도에 흔들거렸다.

천둥소리가 먹먹하게 들렸다. 하얀 번개가 번쩍이며 어두운 하늘을 환하게 밝혔다. 메르타 아줌마는 외딴 집을 가리키며 스웨덴어로 뭐라고 말했다. 슈테피는 그 말은 알아듣지 못했지만 앞으로 이 집에서 살아야 한다는 것을 곧 이해했다.

이곳, 세상 끝에서.

4

자전거로 언덕을 내려오는 동안 빗방울이 슈테피의 이마 위로 떨어졌다. 그 길은 대문 앞에서 끝났다.

언덕 꼭대기에서 내려다볼 때는 집이 작아 보였다. 가까이서 보니 이층짜리 집은 커다란 돌로 만든 높은 기반 위에 세워져 있었다. 현관문까지 계단이 이어져 있었다. 계단 양 옆으로는 창문이 나 있었다. 집은 아무런 장식 없이 직선과 평면으로만 되어 있어서 엄격하게 보였다.

메르타 아줌마는 자전거를 벽에 기대어 놓은 뒤 슈테피를 앞장세워 계단을 올라갔다.

빈의 대저택에서 살 때는 현관문을 열면 집 안에서 아빠의 시가 냄새와 엄마의 은은한 향수 냄새가 풍겨왔다. 나중에 단칸방으로 이사 가서 다른 세 가족과 함께 부엌을 공동으로 써야 했을 때는 현관문을 열면 석탄과 축축한 빨래 냄새가 몰려왔다. 알마 아줌마 집에서는 방금 구운 빵 냄새가 났다. 메르타 아줌마 집에서는 강력한 세제 냄새가 코를 찔렀다.

메르타 아줌마는 슈테피에게 집을 안내했다. 부엌은 번쩍번쩍 빛이 날 정도로 깨끗했다. 배기장치가 달린 커다란 장작난로와 현대식 전기화덕이 있었다. 부엌 앞에 있는 거실은 단순한 목재가구로 꾸며져 있었다. 모서리에는 커다란 흔들의자가 놓여 있었다. 레이스로 짠 테이블보 위에는 두꺼운 책이 한 권 놓여 있었다. 성경책인 것 같았다. 창문에는 파란 줄무늬로 된 면 커튼이 걸려 있었다.

이층 계단으로 올라가보니 천장이 앞으로 약간 튀어나와 벽감(서양 건축에서 장식을 목적으로 벽면을 오목하게 파서 만든 시설. 니치 : 옮긴이)을 이루고 있었고, 벽감에 난 창문 아래는 의자처럼 만들어 놓았다. 슈테피는 이 장소를 보는 순간 몹시 마음에 들었다. 밝으면서도 편안한 곳이어서 앉아서 책을 읽거나 창밖을 내다보기 아주 좋았다. 열린 방문을 통해 침대 두 개가 놓인 침실이 보였다.

메르타 아줌마는 슈테피를 앞장세워 천정이 비스듬하게 기울어진 작은 방으로 데려갔다. 어두운 갈색 무늬 양탄자가 방을 더 작아 보이게 했다. 벽이 좁은 쪽으로는 네모난 창문이 하나 있었는데, 어찌나 작은지 그냥 구멍 같았다. 창문 밑에는 등나무 의자가 놓인 책상이 있었고, 벽이 긴 쪽으로는 침대가 놓여 있었다. 침대는 레이스로 짠 덮개로 덮여 있었고, 침대 맞은편 쪽에는 서랍이 셋 달린 갈색 장롱이 있었다. 그게 전부였다. 장식품도, 책도, 그림도 없었다. 아니, 그림은 하나 있었다. 장롱 위의 벽에는 컬러 그림이 걸려 있었다. 긴 머리에 수염이 난 남자가 발목까지 내려오는 빨간색 옷을 입은 채 두 팔을 벌려 축복하는 자세를 취하고 있는 그림이었다. 남자 뒤로는 눈부신 빛이 환하게 비치고 있었다.

예수구나, 슈테피가 생각했다. 왜 내 방에 예수 그림을 놓아 두었지? 내가 유대인인 걸 메르타 아줌마가 모르는 걸까?

메르타 아줌마는 슈테피의 가방을 책상 위에 올려놓더니 가방을 열었다. 슈테피는 아줌마가 시키는 대로 가방을 풀었다. 메르타 아줌마는 옷을 어디다 걸어야 하는지 보여 주었다. 옷은 방 밖으로 나가 계단 난간 위에 쳐진 커튼 뒤에다 걸어야 했다. 그 옆에 쳐진 다른 커튼 뒤에는 세면대가 놓인 작은 방이 숨어 있었다.

슈테피는 양말, 속옷, 내의를 첫 번째 서랍에 넣고, 재킷과 스웨터는 두 번째 서랍에 넣었다. 가장 아래 서랍에는 책, 일기장, 편지지, 연필, 보석함을 넣었다. 다 낡은 곰 인형은 침대 위에 세워 두었다. 슈테피가 곰 인형과 나란히 침대에서 안 잔 지가 꽤 오래되긴 했지만 그렇다고 그냥 집에 두고 올 수도 없었다.

마지막으로 슈테피는 액자를 장롱 위에 세워 두었다. 엄마 사진, 아빠 사진, 비너발트로 소풍가서 찍은 가족 사진이었다. 아빠는 오래된 나뭇가지 위에 앉아 있었다. 땅바닥에 앉은 슈테피는 아빠 다리에 바싹 붙어 있었다. 넬리는 나뭇가지 위에 올라가 말타기 놀이를 하고 있었고, 엄마는 아빠 뒤에 서서 아빠 어깨에 손을 올려놓고 있었다. 몸을 약간 앞으로 숙인 엄마 모습은 마치 아빠 귀에 뭔가 속삭이는 사람처럼 보였다.

이 사진은 2년 전에 찍은 것이었다. 그때는 아주 평범한 가족이었다. 소풍도 가고, 전차도 타고, 극장에도 가고, 연주회도 가고, 휴가도 떠나는 가족이었다. 그 후 나치가 오스트리아에서 권력을 잡게 되자 오스트리아는 독일의 일부가 되어 버렸다. 그 전에는 당연했던 일들이 이제는 모두 금지되었다. 슈테피와 같은 사람들에게는. 유대인들에게는.

슈테피는 침대 위에 앉았다. 어찌나 피곤한지 머리가 윙윙 울렸다. 자고 싶었지만 메르타 아줌마가 돌아올 때까지 앉아 있었다. 아줌마는 장롱 서랍을 열어 보며 내용물을 검사했다. 옷가지를 몇 개 꺼내더니 다시 반듯하게 개었다.

슈테피가 침대에서 일어서자 메르타 아줌마는 침대 덮개

를 다시 깨끗하게 정리했다. 앉았다 일어난 표시가 전혀 안 나도록. 그러고 나서 슈테피에게 따라오라는 시늉을 하더니 계단을 내려갔다. 슈테피는 머뭇거리는 발걸음으로 아줌마를 따라갔다. 슈테피는 눈에 안 보이는 바닥 위를 둥둥 걷는 듯한 느낌이 들었다.

부엌 식탁에는 두 사람분의 음식이 차려져 있었다. 메르타 아줌마가 음식을 내왔다. 김이 무럭무럭 나는 삶은 감자와 구운 생선 두 마리가 담긴 접시를 식탁에 놓았다. 생선은 통째로 나왔다. 머리까지 붙어서.

두 사람이 자리에 앉자, 메르타 아줌마는 두 손을 모아 기도했다. 그러고 나서 슈테피 접시에 생선 한 마리를 올려놓더니 감자가 든 대접을 건넸다.

슈테피는 생선을 바라보았다. 죽은 생선도 허연 눈으로 슈테피를 바라보았다. 메르타 아줌마는 나이프로 생선 머리를 잘라 내더니 나이프를 사용해서 껍질도 벗겨 냈다. 슈테피도 그대로 따라했다. 생선 머리를 자를 때 소름끼치게도 삐걱거리는 소리가 났다.

메르타 아줌마는 슈테피에게 우유를 따라 주더니 빨간 잼이 든 그릇도 건넸다. 빈에서는 팬케이크에 잼을 발라 먹거나 차를 마실 때 종종 나무딸기잼을 타서 먹기도 했다. 이건 아빠가 외할머니에게서 배운 것이었다. 아빠의 외할머니는 러시아 태생이었다. 하지만 점심 식사 때 잼을 먹다니? 슈테피는 자기 접시에 음식물을 흘렸다. 메르타 아줌마도 음식물을 흘리는 것을 보자 마음이 놓였다.

슈테피는 포크로 생선을 이리저리 찌르면서 덩어리를 작게 만들어 입에 넣고는 우유를 한 모금 마셔서 얼른 삼켰다. 그렇게 하면 생선 맛이 별로 느껴지지 않았기 때문이다.

접시에 끔찍한 생선 머리만 없었더라도 좋았을 텐데. 슈테피는 생선 머리를 안 보려고 애썼다. 그러나 조금만 정신을 딴 데 팔아도 살에 붙은 생선가시가 목에 걸렸다.

우유잔은 거의 비어갔다. 슈테피가 우유를 좀 더 달라고 청할 수 있을까? 그럼 어떻게 말해야 하지?

슈테피는 남은 우유를 한 방울까지 마시고 나자 우유통을 가리켰다.

슈테피는 독일어로 말했다.

"좀 더 주세요."

메르타 아줌마는 고개를 끄덕이더니 우유를 더 따라 주었다. 슈테피는 생선을 씹고 우유를 마시고, 씹고 또 마시고 했다. 가능하면 생선의 살점은 접시 모서리로 밀쳐 놓은 껍질 밑으로 집어넣어 안 보이게 숨기려고 했다. 다시 우유를 다 마셔 버렸지만 또 달라고 말할 자신은 없었다. 그래서 마지막 남은 생선 조각은 억지로 삼켜야 했다.

메르타 아줌마는 벌써 식사를 끝냈다. 아줌마는 자리에서 일어서더니 화덕 위에 있던 뜨거운 물이 담긴 냄비를 들어 개수대에 부었다. 그러고는 접시와 싱크대를 가리켰다.

예전에 대저택에 살 때 슈테피 집에는 매주 요리사, 하녀, 청소부가 왔다. 단칸방으로 이사한 후에는 엄마가 직접 가사를 돌봐야 했다. 아빠는 슈테피와 넬리가 설거지나 먼지 터는 일처럼 간단한 집안일은 도울 수 있다고 말했다. 그러나 엄마는 이를 원치 않았다.

엄마가 말했다.

"우리 딸들을 가사 노동을 하는 노예로 만들고 싶지는 않아요."

이제 슈테피는 서투른 동작으로 접시에 있는 생선 찌꺼기를 쓰레기통에 넣는 모습을 보여 주어야 했다. 그러고 나서 뜨거운 물에 접시들을 차례로 넣었다. 슈테피는 물 속을 더듬거리며 행주를 찾아서 접시에 묻은 기름진 얼룩들을 닦았다. 마침내 깨끗한 물을 받아 접시들을 모두 헹궜다.

설거지를 끝낸 슈테피의 손은 빨갛게 부어 있었다. 슈테피는 행주로 식탁을 닦고 흐르는 수돗물에 행주를 빨았다. 행주에서 냄새가 났다.

메르타 아줌마는 바닥을 쓸고 화덕을 닦았다. 손가락으로 접시를 검사하던 아줌마는 제대로 깨끗하게 씻겨지지 않았다는 걸 슈테피에게 보여 주었다.

　청소가 모두 끝나자, 메르타 아줌마는 앞치마를 벗고 거실로 가서 라디오를 틀더니 흔들의자에 앉았다. 슈테피는 부엌에 서 있었다. 라디오에서 음악이 흘러나왔더라면 슈테피도 함께 듣고 좋았을 텐데. 그러나 라디오에서는 알아듣지도 못하는 남자 목소리만 나왔다. 메르타 아줌마는 슈테피가 뭘 하는지 신경도 안 쓰는 듯했다. 그래서 슈테피는 방으로 올라가기로 했다.

5

슈테피는 조용히 계단을 올라가 천장 밑 작은 방으로 갔다. 맨 밑의 서랍을 열어 편지지와 만년필을 꺼냈다. 만년필은 새 것이었다. 집에서 보낸 마지막 날 밤, 아빠가 선물로 준 만년필이었다.

"이 만년필로 아름다운 편지를 써서 보내렴."

아빠는 짙은 파란색 우단 안감이 덧대진 작은 상자를 꺼내면서 이렇게 말했다.

슈테피는 창문 벽감에 마련된 의자에 종이와 만년필을 갖고 가서 앉았다. 만년필 뚜껑을 열고는 창밖을 바라보았다.

창문을 때리는 비바람 속에서 바다까지 뻗은 돌투성이 언덕이 보였다. 드문드문 풀밭과 함께 노간주나무도 몇 그루 보였다. 바닷가는 수천 개의 크고 작은 돌들로 덮여 있었다. 파도가 큰 소리로 포효하며 바닷가를 덮치자 닫아 놓은 창문에까지 파도가 밀려왔다. 모든 것이 회색빛이었다. 회색빛 돌, 회색빛 바다, 회색빛 하늘.

슈테피는 편지를 썼다.

사랑하는 엄마, 사랑하는 아빠. 정말 보고 싶어요. 이제 앞으로 우리가 살게 될 곳에 도착했어요. 바닷가 작은 섬마을이에요. 우리는 배로 이곳에 왔어요. 얼마나 걸렸는지는 모르겠어요. 속이 좋지 않아서 잠이 들었거든요.

넬리와 나는 한 집에서 살 수 없게 되었어요. 이유는 저도 몰라요. 넬리를 돌보는 아줌마는 이름이 알마인데 친절해요. 알마 아줌마에게는 어린 자녀가 있어요. 나는 메르타 아줌마 집에서 지내요. 그 아줌마는⋯⋯

슈테피는 편지를 쓰다가 멈추었다. 메르타 아줌마에 대해 뭐라고 써야 할까? 슈테피는 아줌마의 얼굴을 떠올려 보았다. 뒤로 빗어 넘긴 머리, 입가에 선명하게 진 주름, 거의 무색처럼 보이는 밝은 청회색 눈동자.

'물고기 눈 같아⋯⋯.'

이런 생각이 들자 슈테피는 소름이 끼쳤다.

슈테피는 편지를 계속 써 내려갔다.

……아주 엄격해요. 아줌마는 독일어를 못해요. 넬리의 아줌마도 못하고요. 이곳에 독일어로 말할 수 있는 사람이 있는지 모르겠어요. 넬리를 빼면 말이에요.

눈물이 편지지 위로 떨어지면서 마지막 글자가 번졌다. 슈테피는 계속 써 내려갔다.

엄마! 사랑하는 엄마, 제발 와서 우리를 데려가 줘요. 여기에는 바다와 돌뿐이에요. 여기서는 못 살겠어요. 날 데려가 줘요. 안 그러면 죽을 것 같아.

슈테피는 한쪽으로 편지지를 치웠다. 목구멍에서 뜨거운 울음이 올라왔다. 도무지 참을 수가 없었다. 슈테피는 작은 방으로 뛰어들어가 침대 위로 몸을 내던지고 싶었다. 그러나 깨끗이 정리한 침대 덮개를 망쳐서는 안 된다는 생각이 들었다. 그래서 슈테피는 바닥에 주저앉아 침대에 기대어 앉았다.

마침내 울음이 잦아들자 마음속에 커다란 구멍이 뚫리기라도 한 듯 텅 빈 기분이 들었다. 슈테피는 세면대로 가서 차가운 물로 세수했다.

편지지는 여전히 창가 의자에 놓여 있었다. 슈테피는 편지를 들고 다시 읽어 보았다.

"제발 와서 우리를 데려가 줘요!"

어떻게 그럴 수 있단 말인가? 엄마와 아빠는 스웨덴 입국 허가를 받지 못했다. 오고 싶어도 올 수가 없다.

이런 편지는 부칠 수가 없다. 엄마는 슬퍼할 것이고 두 딸을 보낸 것을 후회할지도 모른다. 아빠는 장녀인 슈테피에게 실망할지도 모른다.

슈테피는 편지지를 세게 구겨 버렸다. 휴지통을 찾았지만 보이지 않았다. 방 안 창문 옆으로 덮개에 줄이 달린 작은 통풍기가 있었다. 줄을 잡아당기자 덮개가 열렸다. 슈테피는 종이 뭉치를 그 속에 집어넣었다. 그러고 나서 새 편지지를 책상 위에 정갈하게 놓은 뒤 다시 편지를 쓰기 시작했다.

사랑하는 엄마, 사랑하는 아빠! 이제 앞으로 우리가 살게 될 곳에 도착했어요. 바닷가 작은 섬마을이에요. 우리는 배로 이곳에 왔어요. 흥미진진했어요. 바다가 내다보이는 이층에 제 방이 있어요. 모두 친절하게 대해 주어요. 우린 벌써 스웨덴어도 약간 배웠어요. 그렇게 어렵지는 않았어요.

엄마 아빠가 빨리 미국 입국 허가증을 받게 되면 좋겠

어요. 그럼 우리 네 식구가 다시 함께 모여 살 수 있을 텐데. 하지만 그때까지 넬리와 저는 이곳에서 잘 지낼게요. 이 집에는 개도 있어요. 갈색과 흰색 점박이 개예요. 개와 실컷 놀 수도 있어요. 다음에 또 다시 편지로 소식 알려 드릴게요.

딸 슈테피로부터.

슈테피는 봉투에 주소를 쓴 뒤 편지지를 봉투에 넣고 풀로 붙였다. 이제 우표만 있으면 된다.

메르타 아줌마는 반쯤 마신 커피를 앞에 놓고 부엌 식탁에 앉아 있었다. 슈테피는 편지 봉투를 보여 주었다.

"우표."

슈테피는 아줌마를 이해시키기 위해 애썼다.

"우표가 필요해요."

슈테피는 봉투의 오른쪽 윗부분에 우표 붙이는 자리를 가리켰다. 메르타 아줌마는 고개를 끄덕이며 스웨덴어로 뭐라고 말했다. 슈테피는 '포스트'라는 말은 알아들은 것 같았다. 우체국에 가서 우표를 사야 하는 모양이었다. 보통 그렇게 하니까.

메르타 아줌마는 커피 잔을 가리키며 물었다.

"커피?"

슈테피는 고개를 흔들었다. 커피는 어른들이나 마시는 거다. 메르타 아줌마는 식료품 찬장으로 가서 우유통을 가져왔다. 한 손으로는 우유통을 잡고 다른 한 손으로는 입으로 유리잔을 대는 시늉을 했다. 슈테피는 웃으며 고개를 끄덕였다. 메르타 아줌마가 슈테피와 대화하려고 하는 모습이 상당히 우습게 보였다.

슈테피가 생각했다.

'우리 두 사람 모두 벙어리 같아.'

자기 언어로밖에 말하지 못하는 벙어리.

슈테피는 우유 한 잔을 받아 그대로 죽 마셨다. 그러고 나자 메르타 아줌마는 두 손을 모아 뺨에 갖다대더니 눈을 감았다. 슈테피는 다시 고개를 끄덕였다. 정말 피곤했다.

"안녕히 주무세요."

슈테피는 이렇게 말하고는 계단을 올라왔다.

슈테피는 긴 플란넬 잠옷으로 갈아입은 뒤 세수와 양치질을 했다. 그러고 나서 침대 덮개를 반듯하게 접어서 침대 발밑에 걸어 두었다. 벗은 옷은 의자에 잘 정리해서 걸었다.

이불 속으로 기어들어가니 기분이 좋았다. 시트에서 낯선 냄새가 나긴 했지만. 슈테피는 곰 인형의 부드러운 털에 코를 박고는 익숙한 냄새를 맡았다.

슈테피는 몹시 피곤했지만 잠이 오지 않았다. 슈테피는 한

참 동안 깨어 있으면서 지붕을 두드리는 빗소리를 들었다. 집 안에서 이렇게 빗소리가 크게 들리는 건 처음이었다. 잠시 후 슈테피는 침대에서 일어나 창밖을 내다보았다. 창밖엔 어둠 외에 아무것도 보이지 않았다. 가로등 하나도 없었다.

"열두 살이 되면 네 방을 따로 줄게."

대저택에 살 때 엄마 아빠는 슈테피에게 늘 이렇게 말했다. 그때는 넬리와 어린이 방에서 함께 지내지 않아도 된다는 게 좋기만 했다. 이제 슈테피는 열두 살이 되었고 자기 방을 갖게 되었다. 하지만 남의 집에서, 남의 나라에서 그 소원이 이루어졌다.

마침내 슈테피의 몸이 축 늘어지면서 따뜻한 어둠 속으로 빠져들었다. 슈테피가 거의 잠이 들려는 순간 방문이 살짝 열렸다. 눈을 감은 채 슈테피는 침대로 다가오는 발자국 소리를 들었다. 마치 꿈속인 듯 손 하나가 성급하게 나타나 슈테피의 뺨을 어루만졌다. 그러더니 방문은 곧 다시 닫혔다.

6

　슈테피의 정신이 잠에서 깨어 채 상황을 깨닫기도 전에 몸이 먼저 변화를 알아챘다. 슈테피는 눈을 꼭 감은 채 잠에서 깨어나지 않으려 했지만 아무 소용이 없었다.

　벌어진 커튼 틈 사이로 햇빛이 스며들었다. 부엌에서는 발자국 소리와 덜거덕거리는 소리가 들려왔다. 아침이다. 섬에서 맞는 슈테피의 첫 아침. 얼마나 많은 아침들 중 첫 아침일까? 한 달? 두 달? 석 달?

　"길어야 반 년이야."

　빈역에서 엄마 아빠와 작별할 때 아빠가 한 말이었다.

　"몇 달만 있으면 돼. 한 반 년 정도? 그러면 입국 허가를 받을 거야. 그럼 암스테르담에서 만나서 함께 미국으로 가면 돼."

슈테피는 고개를 돌려 장롱 위의 액자를 바라보았다. 엄마
는 웃고 있지만 아빠는 심각해 보였다. 슈테피는 이불 속에
앉아 다리를 끌어안았다.

"걱정하지 마세요."

슈테피는 큰 소리로 말했다.

"이제 전 다 컸어요. 제가 넬리를 돌볼게요."

슈테피는 세수를 하고 옷을 입은 뒤 세면대에 붙은 작은
거울을 보며 머리를 빗었다. 머리카락이 헝클어져서 빗기가
힘들었다. 그저께 아침에 빈역으로 향하기 전에 빗은 이후로
한번도 머리를 빗지 못했다.

슈테피와 넬리가 긴 머리를 간수하는 게 얼마나 힘든지 불
평하면 엄마는 관리가 힘들긴 해도 긴 머리가 예쁘다고 늘
말했다.

"너희들 머리는 숱이 많아서 얼마나 아름다운데. 자르기가
아까워."

슈테피가 거울속의 자신을 들여다보자, 거울속의 자신도
슈테피를 바라보았다. 거울속의 얼굴은 갸름하고, 눈은 갈색
이고, 입은 컸다. 검은 머리는 거의 허리까지 내려왔다. 슈테
피는 중간 가르마를 타서 단정하게 두 갈래로 땋았다.

"잘 주무셨어요?"

슈테피는 부엌으로 가서 메르타 아줌마에게 아침 인사를 했다. 메르타 아줌마도 뭐라고 대꾸했는데 아침 인사인 모양이었다.

아침 식사로는 우유와 납작귀리가 나왔다. 귀리는 질기고 끈적끈적했지만 배가 고팠던 슈테피는 다 먹어치웠다. 메르타 아줌마는 만족스럽게 쳐다보며 슈테피에게 귀리를 더 부어 주었다.

슈테피가 식사를 하는 동안 전화벨이 울렸다. 메르타 아줌마가 수화기를 들어 통화했다. 잠시 후 수화기를 내려놓은 아줌마는 슈테피 쪽으로 몸을 돌렸다.

"넬리." ·

메르타 아줌마는 부엌 창문을 가리키며 말했다.

"너…… 넬리!"

슈테피는 숟가락을 그릇에 떨어뜨렸다. 넬리에게 무슨 일이 벌어진 모양이다! 아픈 건 아닐까? 사고가 난 걸까? 슈테피는 무슨 일인지 더듬거리며 물었다. 하지만 메르타 아줌마는 슈테피의 질문을 알아듣지 못했다. 아줌마는 슈테피를 데리고 밖으로 나가더니 자전거를 가리켰다.

자전거 타는 건 별로 안 어려운 모양이지?

슈테피는 거리로 자전거를 밀고 나와 한 쪽 다리로 페달을 밟았다. 그러나 다른 쪽 다리를 들어올리는 순간 그만 균형을 잃어 다시 다리로 땅을 짚어야 했다. 슈테피는 계속 시도해 보았다. 네 번째 시도에서 페달을 돌리는 데 성공했지만 자전거는 곧 넘어졌다. 함께 넘어진 슈테피 무릎에서는 상처가 나고 피가 흘렀다. 그래서 자전거 타기를 포기하고 자전거를 다시 벽에 세워 두었다.

슈테피는 언덕을 뛰어올라갔다. 바위 사이로, 숲 속으로 달려갔다. 길은 어제 메르타 아줌마와 함께 자전거를 타고 올 때보다 훨씬 멀었다. 옆구리가 쑤시고 숨이 헐떡이도록 뛴 슈테피는 드디어 노란 집에 도착해서 현관문을 두드렸다.

알마 아줌마가 문을 열더니 슈테피의 손을 잡아끌었다. 부엌에는 넬리가 잠옷 차림으로 앉아 있었다. 울어서 눈이 퉁퉁 부었다. 슈테피를 보는 순간 넬리는 슈테피 품 안으로 달려들었다.

넬리가 울먹였다.

"언니, 언니. 집으로 갈래! 엄마한테 갈래!"

슈테피는 평소 목소리대로 물었다.

"무슨 일이야?"

넬리는 더 크게 울었다.

집을 떠나오기 전에 엄마는 이렇게 말했다.

"넬리를 돌봐 줘. 넬리가 슬퍼하거나 불안해하면 잘 다독거려 줘. 넌 이미 다 컸잖아."

"무슨 일이 있었어?"

슈테피는 친절한 목소리를 내려고 애썼다.

넬리는 말없이 고개를 끄덕였다.

"무슨 일인데?"

넬리가 작은 소리로 말했다.

"어쩔 수가 없었어."

"무슨 일인지 말해 봐."

"이불에 오줌 쌌어."

슈테피가 말했다.

"뭐라고?"

넬리는 5년 전부터 오줌을 잘 가렸다.

"참으려고 했는데 안 됐어. 아주 급했거든."

"자다가?"

넬리는 고개를 흔들었다.

"깨어 있었어? 근데 왜 화장실에 안 갔어?"

"화장실이 없어. 밖에 나가면 마당에 이상하게 생긴 집이
있어. 근데 냄새가 지독해."

"냄새가 나서 안 갔어?"

넬리는 고개를 흔들었다.

넬리가 중얼거렸다.

"그래서 안 간 건 아니야."

"그럼 왜 안 갔어?"

"자신이 없었어. 너무 어두운 데다가 아주 무서웠어. 그 사람들이 와서 날 데려갈까 봐."

슈테피는 넬리가 누굴 말하는 건지 다 알면서도 물었다.

"누가?"

"경찰이."

넬리는 더 나지막한 소리로 속삭였다.

"나치가."

"넬리, 여긴 스웨덴이야. 여긴 나치가 없어. 여기서는 경찰이 밤에 사람들을 잡아가지 않아. 이해 못하겠어? 그래서 우리가 여기 온 거잖아."

넬리가 말했다.

"알아. 어두워지면 그 생각을 잊어버려."

슈테피가 알마 아줌마에게 넬리가 어둠 속에 화장실 가는 걸 무서워한다고 설명하기까지는 꽤 시간이 걸렸다. 알마 아줌마는 슈테피의 설명을 알아들은 것 같았다. 사기로 된 요강을 넬리 침대 밑에 놓아 준 걸 보니. 아줌마가 슈테피의 무릎에 난 상처에 약을 발라 주자 살갗이 타 들어가는 것 같았다. 그러고는 상처 위에 반창고를 붙여 주었다.

그 사이에 넬리는 옷을 갈아입고 산호 목걸이를 목에 걸었다. 알마 아줌마는 고개를 흔들며 넬리의 목걸이를 풀어 다시 넬리의 장롱 서랍 속에 넣었다. 넬리가 다시 울 태세를 보이자 아줌마는 넬리의 나들이옷을 가리키며 목걸이는 이 옷에나 어울린다고 보여 주었다. 넬리가 예쁘게 꾸며야 할 때는 그 목걸이를 해도 좋다는 뜻이다.

하늘은 맑게 개었고, 날씨는 상당히 더웠다. 슈테피와 넬리는 알마 아줌마의 아이들과 함께 마당으로 나갔다. 엘사와 넬리는 정원 테이블에서 인형놀이를 했다. 둘은 인형에게 목욕을 시킨 뒤 옷을 입혔다 벗겼다 했다. 욘은 슈테피와 공놀이를 하고 싶어했다. 슈테피가 공을 던질 때마다 욘은 공을 땅에 떨어뜨렸다.

그때 슈테피 나이 또래로 보이는 소녀들 몇 명이 자전거를 타고 거리를 지나갔다. 자전거 핸들에는 수영복이 걸려 있고 짐칸 위에는 수건이 묶여 있었다. 소녀들은 울타리 밖에 멈춰 서서 슈테피와 넬리를 바라보았다. 키가 큰 금발머리 소녀가 다른 아이들에게 뭐라고 말을 하자 모두들 웃었다.

슈테피가 생각했다.

'우리가 무슨 동물원의 원숭이야.'

넬리가 불안하게 물었다.

"저 사람들 왜 저렇게 쳐다보는 거야? 우릴 어떻게 하려는 거야?"

슈테피가 씩씩하게 말했다.

"아냐. 바보 같은 애들일 뿐이야. 위험하진 않아."

빨간 머리 소녀가 슈테피에게 뭐라고 말을 걸었다. 슈테피는 못 알아듣는다는 걸 알리기 위해 고개를 흔들었다. 빨간 머리 소녀가 웃었다. 웃음소리가 그다지 불쾌하게 들리지는 않았다.

금발머리 소녀가 앞장서자 모두들 뒤따라갔다. 알록달록한 수영복을 이리저리 흔들면서 모두들 자전거를 타고 우르르 언덕을 내려갔다.

"바닷가에 가나 봐. 수영하려고. 나도 수영하고 싶어."

슈테피는 언니답게 말했다.

"그건 안 돼. 우린 수영복도 없잖아."

빈에서는 수영장에 못 가게 된 지 벌써 오래 되었다. 표지판 때문이었다. 〈유대인 출입금지〉라고 적힌 표지판 때문이었다. 엄마가 예전에 입던 수영복을 꺼내 주었지만 이미 작아서 입을 수가 없었다.

메르타 아줌마가 자전거를 타고 왔다. 핸들에는 커다란 가방이 걸려 있었다. 메르타 아줌마는 슈테피의 편지를 손에 들고 마을 쪽을 가리켰다.

우체국에 가는구나, 슈테피도 함께 가야겠다고 생각했다. 자기 눈으로 직접 보지 않으면 편지를 안 부칠지도 모른다는 생각이 들어서였다.

슈테피가 넬리에게 말했다.

"여기서 기다려. 우체국에 가야 해. 곧 돌아올게."

우체국은 가게가 있는 건물에 함께 있었다. 커다란 사각형 건물에 지붕은 평평했다. 메르타 아줌마가 창구에 앉은 여자에게서 우표를 사는 동안 슈테피는 옆에서 기다렸다.

메르타 아줌마가 말했다.

"빈으로 갈 편지예요. 오스트리아요."

우체국 여직원이 말했다.

"독일제국이군요. 삼십 외레예요. 얀손 부인도 외국에 아는 사람이 있어요?"

메르타 아줌마가 말했다.

"이 아이의 편지예요. 부모에게 보내는 거죠."

창구에 앉아 있던 직원이 슈테피를 머리끝에서 발끝까지 훑어보았다.

그 여자가 물었다.

"근데 이 아이는 누구예요?"

"유대인 아이예요. 유대인은 요즘 처지가 어렵잖아요. 그래서 에버트와 내가 상의해서 이 아이를 당분간 돌보기로 했죠. 부모가 출국할 수 있을 때까지만 말이에요. 미국으로 갈 건가 봐요."

우체국 여직원이 말했다.

"불쌍한 것. 이 세상에서 완전히 혼자로군요."

메르타 아줌마가 간단하게 대답했다.

"그래도 거기보다는 여기가 낫죠. 게다가 동생도 함께 왔으니까요."

우체국 여직원이 물었다.

"그렇군요. 도대체 세상이 왜 이 모양인지! 전쟁이 일어날 것 같아요?"

"사람들은 그렇게 생각하지만 하느님이 잘 인도해 주실 거예요."

메르타 아줌마는 이렇게 말하고는 지갑에서 돈을 꺼냈다.

"고마워요."

슈테피는 메르타 아줌마를 따라 가게로 들어가 아줌마가 장을 보는 동안 기다렸다. 판매대 뒤에 있는 주인 남자는 어디서 본 얼굴이었다. 부두에서 시뻘게진 얼굴로 소년에게 욕하고 소리지르던 그 남자였다. 남자는 메르타 아줌마의 시중을 들면서도 몇 번이고 슈테피 쪽을 쳐다보았다. 남자의 쳐다보는 눈길이 슈테피를 불쾌하게 만들었다.

두 사람이 가게를 나서려는데 한 소녀가 문을 열고 들어왔다. 알마 아줌마 집 울타리 밖에서 다른 아이들을 웃게 만들었던 금발머리 소녀였다. 머리카락이 물에 젖어 있었다. 어깨에 수건을 걸친 채 판매대 뒤로 가서 사탕을 한 움큼 쥐었다. 묻지도 않고 그냥 사탕을 쥐더니 돈도 내지 않았다.

가게 주인은 웃음을 지으며 소녀의 뺨을 어루만졌다. 소녀는 사탕을 입에 집어넣고 쩝쩝거리며 깨물어 먹었다. 사탕을 먹는 내내 슈테피에게서 눈길을 떼지 않더니 가게 문을 열고 밖으로 나갔다. 슈테피와 메르타 아줌마가 밖으로 나오자, 소녀가 파란 자전거를 타고 저 멀리 커브 길로 사라지는 것이 보였다.

7

알마 아줌마 집으로 다시 돌아와 보니 넬리는 대문 앞에
서서 기다리고 있었다. 넬리는 눈을 반짝이며 멀리서부터 슈
테피 이름을 불러댔다.

"언니! 언니! 우리도 수영해도 된대!"

"우린 수영복이 없다니까."

"없다고?"

넬리는 이렇게 외치며 등 뒤로 감췄던 수영복을 자랑스럽
게 들어올렸다.

"이게 뭔지 봐 봐!"

"어디서 났어?"

넬리가 말했다.

"알마 아줌마가 주셨어. 메르타 아줌마도 언니에게 수영복 주실 거야. 그렇지? 근데 먼저 밥부터 먹으라고 알마 아줌마가 그랬어."

"넌 스웨덴어도 못 알아듣잖아."

"알아들어! 알마 아줌마가 하는 말은 다 알아들어."

메르타 아줌마는 울타리를 사이에 두고 알마 아줌마와 이야기를 나누고 있었다. 메르타 아줌마가 자전거를 타고 출발하자 알마 아줌마는 넬리의 수영복을 가리켜 보였다.

"거 봐."

넬리가 즐거운 듯 말했다.

"언니도 수영복 얻을 거야."

넬리의 노란 수영복은 반짝거리는 천으로 되어 있었다. 슈테피도 꼭 저런 수영복을 갖고 싶었다. 아니 빨간 수영복이면 더 좋겠다.

모두 알마 아줌마 식탁에 모여 치즈 빵과 우유를 먹었다. 아이들은 장난을 쳤고, 욘은 식탁 위로 우유를 엎질렀다. 알마 아줌마는 화도 내지 않았다. 그냥 우유를 닦더니 욘의 잔에 다시 우유를 따라 주었다.

메르타 아줌마가 문가에 나타났다. 한 손에는 수건을 들고, 다른 손에는 검은색 물건을 들고 있다가 슈테피에게 건넸다. 수영복이었다. 검은색의 두꺼운 모직으로 된 아주 오래 된 여자 수영복이었다.

슈테피는 수영복을 뚫어지게 바라보았다. 어찌나 오래 되었는지 검은색이 빛이 바래 푸른 줄무늬가 생겼을 정도였다. 알마 아줌마는 기분 좋게 웃음을 지었다. 메르타 아줌마는 뭔가를 기다리는 것 같았다.

"감사합니다."

슈테피는 굳은 입술 사이로 작게 말했다.

"정말 감사합니다."

넬리가 속삭였다.

"언니. 그거 수영복이야? 언니 거야?"

슈테피가 언짢은 목소리로 말했다.

"조용히 해. 한 마디만 더 하면 시퍼렇게 멍들도록 꼬집어 줄 거야."

넬리는 금방 입을 다물었다. 알마 아줌마는 수건과 수영복을 들고 문가에서 기다렸다. 자매는 알마 아줌마를 따라가기만 하면 되었다.

모두 바다를 향해 난 길을 따라 내려갔다. 알마 아줌마는 어린 아들 손을 꼭 잡고 걸었다. 넬리와 엘사는 이리저리 뛰어다니며 서로 잡기놀이를 하다가 서로 밀치며 웃어댔다.

슈테피는 맨 뒤에서 걸었다. 흉측한 수영복은 별로 손에 대고 싶지도 않아서 엄지와 검지 끝으로만 잡았다. 길이 끝나는 곳에 자전거 몇 대가 아무렇게나 서로 기대어 있었다. 슈테피는 수건으로 수영복을 돌돌 말았다.

해변은 좁고 돌이 많았다. 눕는 의자도, 파라솔도, 아이스크림 장수도 보이지 않았다. 수건을 깔고 앉은 젊은 여자 주변에는 아이들 셋이 뛰어다녔다. 그 외에는 아무도 없이 해변은 텅 비어 있었다. 저쪽으로 멀리 바위 위에는 아이들이 보였다. 그 중에서 한 소녀의 빨간 머리가 햇빛에 눈부시게 반짝였다.

알마 아줌마는 모래 위에 수건을 깔고 앉아 블라우스 단추를 풀었다. 어린 아들이 수영복 입는 것을 도와주었다. 넬리와 엘사는 옷을 벗어던지고 수영복을 입은 뒤 물로 뛰어들었다. 아이들은 물을 튕기고 물장구를 치면서 해변에서 잡기놀이를 했다. 그러고 나더니 얕은 물 속에 배를 대고 누워서 헤엄치는 시늉도 했다.

슈테피는 알마 아줌마 옆에 앉아 있었다. 아줌마는 돌돌만 수건뭉치를 가리키며 묻는 듯한 표정을 지었다. 슈테피는 고개를 흔들었다. 알마 아줌마는 수건을 풀어 수영복을 꺼내주었다.

슈테피가 말했다.

"아뇨. 난 수영 안 해요."

알마 아줌마는 뭐라고 몸짓을 해가며 말했다. 아줌마는 슈테피의 손을 잡고 바닷가로 데려가려고 했다. 슈테피가 고집스럽게 고개를 내젓자 아줌마도 할 수 없이 포기했다. 아줌마는 신발과 양말을 벗고 어린 아들을 데리고 바닷가로 갔다. 물이 조심스럽게 발가락으로 올라오는 동안 내내 아들 손을 꼭 잡고 있었다.

저 멀리 바위에서는 아이들이 물 속으로 뛰어드는 모습이 보였다. 아이들이 크게 떠드는 소리가 이곳 바닷가까지 뚜렷하게 들릴 정도였다. 아이들은 웃으면서 서로 먼저 뛰려고 밀쳐댔다. 오전에 알마 아줌마 집에서 본 소녀들도 있었다. 가게에 있던 금발머리 소녀는 흰색에 분홍 리본이 그려진 수영복을 입고 있었다. 빨간 머리 소녀는 푸른색 수영복을 입고 있었다.

넬리가 달려와서는 물에 젖은 개처럼 온몸을 흔들어댔다. 머리를 흔들 때마다 물방울이 튀었다.

넬리가 말했다.

"물이 따뜻해, 언니. 수영 안 할 거야?"

슈테피가 거칠게 대답했다.

"안 해."

넬리가 물었다.

"왜 안 해?"

"네가 상관할 일이 아니야."

넬리가 고집을 부렸다.

"가자. 언니와 수영하고 싶어."

슈테피가 말했다.

"이 보기 싫은 수영복은 절대 안 입을 거야. 절대로!"

넬리는 냉정하게 말했다.

"그럼 수영은 못하겠네. 난 하루 종일 수영할 거야."

노란 수영복을 입은 넬리는 만족스러운 듯 보였다. 슈테피는 약이 오른 나머지 자갈을 한 움큼 쥐어 넬리에게 던졌다. 다리에만 던졌지만 넬리는 울음을 터뜨렸고, 알마 아줌마가 달려왔다. 아줌마는 슈테피의 어깨를 잡고 흔들었다. 그러고 나서 넬리를 위로하며 바닷가로 데려가 모래를 씻겨 주었다.

계속 수건 위에만 앉아 있던 슈테피는 따가운 햇볕에 땀을 뻘뻘 흘렸다. 넬리와 싸우지만 않았더라도 신발을 벗고 바닷물에 발이라도 담글 수 있었을 텐데. 넬리와 엘사가 조개를 줍고 알마 아줌마가 욘과 노는 동안 슈테피는 그냥 수건 위에 앉아 있었다. 수건은 슈테피가 혼자 있을 수 있는 외로운 작은 섬 같았다.

바위 위에 있던 아이들이 수영을 끝냈다. 수건으로 몸을 닦은 뒤 킬킬대며 옷을 입었다. 수영복을 갈아입는 동안 서로 교대로 수건으로 몸을 가려 주었다. 남자 아이들은 수건 사이로 들여다보려고 애썼다.

아이들이 해변으로 내려오자 슈테피는 고개를 돌렸다. 한 아이가 뭐라고 불러댔다. 슈테피는 꼼짝도 하지 않았다. 아이들을 못 본 척하면 그냥 가버리겠지. 슈테피는 손으로 모래를 움켜쥔 뒤 아래만 쳐다보고 있었다.

아이들은 킬킬대고 웃고 떠들면서 멀어져 갔다. 슈테피는 아이들 쪽을 바라보았다. 금발머리 소녀는 무리의 한가운데에 있었다. 자전거를 세워 둔 곳에 이르자 빨간 머리 소녀가 뒤돌아보았다. 손을 들더니 흔드는 것 같은 동작을 취했다.

슈테피가 집으로 돌아오자 메르타 아줌마는 수영복을 싼 수건을 가리키며 마당 한 구석에 쳐놓은 빨랫줄을 가리켰다.

처음에는 수건도 수영복도 젖지 않았다고 아줌마에게 보여 주려고 했다. 그러다가 생각을 바꾼 슈테피는 빨랫줄로 다가갔다. 슈테피는 목재 헛간 옆에 있는 푸른색 물 펌프에서 물을 길었다.

수영복이 흠뻑 젖을 때까지 펌프질을 해서 물을 받았다. 그러고 나서 다시 수건으로 수영복을 싼 뒤 물기가 스며들 때까지 기다렸다. 그래야 수건으로 젖은 몸을 닦은 것처럼 보일 것이다. 슈테피는 수영복과 수건을 빨랫줄에 내걸었다. 메르타 아줌마는 아무것도 눈치 못 챌 것이다.

8

섬에서 지낸 첫 일주일은 내내 태양이 빛났다.

슈테피는 세상 끝 마을의 하얀 집에서 유리 베란다가 딸린 노란 집까지 매일 먼 길을 걸었다.

알마 아줌마는 자기 아이들과 두 소녀를 데리고 매일 바닷가로 갔다.

넬리와 아이들이 물가에서 물장난을 치고, 다른 남자와 여자 아이들이 바위에서 물로 뛰어들며 노는 동안 매일 슈테피는 제대로 옷을 다 갖춰 입은 채 수건 위에 앉아 있었다. 알마 아줌마는 슈테피가 수영을 못하는 게 창피해서 저러는 모양이라고 추측했다. 어쨌든 애써 슈테피를 설득하려고 들지는 않았다.

어느 날 아침, 눈을 뜬 슈테피는 햇빛이 창가로 비쳐 들지 않는 걸 보고는 안심했다. 하늘에는 구름이 잔뜩 끼어 있었고 바람도 불었다. 평소처럼 알마 아줌마 집을 향해 나서기 전에 슈테피는 웃옷을 꺼내 입었다. 메르타 아줌마는 빨랫줄에 걸린 수영복을 가리키며 고개를 흔들었다. 슈테피는 추워서 수영은 안 된다는 아줌마의 말을 알아들었다.

"수영 안 가요. 넬리가……."

슈테피는 그 뒷말은 스웨덴어로 더는 잇지 못했다.

메르타 아줌마는 고개를 끄덕이더니 벽시계가 걸린 방으로 슈테피를 데리고 들어갔다. 아줌마는 시계에서 '3' 자를 가리키며 말했다.

"집으로 와. 세 시에."

슈테피는 고개를 끄덕였다. 세 시에.

메르타 아줌마가 말했다.

"에버트. 아빠. 집으로 와."

슈테피는 아줌마의 말을 알아들은 척했다. 그렇게 해야 편하니까.

알마 아줌마 부엌 식탁에서는 넬리와 아이들이 그림을 그렸고, 알마 아줌마는 음식물을 젓고 있었다. 알마 아줌마는 항상 뭔가로 바쁘다. 요리하고, 굽고, 빨래하고, 청소한다. 그러나 긴장하면서 진지하게 가사를 하는 메르타 아줌마와는 달리 알마 아줌마는 조금도 힘들어하는 것 같지 않았다. 국자, 행주, 빗자루는 마치 알마 아줌마 손에서 춤을 추는 것처럼 혼자 척척 알아서 일한다. 반죽은 오븐 안에서 부풀어 오르고, 접시는 설거지통에서 건조대로 날아가듯 옮겨진다.

넬리는 그림을 그리다 말고 고개를 들며 말했다.

"오늘은 수영하러 안 가."

슈테피가 말했다.

"잘 됐네."

슈테피는 종이와 연필을 잡더니 커다란 눈망울과 곱슬머리를 한 소녀 얼굴을 그리기 시작했다. 슈테피는 정성들여 입 모양을 그렸다. 입은 예쁘게 부풀어 올라야 했다. 슈테피는 몇 번이고 지우개로 입을 지웠다가 다시 그리기를 반복하더니 마침내 만족했다. 그림 속 소녀는 슬프게 보였다. 아름답지만 슬픈 모습이 에비를 약간 닮았다. 빈에서 가장 친하게 지내던 친구 에비.

엘사는 슈테피의 그림을 보고 감탄했다. 엘사 자신은 긴 노랑머리와 분홍색 드레스를 입은 공주 그림을 그렸다. 욘은 제대로 그림을 그리기에는 아직 많이 어렸다. 욘은 선만 찍 찍 그어대거나 낙서하는 수준이었다.

슈테피는 식탁을 돌아 넬리에게 다가가 넬리의 어깨 너머로 그림을 쳐다보았다. 그림에는 바닥에 무릎을 꿇은 두 사

람이 보였다. 그 옆에는 군복을 입은 남자가 서 있었다. 남자
는 손에 권총을 들고 무릎 꿇은 두 사람을 겨누고 있었다. 두
사람 뒤에는 커다란 붉은 글씨로 '유대인' 이라고 적혀 있는
네모 칸이 그려져 있었다.

슈테피는 넬리의 그림이 무엇을 뜻하는지 금방 알아차렸
다. 슈테피도 이 장면을 보았다. 일 년 반 정도 전의 어느 날,
독일군이 빈으로 온 직후의 일이었다.

놀이동산에서 집으로 가던 길이었다. 엄마가 항상 모피를
구입하던 모피 상점 앞에는 늙은 상점 주인과 그 부인이 무
릎을 꿇은 채 길바닥을 솔로 문지르고 있었다. 권총을 들고
군복을 입은 사람이 두 사람을 감시했다. 주변에는 사람들이
잔뜩 모여 있었다. 아무도 늙은 부부를 도와주는 사람이 없
었다. 오히려 그 반대로 사람들은 노부부를 비웃으며 조롱했
다. 상점 유리 진열장에는 누군가 커다란 붉은 글씨로 '유대
인' 이라고 적어 놓았다. 슈테피는 넬리의 손을 잡고 그 자리
를 서둘러 떠났다.

슈테피가 넬리에게 말했다.

"그런 건 그리지 마. 예쁜 걸 그려."

슈테피는 넬리의 그림을 뺏어서 구겨 버렸다.

넬리가 따졌다.

"도대체 왜 그래?"

슈테피가 되풀이했다.

"예쁜 거 그리라니까. 알마 아줌마에게 선물할 수 있는 그림 말이야."

하지만 넬리는 더는 그림을 그리고 싶어하지 않았다.

"이리 와, 언니. 보여 줄게 있어."

넬리는 슈테피를 거실로 데려갔다. 거실에는 등받이가 기다란 푹신한 구석 소파, 레이스로 짠 덮개로 덮인 둥근 테이블, 커다란 의자 몇 개가 놓여 있었다. 게다가 하얀 오르간도 있었다. 넬리가 보여 주려고 했던 게 바로 이 오르간이었다.

넬리가 말했다.

"피아노야. 피아노가 있어."

슈테피가 말했다.

"이건 피아노가 아니고 오르간이야. 학교에 있는 게 오르간이잖아."

"오르간이나 피아노나 똑같지, 뭐."

넬리는 이렇게 말하며 오르간 의자 위로 기어올라갔다. 다리가 짧아서 페달까지 내려오지도 않았다.

"오르간 쳐도 돼. 알마 아줌마가 허락했어."

넬리는 동요를 치기 시작했다. 슈테피는 방 안을 돌아다니며 이것저것 구경했다. 벽에는 유리문이 달린 장식장이 있었다. 유리문 뒤에는 여러 가지 장식품이 놓여 있었다. 여러 가지 조개로 장식한 상자, 도자기로 만든 바구니에 든 작은 장미꽃 봉오리, 도자기로 만든 목동 부부 등. 그 중에 가장 예쁜 것은 도자기로 만든 작은 강아지였다. 갈색과 흰색으로 된 강아지의 입은 검은색이 아니라 금색이었다. 목에는 푸른 띠를 맨 채 고개를 비스듬히 들고 있었다.

"넬리."

알마 아줌마가 부엌에서 부르는 소리가 났다. 넬리는 오르간 연주를 멈추더니 의자에서 풀쩍 뛰어 방을 나갔다.

슈테피는 도자기로 만든 강아지를 쳐다보았다. 아주 예뻤다. 잠시만이라도 손으로 만져 보고 싶었다. 문에는 놋쇠열쇠가 꽂혀 있었다. 슈테피는 열쇠를 돌려 문을 연 뒤 조심스럽게 강아지를 꺼냈다. 손바닥에 올려진 도자기 강아지는 차가우면서도 부드러웠다. 슈테피는 강아지를 이리저리 만지작거리며 조심스럽게 쓰다듬었다.

"미미."

슈테피는 도자기 강아지에게 속삭였다.

"이제 네 이름은 미미야."

알마 아줌마 목소리가 문 쪽에서 났다.

"슈테피."

슈테피는 생각할 틈도 없이 강아지를 주머니 속에 다급히 집어넣었다. 장식장 문은 팔꿈치로 슬쩍 밀어서 닫았다.

알마 아줌마는 부엌 식탁에 우유와 버터 빵을 차려 주었다. 슈테피는 조금만 먹었다. 알마 아줌마 집에서는 자신이 손님이다. 식사 때 오는 손님. 그래서 알마 아줌마가 버터 빵을 더 먹으라고 권할 때도 슈테피는 고맙다고 말하면서 그냥 거절했다.

슈테피는 스웨덴어로 중얼거렸다.

"난…… 배 안 고파요."

슈테피는 오른손으로만 먹고 마셨다. 왼손으로는 주머니 속에 있는 강아지를 꼭 붙잡았다. 기회가 생기면 제자리에 갖다 둘 생각이었다.

식사가 끝나자 아줌마는 아이들을 마당으로 내보냈다. 아줌마는 청소할 때면 아이들을 모두 밖으로 내보냈다.

슈테피 주머니 속에 든 작은 강아지는 불이 날 지경이었다. 어딘가 부딪쳐서 깨지지 않도록 슈테피가 계속 꼭 붙잡고 있었기 때문이다. 슈테피는 마당에 놓인 의자에 가만히 앉아서 아줌마가 다시 들어오라고 부를 때까지 얌전히 기다렸다. 그럼 다시 거실로 들어가서 강아지를 장식장에 갖다 둬야지.

열린 창문으로 벽시계가 치는 소리가 들렸다. 한 번, 두 번, 세 번. 벌써 세 시다. 슈테피는 집에 가야 했다.

슈테피는 넬리에게 소리쳤다.

"나 집에 간다!"

미미는 슈테피와 함께 하얀 집으로 와야 했다. 내일은 강아지를 돌려 줄 기회가 틀림없이 있을 거야.

9

슈테피는 몹시 서둘러 집으로 돌아갔다. 현관문을 열자 벽시계가 한 번 부드럽게 쳤다. 3시 15분이었다.

메르타 아줌마가 부엌에서 나왔다. 슈테피가 늦었지만 화가 난 것 같지는 않았다. 오히려 즐거운 듯한 표정이었다.

아줌마는 부엌을 지나 거실로 들어가며 말했다.

"이리 와."

흔들의자에는 남자가 앉아 있었다. 슈테피가 들어서자 남자는 의자에서 일어나 슈테피 쪽으로 다가왔다. 남자는 푸른색 작업복 바지와 털실로 짠 니트를 입고 있었다. 슈테피에게 내미는 남자의 손은 크고 따뜻하고 못이 잔뜩 박혀 있었다. 얼굴은 구릿빛으로 탔으며 깊은 주름이 새겨져 있었다.

옷에서는 비릿한 생선 냄새가 물씬 풍겨왔다.

메르타 아줌마가 소개했다.

"에버트 아저씨야."

슈테피가 인사했다.

"슈테피예요."

남자가 다정하게 말했다.

"잘 왔다."

"감사합니다."

"얘가 내 말을 알아듣네! 당신도 들었소, 메르타? 얘가 내 말을 알아들어!"

"네, 약간은요."

메르타 아줌마가 말했다. 아줌마는 부엌으로 가더니 점심 식사를 준비하기 시작했다.

에버트 아저씨는 다시 흔들의자에 앉았다. 슈테피는 맞은편 의자에 앉았다. 두 사람은 서로 바라보았다. 에버트 아저씨의 눈은 맑은 파란색이었다. 그 눈을 들여다보니 마치 먼 곳까지 보일 것만 같았다. 그 눈을 계속 들여다보면 먼 세상이 다 보일 것만 같았다. 아저씨는 바다를 하도 많이 바라보아서 눈 속으로 바다가 들어온 모양이다.

마침내 에버트 아저씨가 침묵을 깼다. 아저씨는 기억 속에서 독일어 단어를 더듬어가며 천천히 말했다.

"난······ 어부야."

아저씨는 바다를 가리켰다.

"멀리 나가지······ 배로."

슈테피는 열심히 고개를 끄덕였다. 에버트 아저씨의 독일
어는 슈테피의 스웨덴어 실력보다 더 형편없었다. 하지만 아
저씨는 어부고 배를 타고 바다 멀리 나간다는 말이란 걸 슈
테피가 알아들었으니 그만하면 충분했다.

두 사람은 조심스럽게 더듬거리면서 서로 스웨덴어, 독일
어, 몸짓을 섞어가며 이야기를 나누었다.

슈테피는 아빠가 의사이며, 엄마는 결혼 전에 오페라 가수
였다고 설명했다.

에버트 아저씨는 젊었을 때 선원으로 일했는데 그때 독일
어를 배웠다고 설명했다.

아저씨가 말했다.

"함부르크, 브레머하펜, 암스테르담."

슈테피는 아저씨가 배를 타고 북독일과 암스테르담 항구
에 가 봤다는 말이란 걸 이해했다.

이곳에 온 이후로 넬리가 아닌 다른 사람과 독일어로 대화
를 나눈 건 이번이 처음이었다. 슈테피는 오후 내내 아저씨
와 이야기를 하고 싶은 기분이 들었다.

메르타 아줌마가 부엌에서 소리쳤다.

"에버트, 식사하세요."

에버트 아저씨가 몸을 일으켰다.

"트베타…… 씻다……"

아저씨는 작업복을 가리키며 이렇게 말했다.

아저씨가 계단 위로 사라졌다. 슈테피는 부엌으로 가서 식탁 차리는 일을 도왔다. 늘 두 개씩만 놓였던 식탁 위에 이제 접시 세 개, 잔 세 개, 포크 세 개, 나이프 세 개가 차려졌다.

뭔가 딱딱한 것이 왼쪽 허벅지에서 느껴졌다. 도자기로 된 강아지!

슈테피는 강아지를 까맣게 잊고 있었다. 제발 깨지지 말아야 할 텐데! 메르타 아줌마가 주머니가 불룩한 걸 보고는 뭔지 보자고 하면 어떡하지? 슈테피는 강아지를 안전한 장소에 숨겨야 했다. 에버트 아저씨가 세면대에서 씻느라 덜그럭거리는 소리가 멈추자 슈테피는 메르타 아줌마에게 손을 내보이며 아저씨처럼 말했다.

"트베타."

메르타 아줌마는 감탄한 듯 고개를 끄덕였다. 슈테피는 얼른 계단을 올라가 방으로 들어갔다. 미미를 손수건에 싼 뒤, 맨 밑 서랍을 열어 다른 보물들 맨 뒤에다 숨겼다. 그러고는 서둘러 손을 씻었다.

슈테피와 에버트 아저씨는 두 손을 모으고 메르타 아줌마의 식사기도에 귀를 기울였다.

"오소서, 예수여, 저희 집에 오시어 당신의 축복을 내려 주소서."

에버트 아저씨와 슈테피가 기도했다.

"아멘."

그러고 나자 메르타 아줌마는 에버트 아저씨가 없는 동안 섬에서 있었던 일들과 고기잡이에 대해 이야기를 하기 시작했다. 슈테피는 단어 몇 개만 알아들었다. 슈테피는 가만히 앉아서 몸집이 작은 대구를 쑤셔서 끈적끈적한 회색 껍질을 벗겨낸 뒤 생선 살점을 감자와 소스에 뒤섞었다. 그러자 맛없게 보이는 흰죽처럼 되어 버렸다.

평소대로 슈테피는 우유를 마시며 음식물을 삼켰고, 평소처럼 우유잔은 접시 앞에서 텅 빈 채로 한참동안 놓여 있었다. 슈테피는 입 밖에 내기 전에 혼자서 가만히 연습해 보았다. 몇 시간 전에 엘사가 말하는 소리를 듣고 외운 것이었다.

"칸 야그 베 아트 파 묄켄?"

메르타 아줌마는 놀라서 하던 말을 딱 멈추었다.

에버트 아저씨가 말했다.

"세상에. 스웨덴어를 유창하게 하는 걸."

메르타 아줌마가 말했다.

"이 아이는 빨리 배우더라고요. 좋은 일이죠."

아줌마는 슈테피에게 우유통을 건네 주었다. 에버트 아저씨는 식탁 너머로 슈테피에게 기분 좋게 웃어 보였다.

아저씨가 말했다.

"곧 다른 사람들처럼 스웨덴어를 하겠구나. 곧 학교도 가야지."

슈테피는 아저씨의 말을 다 알아듣지는 못했지만 '학교'라는 말은 알아들었다.

슈테피가 말했다.

"네. 학교요."

슈테피는 빈에서 다니던 학교를 떠올렸다. 슈테피는 반에서 늘 일등이었으며 공책에는 공부를 잘했다고 늘 금색별 스티커가 붙여졌다. 선생님들은 슈테피를 귀여워했다. 적어도 작년 3월의 그날이 오기 전까지는 그랬다.

독일군이 빈으로 진군한 다음 날, 슈테피의 담임 선생님은 평상복에 하켄크로이츠(나치스들이 기장으로 사용한 갈고리 십자문장 : 옮긴이)를 단 채 교실로 들어왔다.

"하일 히틀러!"

담임 선생님은 평소의 '여러분, 좋은 아침'이란 인사말대신 이렇게 인사했다. 학생들은 그저 선생님을 바라보기만 할 뿐 무슨 일이 벌어지는지 아무도 몰랐다.

얼마 안 있어 무슨 일이 벌어지는지 모두 알게 되었다. 그

때부터 학교에서는 이런 식의 인사법이 행해졌다. 하지만 유대인 아이들은 이런 식의 히틀러 인사법을 안 해도 된다고 선생님이 엄한 눈길로 말했다. 그래서 유대인 아이들은 맨 끝자리로 자리를 옮겨야 했다. 그래야 선생님이 독일 아이들이 모두 제대로 인사하는지 확인할 수가 있기 때문이었다.

반 아이들은 의심스런 눈초리로 중얼거렸다. 선생님이 무슨 말씀을 하시는 거지? 진담일까?

선생님은 학생들을 바라보며 말했다.

"자, 내가 하는 말 못 알아들었어?"

그러자 반장인 이레네가 맨 앞자리의 자기 자리에서 일어서더니 책가방을 들고 교실 맨 구석의 빈 자리로 가서 앉았다. 아이들 몇 명이 이레네를 따라갔다. 맨 뒷자리에 앉아 있던 아이들은 앞쪽의 빈 자리에 앉았다. 슈테피와 에비는 교탁 앞쪽의 자기 자리에 그대로 앉아 있었다.

"슈테피!"

선생님이 날카로운 목소리로 불렀다.

"너도 마찬가지야. 에비도 그렇고."

에비가 소리쳤다.

"전 유대인이 아니에요! 우리 엄마는 가톨릭신자예요."

선생님은 차갑게 말했다.

"그건 상관이 없어. 뒤쪽으로 가서 앉아."

에비는 자리에서 벌떡 일어서더니 문을 쾅 닫고 교실 밖으로 나갔다.

교실은 쥐죽은 듯 조용해졌다.

선생님은 슈테피를 쳐다보았다.

"자, 이제 좀 옮겨 주겠니?"

슈테피는 책가방을 싼 뒤 뒤로 가서 빈 자리에 앉았다. 선생님은 분필을 들고 아무 말 없이 칠판에 수학 문제를 쓰기 시작했다.

에버트 아저씨가 물었다.

"무슨 생각하니?"

메르타 아줌마가 야단쳤다.

"음식 갖고 장난치지 마."

슈테피는 그제야 정신을 차렸다. 자기 접시를 들여다보았다. 자기도 모르게 포크로 생선 감자 죽 위에 그림을 그려 놓았다. 별을. 학교에서 공부 잘했다고 받았던 금색별. 유대인을 의미하는 '다윗의 별.' 슈테피는 별 모양을 뭉갠 뒤 음식을 입에 퍼 넣기 시작했다.

10

에버트 아저씨는 이틀간 집에 머물렀다. 아저씨가 다시 배를 타러 떠날 때 슈테피는 항구까지 배웅을 나가 손을 흔들었다. 배에는 모두 여섯 명이 타고 있었다. 가장 나이가 어린 사람은 페르 에리크로 슈테피보다 나이가 약간 많았다. 페르 에리크는 슈테피에게 인사하며 악수를 청할 때 슈테피 얼굴을 똑바로 쳐다보지 못하고 약간 비켜서 쳐다보았다. 알마 아줌마의 남편인 시구르드도 함께 배를 탔다.

베 이름은 '다이애나'라고 에버트 아저씨가 설명해 주었다. 예쁜 이름이지만 뱃머리에는 GG143이라고만 적혀 있었다. 이 표시는 예테보리의 어선으로 번호가 143번이란 뜻이라고 했다.

에버트 아저씨가 떠나고 나자 다시 예전과 같은 생활이 돌아왔다. 아침마다 슈테피와 메르타 아줌마는 함께 식사를 하고 식탁을 치운 뒤 설거지를 한다. 그러고 나면 슈테피는 넬리와 함께 놀다가 점심때가 되면 집으로 온다. 식사 후 다시 설거지를 하고 메르타 아줌마의 일을 돕는다. 밤에는 자기 방이나 창가 의자에 앉아 편지를 쓰거나 일기를 쓴다.

일기장 맨 뒤에는 섬에서 보낸 날들을 작대기로 표시해 두었다. 반 년이면 182일이다. 슈테피는 매일 밤 작대기를 세어보았다. 34일…… 35일…… 36일…….

부모님과 에비에게 보내는 편지에는 모든 게 좋다고 썼다. 특히 에비에게 보내는 편지에는 섬 생활을 멋지게 그렸다. 스웨덴이 살기에 멋진 나라처럼 보이게 하면 에비도 이쪽으로 올지 모르기 때문이다. 그러나 에비의 엄마는 가톨릭신자이기 때문에 에비는 여기 올 필요가 없을지도 모르겠다.

편지나 일기를 쓰지 않을 때면 슈테피는 책을 읽었다. 집에서 가져온 책들은 벌써 다 읽어 버렸다. 메르타 아줌마 집에는 거실 탁자 위에 놓인 두꺼운 성경책 외에는 책이 한 권도 없었다.

넬리가 물었다.

"언제 집에 가는 거야, 언니? 곧 가는 거 아니야?"

"우린 집에 안 가."

슈테피는 참을성 있게 설명했다.

"너도 알잖아. 우린 미국으로 갈 거야. 엄마 아빠가 입국 허가를 받게 되면 말이야. 그럼 배를 타고 암스테르담으로 가서 부모님을 만날 거야."

넬리가 캐물었다.

"그러니까 언제 말이야?"

"나도 몰라. 그런 날이 곧 오겠지."

자매는 해변의 바위 위에 꼭 붙어 앉아 있었다. 바다는 햇빛을 받아 파랗게 반짝거렸지만 바람은 차가웠기 때문에 수영하는 사람은 아무도 없었다. 9월이 되자 섬에 사는 아이들은 모두 학교에 다녔다. 이제 해변은 자매의 것이 되었다. 고향을 그리며 둘만 있을 수 있는 장소였다.

넬리가 부탁했다.

"미국에 대해 말해 줘."

슈테피가 말했다.

"미국은 이곳과는 아주 달라. 미국에는 높은 건물과 자동차로 가득한 대도시가 있어."

"빈처럼?"

"높은 건물이 빈보다 훨씬 많아. 자동차도 훨씬 많고. 미국에는 뭐든지 다 많아. 우린 방도 많고 정원도 넓은 큰 집에서 살 거야. 키 큰 나무와 보리수, 마로니에가 있는 진짜 정원 말이야. 거의 공원 같다고 할 수 있지. 이런 작은 마당이 아니라."

넬리가 물었다.

"그럼 개도 키울 수 있어?"

슈테피는 도자기로 만든 강아지 미미를 떠올렸다. 손수건에 싸여 장롱 맨 밑 서랍 속에 들어 있는 미미. 알마 아줌마는 강아지 인형이 없어진 걸 벌써 알아챘을 지도 모른다. 하루하루 지날수록 인형을 다시 제자리에 돌려 놓기가 힘들어졌다.

슈테피는 간단하게 대답했다.

"응. 그럴 거야."

넬리가 말했다.

"피아노도? 미국에서도 피아노 가질 수 있겠지?"

이런 이야기를 나누는 것도 지루해지자 자매는 작은 마을을 어슬렁거리며 돌아다녔다. 볼 게 별로 없었다. 집, 작은 마당, 바위들. 우체국, 가게, 학교. 집들 너머 언덕 위에 있는 작은 교회. 마을 끝 쪽, 알마 아줌마 집 근처에는 성령강림절 교회라고 불리는 커다란 목재 건물이 있었다. 하지만 전혀 교회처럼 보이지 않았다. 항구 근처에 있는 또 다른 큰 집은 기도원이였다.

항구는 늘 분주했다. 배들이 들어오고 나갔다. 어부는 그

물을 손질하고 배를 수리했다. 보트 창고 문 위에는 배의 이름이 적혀 있었다. 유노, 이네즈, 스웨덴, 마틸디, 북해……슈테피가 처음에 박쥐인줄 알았던 것이 사실은 물고기였다는 것을 이제야 알게 되었다. 생선을 말리기 위해 배를 갈라서 가파른 나무걸이에 걸어 둔 것이었다.

보트 창고 앞에 있는 의자에는 늙은 남자들이 몇 명 앉아서 파이프를 피우며 이야기를 나눴다. 그 중 한 남자는 자매가 지나갈 때면 가끔 사탕을 주었다. 사탕은 진홍색으로 달고도 맛이 강했다.

어느 날 부두에 화물선이 한 대 정박해 있었다. 선원 두 명이 갑판에서 일하고 있었다.

"저 배가 함부르크에 갈지도 몰라."

슈테피가 말했다.

"아니면 암스테르담으로 가던가."

넬리가 말했다.

"암스테르담? 우리가 가려는 곳이 암스테르담이지?"

"응."

넬리는 부두 가장자리로 다가갔다.

넬리는 선원 중 한 사람에게 말했다.

"우리도 태워 줄래요? 우린 암스테르담으로 가야 해요."

그 남자는 스웨덴어로 뭐라고 대답하더니 하던 일을 계속

했다.

넬리는 슈테피에게 말했다.

"내 말을 못 알아들었나 봐. 언니가 물어 보면 안 돼?"

슈테피는 엄마 아빠가 아직도 빈에 있다는 것을 알고 있었다. 미국 입국 허가를 받기 전에는 떠날 수가 없다. 그래도 넬리와 함께 암스테르담에 간다면 서로 더 가까워지는 느낌이 들 것이다.

"제발요. 우리 좀 태워 주세요! 우리는 암스테르담으로 가야 해요."

선원은 슈테피를 보며 웃으면서 고개를 흔들었다.

배를 타려면 물론 돈을 내야 한다. 아마 그 때문에 태워 줄 수 없을지도 모른다.

슈테피가 말했다.

"우릴 암스테르담까지 태워 주세요. 도착하면 우리 아빠가 돈을 주실 거예요."

슈테피는 자신은 돈이 없다는 것을 보여 주기 위해 주머니 안을 뒤집어 보였다.

남자가 동료에게 말했다.

"집시 아이들이군. 집시들이 어떻게 여기까지 왔지?"

남자는 주머니에게 뭔가 꺼내더니 슈테피에게 던져 주었다. 던져 주는 물건을 받아 보니 반짝거리는 25외레 동전이었다.

선원들은 일을 끝냈다. 그 중 한 사람이 밧줄을 풀었다.

슈테피가 부르짖었다.

"안 돼요. 가면 안 돼요! 우릴 데려가요!"

화물선은 출발했다. 서서히 부두를 벗어났다.

슈테피는 부두를 따라 달리기 시작해서 방파제까지 나갔다. 넬리도 뒤따라왔다.

자매는 함께 외쳤다.

"우릴 데려가 주세요! 우릴 데려가 줘요!"

화물선은 방파제를 돌아 바다를 향해 나갔다. 선원들은 자매에게 손을 흔들어 보였다.

슈테피가 말했다.

"우리는 난파당한 사람들이야. 외딴 섬에 남겨졌어. 배가 지나갔지만 우리가 보낸 구조 신호를 보지 못했어. 다음 배가 올 때까지 기다려야 해."

넬리가 물었다.

"우리가 구출될까?"

슈테피가 말했다.

"그럼. 다음번에는 꼭 구출될 거야."

화물선이 드넓은 바다 저 멀리 사라질 때까지 자매는 방파제 위에 서 있었다. 그러고 나서 천천히 다시 돌아왔다.

부두에는 몸집이 크고 뚱뚱한 소년이 작아진 옷을 입고 서 있었다. 슈테피는 소년을 알아보았다. 오후면 항상 부두에서 그물을 손질하고 작은 배를 청소하던 소년이었다. 도시에서 온 증기선이 부두에 정박하면 상인들이 육지로 물건 옮기는 일도 종종 도와주었다.

소년이 물었다.

"배 타고 싶니? 나도 배가 있어."

소년은 기대에 찬 눈으로 슈테피를 바라보았다. 여드름이 난 얼굴에는 입이 반쯤 벌어져 있었다.

"싫어."

슈테피는 퉁명스럽게 말하며 넬리를 끌고 소년 앞을 지나갔다. 소년에게서 멀리 떨어지려고 걸음을 재촉했다.

넬리가 물었다.

"언니, 슬퍼서 그래? 우리가 배 타고 갈 수 없어서?"

슈테피는 아무 대답도 하지 않았다.

넬리가 말했다.

"난 슬프지는 않아. 그냥 집에 가고 싶어."

슈테피가 씩씩거리며 말했다.

"우린 집에 갈 수가 없다고. 아직도 이해 못하겠어?"

넬리가 소리를 질렀다.

"언닌 너무 나빠! 엄마에게 다 이를 거야. 언니가 너무 나쁘다고."

넬리는 막 뛰어가기 시작했다. 슈테피는 넬리를 쫓아가서 땋은 머리를 잡아당겼다.

"아야!"

넬리는 울면서 슈테피의 다리를 발로 찼다.

슈테피는 넬리를 꼭 붙든 채 넬리의 눈을 들여다보며 단호하게 말했다.

"엄마한테 고자질하면 안 돼. 집에 가고 싶다고 칭얼거려도 안 돼. 엄마를 슬프게 할 내용은 편지에 쓰면 안 돼. 알아들었어?"

넬리는 땅바닥을 쳐다보며 뭐라고 투덜거리더니 고개를 끄덕였다.

"약속해?"

넬리는 다시 고개를 끄덕였다. 슈테피는 넬리의 어깨를 놓았다. 넬리는 슈테피가 다시 붙잡지 못하도록 몇 발짝 앞장서 걸었다.

"그래도 알마 아줌마에게는 다 이를 거야."

넬리는 다시 뛰어가면서 뒤돌아보며 이렇게 외쳤다.

11

이제 유럽에 전쟁이 시작되었다. 아빠는 그곳에서 벌어지는 일을 편지로 알려왔다. 독일이 폴란드를 공격했고, 영국과 프랑스는 독일에 대해 전쟁을 선포했다. 오스트리아가 독일제국에 속하기 때문에 슈테피의 조국도 전쟁에 가담하게 되었다.

슈테피 아빠는 편지에 이렇게 썼다.

전쟁이 우리에게 어떤 영향을 줄지는 아직 모르겠구나. 오스트리아를 떠나는 게 더 힘들어질지, 아니면 미국처럼 전쟁에 가담하지 않은 나라들이 오히려 피난민을 더 많이 받아들일지 말이다. 앞으로 차차 알게 되겠지.

슈테피는 섬마을을 산책하면서 아빠 편지에 '적히지 않은' 내용에 대해 곰곰이 생각해 보았다. 아빠가 군인이 되어야 하는 걸까? 아니면 다시 수용소에 가야 할까? 전쟁이 나도 배를 타고 바다를 건너 미국에 갈 수 있을까? 전쟁이 스웨덴까지 퍼질까?

어느 날 슈테피는 새로운 놀이를 만들어 냈다.

슈테피가 넬리에게 말했다.

"이제 우린 빈에 있는 거야."

넬리는 무슨 소린가 하는 눈으로 슈테피를 쳐다보았다.

"뭐? 어떻게?"

"모르겠어? 지금 우리는 넓은 케른트너 거리를 따라 걷고 있는 거야. 거리 양쪽에는 커다란 건물에 상점이 죽 늘어서 있어."

슈테피는 길 양쪽의 바위들을 가리켰다.

"진열장은 화려하게 빛나. 멋진 물건들로 가득 차 있거든. 옷, 구두, 모피, 향수 등등. 보이지?"

넬리가 힘차게 고개를 끄덕였다.

슈테피가 말했다.

"눈을 감아."

"잘 들어 봐. 전차와 자동차들이 지나가는 소리가 들리지?"

슈테피도 눈을 감고 귀를 기울였다. 눈을 감고 들으니 파도 소리가 진짜 자동차 소음처럼 들렸다.

넬리가 소리쳤다.

"저기 전차가 온다! 또 한 대가 와!"

슈테피가 말했다.

"그래. 이제 오페라하우스 앞을 지나가는 거야. 오페라하우스에 가서 '마술피리' 본 거 생각나니? 넌 그때 아주 어려서 2악장을 연주할 때 잠들었잖아. 이제 모퉁이를 돌아 영웅 광장으로 가는 거야. 저기 봐. 기마상이 저기 있어! 어떤 할머니가 비둘기에게 모이를 주고 계셔."

넬리가 슈테피의 말에 끼어들었다.

"난 공원으로 갈래. 놀이터에. 거기가 훨씬 재미있어."

슈테피가 결정했다.

"우린 지금 반대 방향으로 가고 있어. 내일은 네가 원하는 대로 갈게. 이리 와. 영웅 광장을 건너가자."

넬리가 물었다.

"어디로 가는데?"

"프레용으로. 시장 구경을 해야지."

넬리가 반대했다.

"그렇게 멀리? 그냥 집으로 가면 안 될까?"

"하나도 안 멀어. 눈을 감아 봐. 내가 손을 잡아 줄게. 곧 도착할거야."

다시 눈을 감은 슈테피는 진짜 구시가지의 좁은 골목길을 걷는 것 같았다. 슈테피는 울퉁불퉁한 길에서 넘어지지 않도록 아주 조심해야 했다. 돌멩이와 나무 뿌리 때문에 길이 울퉁불퉁한 게 아니라 도로 포장 때문인 것처럼 행동했다.

슈테피는 발자국 소리에 꿈에서 깨어났다. 슈테피는 얼른 눈을 떴다.

슈테피 앞으로 길 한가운데에 빨간 머리 소녀가 서 있었다. 소녀가 웃으며 머리를 뒤로 젖히자 빨간 머리카락이 나풀거렸다.

소녀가 말했다.

"안녕. 내 이름은 베라야. 넌 이름이 뭐니?"

"슈테피야."

넬리는 옆에서 가만히 땅만 내려다보고 있었다. 슈테피는 넬리의 옆구리를 가볍게 밀었다.

넬리는 베라에게 눈길도 주지 않은 채 수줍게 말했다.

"넬리야."

베라는 따라 오라고 손짓을 하며 말했다.

"이리 와."

세 사람이 낮은 담장을 기어올라가 마른 풀과 부러진 나뭇가지들로 수북한 언덕을 올라가자 바위틈이 나왔다. 세 사람은 가시덤불 옆에서 멈췄다. 검푸른 잎사귀 밑으로 커다란 검은색 열매가 반짝였다. 베라는 열매를 몇 개 따더니 자매에게 내밀었다. 슈테피는 순간 주저했다. 혹시 장난치는 건 아닐까? 쓴 열매를 먹으라고 주고서는 뱉어내면 베라가 비웃는 건 아닐까?

넬리가 슈테피 뒤에서 낮은 소리로 물었다.

"먹어도 되는 거야, 언니?"

슈테피는 하나를 입 안에 넣었다. 달고 맛있었다. 하나 더 먹었다.

"먹어도 되는 건가 봐?"

넬리도 이렇게 말하며 손을 내밀었다. 베라가 넬리에게 열매를 몇 개 주었다. 넬리는 입 안에다 한꺼번에 쑤셔 넣었다.

넬리가 말했다.

"음."

입가에 검붉은 열매즙이 번졌다.

베라가 말했다.

"나무딸기야. 스웨덴어로는 비욘베르라고 해. 너희들 비욘이 뭔지 아니?"

베라는 곰 흉내를 내기 시작했다. 으르렁거리며 네 발로 기다가 갑자기 '뒷발'로 일어서서 '앞발'을 들어올렸다. 넬리는 딸꾹질이 날 정도로 웃더니 갑자기 웃음을 멈추었다.

넬리가 물었다.

"여기 곰이 있어, 언니? 진짜 곰이?"

슈테피가 안심시켰다.

"없어. 곰은 커다란 숲 속에서만 살아. 여긴 나무도 별로 없는 걸."

넬리는 깊은 바위틈 사이를 들여다보았다.

"확실해?"

슈테피가 말했다.

"그럼. 확실하고말고."

그러나 슈테피의 눈도 넬리처럼 바위틈의 어둠 속을 향했다. 그러면서 어떤 위험한 야생동물이 이곳에 숨어 있을까 궁금해졌다.

세 사람은 열매를 따먹느라 손가락이 빨갛게 물들었다. 베라는 웃고 떠들었다. 슈테피는 할 줄 아는 스웨덴 단어 몇 개로 간단하게 대답했다.

슈테피의 치마에 가시덩굴이 달라붙었다. 슈테피는 손으로 덩굴을 떼어 내려고 했다. 그러나 가시는 발톱처럼 딱 달라붙어서 떨어지려고 하지 않았다. 슈테피는 치마를 잡아당겨 억지로 가시를 떼어냈다. 그러자 날카로운 소리와 함께 치마가 찢어졌다.

슈테피는 놀라서 치마를 쳐다보았다. 길게 찢어진 자국이 입을 쫙 벌리고 있었다. 찢어진 자국 옆으로는 딸기즙이 잔뜩 얼룩져 있었다. 메르타 아줌마가 보면 뭐라고 하실까?

베라도 당황해하는 것 같았다. 넬리만 아무 말 없이 계속 딸기를 먹고 있었다.

슈테피가 베라에게 말했다.

"집으로 가야겠어."

베라는 알았다는 듯 고개를 끄덕였다.

"라가."

베라는 손으로 찢어진 자국을 꿰매는 시늉을 하며 이렇게 말했다.

자매와 함께 내려오던 베라는 거의 길처럼 보이지도 않는 좁은 길로 들어섰다. 베라는 웃음을 지으며 손짓하더니 사라졌다.

슈테피는 곧장 집으로 가야겠다고 생각했다. 메르타 아줌마가 집에 안 계시는 게 가장 좋겠지만 집에 계시더라도 몰래 계단을 올라가 옷을 갈아입으면 된다. 비슷하게 생긴 다른 치마가 있으니까. 메르타 아줌마는 아침에 슈테피가 어떤 옷을 입고 나갔는지 틀림없이 기억 못할 것이다. 그럼 찢어진 치마를 책가방에 넣어서 내일 알마 아줌마에게 갖고 가면 된다. 알마 아줌마는 찢어진 부분을 꿰매고 얼룩을 빼는 방법을 틀림없이 알고 있을 것이다. 그럼 메르타 아줌마에게

이 사실을 알릴 필요도 없다.

슈테피는 길거리에서 넬리와 헤어진 뒤 집으로 향했다.

집이 가까워지자 메르타 아줌마의 자전거가 있는지부터 살펴보았다. 다행이다. 자전거는 늘 기대어 있던 담장에 보이지 않았다.

슈테피는 집까지 남은 거리를 한걸음에 달려갔다. 현관문을 홱 열어젖히고는 쾅 하고 큰 소리가 나게 닫았다. 계단을 막 올라가는데 아래에서 발자국 소리가 들렸다. 몸을 숨기기에는 이미 늦었다.

메르타 아줌마의 눈길은 자석에 이끌리기라도 하듯 얼룩지고 찢어진 치마에 향했다.

슈테피는 억눌린 목소리로 말했다.

"죄송합니다."

메르타 아줌마가 명령했다.

"네 방으로 가. 옷을 갈아입고 씻어. 오늘은 밖에 나가지 말고 집에만 있어."

슈테피는 시키는 대로 했다.

옷을 벗어 의자에 걸어둔 채 늘 하던 대로 세면대에서 몸을 씻었다. 슈테피는 깨끗한 옷을 입을 엄두가 나지 않았다. 대신 팬티 차림에 잠옷만 입었다. 아직 훤한 대낮이었지만.

메르타 아줌마는 슈테피 방으로 와서 찢어진 옷을 들고 말

없이 나갔다. 아줌마는 방문을 쾅 하고 닫았다.

슈테피는 장롱 맨 밑 서랍을 열었다. 손수건으로 싼 도자기 강아지 인형을 꺼내 장롱 위의 액자 옆에 세웠다. 그러고 나서 보석함을 꺼내 뚜껑을 열었다. 부드러운 음악이 흘러나오면서 작은 발레리나 인형이 다리로 선 채 몸이 돌아가기 시작했다. 보석함은 음악시계로 사용할 수도 있는 것으로 슈테피의 열 번째 생일에 엄마가 선물해 준 것이다. 음악이 잦아들자 슈테피는 뚜껑을 덮었다가 다시 열었다. 발레리나는 다시 돌면서 춤추기 시작했다.

슈테피는 사진을 보며 속삭였다.

"엄마. 엄마, 집에 가고 싶어요."

부엌에서 덜거덕거리는 소리가 들렸다. 잠시 후 음식 냄새가 풍겨왔지만 메르타 아줌마는 슈테피를 부르지 않았다. 그러고 나서 다시 덜거덕거리더니 곧 조용해졌다.

슈테피는 아침을 먹은 이후로 딸기 외에는 아무것도 먹은 게 없었다. 지금은 생선조차 맛있을 것 같았다.

몇 시간이 지나고 나서야 메르타 아줌마는 우유 한 잔과 버터 빵 몇 조각을 접시에 담아 왔다. 접시와 잔을 창가 책상 위에 두고 나갔다. 아줌마는 가다가 멈추더니 뒤돌아보며 말했다.

"베라 헤드베리. 너와 잘 어울리는 친구구나. 제대로 된 콩

가루 집안이지."

그 말과 함께 아줌마는 문을 닫고 나갔다. 슈테피는 그게 무슨 말인지, 베라와 베라 엄마가 어떻다는 말인지 묻고 싶었지만 감히 물을 수가 없었다.

슈테피가 빵을 먹으려고 책상 앞에 앉자 창문 너머로 아줌마의 자전거가 목재 헛간 옆에 기대져 있는 것이 보였다. 체인이 끊어져 있었다.

12

　9월 말경의 어느 일요일 저녁, 메르타 아줌마는 슈테피에게 외투를 입으라고 말했다. 부흥회에 가야 한다고 했다. 슈테피는 부흥회가 뭔지 몰랐지만 시키는 대로 외투를 입고 따라나섰다. 두 사람은 마을에 있는 사각형 목재 건물로 갔다. 성령강림절교회였다. 밖에는 사람들이 많이 모여 있었다. 교회 안으로 들어가는 사람도 있었고, 작은 무리를 이루어 함께 서서 이야기하는 사람들도 있었다. 알마 아줌마도 넬리와 아이들을 데리고 와 있었다.

　넬리가 슈테피에게 작은 소리로 물었다.

　"여긴 뭐하는 곳이야?"

　슈테피도 작은 소리로 대답했다.

"나도 몰라. 교회인가 봐."

안에 들어가 보니 커다란 홀에 의자가 줄지어 놓여 있었다. 교회처럼 보였지만 교회는 아니었다. 빈에 있는 교회들은 돌로 만들어진 오래 된 건물에 스테인드글라스와 성인들의 그림으로 장식되어 있고 수백 개의 양초 타는 냄새가 가득했다. 슈테피는 에비와 에비 엄마와 함께 그런 교회에 한 번 가 본 적이 있었다.

하지만 이곳 교회는 크기만 할 뿐 아무런 장식이 없었고, 학교 교실처럼 연단만 하나 놓여 있었다. 어두운 기둥 사이로 신비스런 통로에서는 빛을 내며 흔들거리는 촛불도 보이지 않았다. 걱정스런 눈길로 사람들을 내려다보는 성인 그림도 없었다. 천장에 달린 전기 램프가 훤하게 빛을 내고 있었다. 나무 바닥은 새로 문질러 닦은 냄새가 났다. 의자에는 사람들이 가득 앉아 있었다. 슈테피는 메르타 아줌마와 넬리 사이에 앉았다. 넬리의 저쪽편에는 알마 아줌마가 앉아 있었다. 알마 아줌마는 무릎 위에는 욘을, 옆 자리에는 엘사를 앉혔다.

모두 자리에 앉자 부흥회가 시작되었다.

키가 크고 비쩍 마른 남자가 연단에 서더니 근엄한 목소리로 말을 시작했다. 그 남자는 커다란 손을 반쯤 포갠 뒤 말을 강조하고 싶을 때마다 아래위로 쳐들었다. 슈테피는 남자의 말을 아주 조금만 알아들었다. 하느님과 예수와 회개해야 하는 죄 많은 인간들에 관한 설교였다.

"예수님께 돌아오십시오."

그 남자가 말했다.

"당신이 어떤 사람이든 예수님께서는 당신을 받아 주실 것입니다."

남자가 사용하는 표현에 슈테피는 잠깐씩 귀를 기울였다. '심장에 꽂힌 화살'이니 '어린양의 피'니 하는 말은 특별하고도 아름답게 들렸다.

슈테피 뒤에 앉은 부인은 내내 혼잣말로 중얼거렸다.

"네, 네, 사랑하는 예수님."

그 여자는 계속 이렇게 되뇌었다. 슈테피가 뒤돌아보자 바로 메르타 아줌마는 슈테피 옆구리를 힘차게 쳤다. 메르타 아줌마는 똑바로 앉아서 몸을 꼿꼿하게 세웠다. 양 손은 무릎 위에 가지런히 포개 놓고 입을 꼭 다물었다.

의자는 딱딱했다. 옆에서는 넬리가 이리저리 몸을 비틀었다. 갑자기 맨 앞쪽에 앉아 있던 여자가 몸을 일으키더니 뭐라고 말을 하기 시작했다. 그 여자는 계속 같은 소리를 한참 읊어댔다. 아무리 애를 써도 슈테피는 무슨 말인지 한 마디도 알아들을 수가 없었다. 스웨덴어처럼 들리지도 않았고 한 번도 들어본 적이 없는 언어 같았다.

슈테피와 넬리는 서로 곁눈질을 했다. 슈테피는 웃음이 터져 나오려고 했다. 하지만 옆에 앉은 메르타 아줌마의 엄격한 옆모습을 보며 웃음을 꾹 참았다.

이제 다시 비쩍 마른 남자 차례였다. 그 남자는 커다란 손을 흔들며 계속 설교했다.

큰 축일이 되면 엄마와 아빠는 슈테피와 넬리를 데리고 유대 사원인 회당에 갔다. 회당에서는 하루 종일 조용히 앉아 있을 필요가 없었다. 사람들이 오고가며 문 앞에 서서 이야기를 나누거나 아는 사람들과 인사를 나누며 서로 즐거운 축제를 기원했다. 어린아이들은 마당에서 뛰어다니며 잠깐 놀다가 다시 부모 옆자리에 앉았다. 슈테피와 넬리가 엄마와 함께 위층에 앉아서 아빠와 다른 남자들을 내려다보고 있으면 향수를 풍기는 부인들이 사탕을 건네 주었다.

가을의 '속죄의 날'에만 모두 진지하고 조용히 지냈다. 특히 지난 가을에는 랍비가 죽은 자들을 위한 기도를 올릴 때 많은 사람들이 눈물을 흘렸다. 그 후 몇 주 지나지 않아서 회당이 사라지고 말았다. 11월의 그 끔찍한 밤에 불타 버렸다. 바로 그날 밤에…….

슈테피는 그 생각을 떠올리고 싶지 않았다. 슈테피는 다시 주변에 정신을 집중시키려고 애썼다. 비쩍 마른 남자가 신도들을 바라보았다.

남자가 말했다.

"예수 그리스도는 당신이 하는 모든 질문에 대한 해답이십니다."

당신의 모든 질문에 대한 해답이라고? 예수는 슈테피가 왜 낯선 나라로 도망쳐야 했는지 설명할 수 있단 말인가? 예수는 슈테피가 언제 엄마와 아빠를 다시 만나게 될지 말해 줄 수 있단 말인가?

이제 비쩍 마른 남자는 옆쪽으로 비켜섰다. 젊은이 한 무리가 연단 위에 올라왔다. 불그스레한 뺨과 초롱초롱한 눈을 한 모습이 어딘가 모두 서로 닮은 것 같았다. 도무지 질문이라고는 전혀 없는 사람들처럼 보였다.

합창단은 밝은 목소리로 노래하기 시작했다. 땋은 머리를 화관처럼 머리 둘레로 엮은 젊은 여자가 기타로 반주를 했다. 슈테피는 섬에 온 이후 처음으로 음악을 들었다. 노랫소리는 슈테피의 마음속으로 밀려 들어와 슈테피를 채우고 따뜻하게 감싸 주었다. 슈테피는 눈을 감은 채 머리, 가슴, 팔, 다리로 음악을 느꼈다. 음악이 어찌나 아름다웠던지 슈테피는 울고 말았다.

넬리가 조심스럽게 슈테피의 팔을 잡았다. 슈테피는 넬리의 손을 꼭 잡았다. 그러자 넬리도 울기 시작했다. 자매는 마지막 곡이 끝날 때까지 울고 또 울었다. 메르타 아줌마는 몸을 일으키더니 자매를 중간 통로로 데리고 나갔다.

아줌마는 연단 앞 나무 바닥 위로 무릎을 꿇더니 슈테피와 넬리를 아래로 잡아당겼다. 비쩍 마른 남자가 커다란 손을 슈테피와 넬리의 머리 위에 얹더니 큰 소리로 기도하기 시작했다.

슈테피는 교회 안에 있는 사람들이 모두 무릎 꿇은 자신과 동생을 보고 있다는 것을 알았다. 자신이 뭔가 나쁜 행동을 한 것일까? 용서를 빌어야 하나? 바닥은 딱딱했고, 마루에서 삐져나온 가시가 스타킹을 뚫고 무릎에 파고들었다.

"이 섬에서 나가게 해 주세요."

슈테피는 나지막한 소리로 기도를 올렸다. 누구에게 올리는 기도인지도 몰랐다. 하느님? 예수님? 엄마? 아빠?

비쩍 마른 남자가 기도를 끝냈다.

"아멘."

신도들도 모두 한 목소리로 말했다.

"아멘."

메르타 아줌마가 일어섰다. 슈테피는 불안하게 자리에서 일어섰다. 이제 끝났다.

이제 모두 함께 찬송가를 불렀다. 세 사람은 제자리로 돌아갔다. 알마 아줌마는 넬리를 안아 주었다. 그러고 나더니 손을 뻗어 슈테피의 뺨을 쓰다듬어 주었다.

부흥회가 끝나자 모두 알마 아줌마네 집으로 갔다.

메르타 아줌마가 말했다.

"생각해 봐. 아이들이 이렇게 빨리 예수를 영접하다니. 전혀 생각지 못한 일이야."

알마 아줌마가 말했다.

"아직 어린 아이들이잖아요. 아이들 마음속에는 악한 게 없어요. 옳은 신앙에서 자라지 못한 것도 아이들 책임은 아니니까요."

메르타 아줌마는 만족스럽게 말했다.

"그러니 참 잘 된 일이야. 아이들의 영혼이 이제 머물 곳을 찾았어."

넬리가 물었다.

"언니, 왜 그랬어? 아까 왜 울었어?"

슈테피가 대답했다.

"음악 때문에. 음악이 몹시 아름다워서. 넌 왜 울었니?"

넬리가 대답했다.

"언니가 울어서."

알마 아줌마는 두 소녀에게로 몸을 돌렸다.

"이제 기쁘지? 너희들은 이제 예수를 영접해서 구원을 받았어. 너희들을 위해 아주 잘 된 일이야."

예수를 영접했다고? 구원을 받았다고? 두 아줌마는 슈테피와 넬리가 운 것이 음악 때문이 아니라 예수 때문이라고 생각한다는 사실을 슈테피는 서서히 깨달았다.

슈테피는 머뭇거리며 말했다.

"네. 음악이 몹시 아름다워서……."

하지만 알마 아줌마는 제대로 듣지 않았다. 메르타 아줌마와 계속 이야기를 나눴다. 두 사람은 이제 그 비쩍 마른 목사에 대해 이야기했다.

메르타 아줌마가 말했다.

"목사님은 권능을 받았어. 정말 큰 권능을 받았어."

슈테피는 더는 아무 말도 하지 않았다. 슈테피와 넬리는 아무 저항 없이 몇 주 후에 세례를 받았다. 그리고 나서 성령강림절교회의 신도가 되어 매주 일요일 주일 학교에 다니게 되었다.

슈테피는 이제 죄를 용서 받았으니 변해야 한다는 걸 느꼈다. 좀 더 친절하고 순종적이 되어야 한다. 메르타 아줌마가 틀림없이 그렇게 기대할 것이다. 그러나 슈테피는 예전과 똑같은 자신을 보았다. 장롱 위에 놓인 예수 그림을 종종 바라보고, 주일 학교에서 들은 대로 예수 사랑을 영접하려고 노력했지만 특별한 느낌은 들지 않았다.

슈테피는 중얼거렸다.

"죄송해요, 예수님. 제가 제대로 구원받지 못했다면 죄송해요."

슈테피는 부모님께 보내는 편지에 예수와 구원에 대해서
는 쓰지 않았다. 어떻게 써야 할지 알 수가 없었다. 부모님이
좋아하지 않을지도 모른다. 슈테피는 한번 구원받고 나서도
다시 구원받지 않는 상태로 돌아갈 수 있는지 궁금했다. 만
약 그렇게 될 수 없다면 다시 가족을 만났을 때 세례 받은 사
실을 평생 비밀로 간직하고 살아야 한다.

주일 학교는 단조로운 생활에서 일단 기분전환은 되었다.
젊은 여자의 기타 반주로 노래를 많이 불렀다. 브리타라는
소녀는 슈테피에게 책갈피에 끼워 두는 장식품을 선물했다.
검정머리에 분홍색 옷을 입은 천사 그림이었다. 브리타에게
는 금발머리에 파란색 옷을 입은 천사 그림 장식품도 있었지
만 이건 브리타 자신이 간직했다.

브리타는 슈테피와 동갑이지만 키는 더 작았다. 브리타의
회색 머리카락은 늘 부스스하게 뭉쳐 있었다. 주일 학교가
끝나면 브리타는 종종 슈테피와 함께 집으로 갔다.

베라는 주일 학교에 다니지 않는다. 가끔 베라를 만나지만
베라는 늘 다른 여자 아이들과 함께 있었다. 가게 집 딸인 금
발머리 소녀가 늘 함께 있었고, 다른 아이들보다 몸집이 크
고 힘이 센 다른 소녀도 늘 함께 있었다.

서로 마주치면 유일하게 인사하는 사람이 베라였다. 다른

아이들은 그냥 슈테피를 바라보기만 했다. 한번은 금발머리 소녀가 슈테피의 등에 대고 뭐라고 외쳤지만 슈테피는 무슨 말인지 알아듣지 못했다.

13

 마을 한가운데 있는 초등학교는 기다랗고 좁은 노란색 이
층 목재 건물이었다. 현관 위에는 시계가 걸려 있었다. 맞은
편에는 유치원이 자리하고 있었다. 유치원은 크기가 일반 주
택만 했다.

 슈테피와 넬리는 가끔씩 이 학교 앞을 지나갔다. 휴식 시
간이 되어 아이들이 운동장에 나오면 슈테피와 넬리는 천천
히 걸으면서 운동장에서 뛰어 노는 아이들을 곁눈질로 바라
보았다.

 넬리가 물었다.

 "우린 언제 학교에 갈 수 있는 거야?"

 슈테피가 대답했다.

"스웨덴어를 잘하게 되면."

넬리가 자랑스럽게 말했다.

"난 스웨덴어 할 줄 알아. 알마 아줌마는 내가 스웨덴어를 유창하게 한다고 말했어."

넬리가 스웨덴어를 정말 잘하는 건 사실이었다. 슈테피보다 나았다. 하지만 그건 넬리가 알마 아줌마와 엘사와 말할 기회가 많기 때문이다. 메르타 아줌마는 불필요한 말은 안 하는 데다가 에버트 아저씨는 집에 있는 때가 별로 없었다.

"곧 스웨덴어를 잘 할 수 있을 거야. 그럼 학교도 갈 수 있어."

슈테피는 이렇게 말하며 동경의 눈빛으로 학교 담장 너머를 바라보았다. 슈테피는 언뜻 물결치는 빨간 머리를 본 듯했다. 베라인 것 같았다. 슈테피가 학교에 다니게 되면 베라를 매일 만날 수 있을 것이다. 그럼 틀림없이 서로 친구가 될 것이다.

점심 식사를 하는 동안 슈테피는 스웨덴어를 제대로 발음해 보려 애썼다. 이제는 메르타 아줌마도 슈테피가 스웨덴어를 유창하게 한다는 것을 알아야만 한다. 아줌마는 그런 슈테피의 생각을 읽기라도 한 듯 식탁에서 일어서며 말했다.

"오늘 알마와 이야기를 했는데, 너와 넬리도 이제 학교 갈 때가 된 것 같구나. 하루 종일 빈둥거리고만 있을 수는 없잖니. 내일 교장 선생님과 만나 얘기해 볼 거야. 월요일부터 수업을 시작할 수 있을지도 모르지."

다음 날 아침 메르타 아줌마는 자전거를 타고 학교에 갔다. 오후에 슈테피는 6학년에 들어가게 되었다고 아줌마에게 들었다.

슈테피가 따졌다.

"작년에 빈에서 이미 6학년은 다녔어요!"

메르타 아줌마가 말했다.

"넌 열두 살이잖아? 그럼 네 또래들하고 같이 6학년에 다녀야지. 6학년에 안 다니면 도대체 어딜 다니겠다는 거니? 도시에 있는 김나지움(대학 입학을 위한 준비 교육 기관으로 우리나라의 중·고등학교에 해당한다 : 옮긴이)이라도 가겠다는 거니?"

스웨덴 아이들은 오스트리아처럼 여섯 살이 아니라 일곱 살에 입학한다는 것을 마침내 슈테피도 이해했다. 그래서 슈테피 또래들은 초등학교의 마지막 학년인 6학년에 다니는 것이다.

슈테피는 생각했다

'어쩌면 6학년이 맞을지도 몰라.'

지난 학기의 마지막 두 달은 빼먹었으니까.

빈에서 지난 학기 동안 슈테피는 그다지 많이 배우지 못했다. 우선 단칸방으로 이사한데다가 슈테피의 등굣길은 예전에 비해 두 배나 멀어졌다. 세 들어 사는 다른 가족들의 시끄러운 소음이 들리는 좁은 방 안에서 슈테피는 숙제하기도 힘들었다. 엄마와 아빠가 숙제를 도와주려고 했지만 소용없었다. 그러고 난 뒤에는 학교를 바꿔야 했다. 유대인 아이들은 더는 일반 학교에 다닐 수 없게 되었던 것이다.

유대인 학교는 학급마다 아이들로 넘쳐났고, 선생님들은 피로와 근심으로 얼굴이 창백해질 정도였다. 그 학교에서는 공부를 잘해도 공책에 금색별을 받을 수 없었다.

다음 날 메르타 아줌마는 아는 사람 집에 다니러 갔다가 책 뭉치를 들고 돌아왔다. 수학 공책, 역사책, 자연책, 음악책이었다. 책은 모두 더럽고 귀퉁이가 떨어져 나갔다. 그 중 한 권에는 누군가 어린애다운 둥근 글씨로 '페르 에리크'라고 써 놓았다.

페르 에리크라면 에버트 아저씨의 배에 함께 탄 선원 중에서 가장 나이 어린 남자였다. 페르 에리크는 2년 전에 초등학교를 졸업했다. 이제 슈테피가 그가 썼던 낡은 책을 물려받게 되었다. 중간에 쓰다 만 수학 공책까지 메르타 아줌마는 챙겨왔다. 공책을 죽 넘기자 가장자리에 붉은 글씨로 점수를 매겨 놓은 게 보였다.

"새 공책을 가지면 안 될까요?"

메르타 아줌마가 말했다.

"몇 장밖에 안 쓴 공책이야. 끝까지 다 쓰고 나면 그때 새 공책 사 줄게."

슈테피는 닳아빠진 교과서도 넘겨보았다. 자연책은 제본하느라 묶은 실이 떨어져 나갔다. 그래서 책장을 넘기면 다 떨어진 부채처럼 헐겁게 너덜너덜했다. 몇 장은 벌써 떨어져 나갔다. 슈테피는 새 책을 넘기면 기분이 어떨까 생각했다. 빳빳한 새 책에서 나는 냄새도 그리웠다.

메르타 아줌마가 말했다.

"그렇게 못마땅하게 쳐다보지 마. 혹시 네가 여기 오래 머물지도 모르는데 마지막 학기에 돈을 낭비할 수가 없어. 이만하면 쓸 만해."

나를 위해서는 쓸 만하겠지, 슈테피가 생각했다. 낡고 다 떨어진 책은 낯선 아이에게는 충분히 쓸 만하다. 낡고 다 떨어진 책과 흉측한 아줌마 수영복은 다른 사람의 후원으로 먹고 사는 피난민 아이에게는 충분히 쓸 만한 것이다. 메르타 아줌마에게 친자식이 있었더라면 틀림없이 슈테피도 남이 썼던 낡은 책을 물려받지 않았을 것이다.

메르타 아줌마는 갈색 포장지를 갖고 와서 말했다.

"받아. 이 포장지로 표지를 싸. 그럼 예쁘고 깨끗하게 보일 거야."

알마 아줌마는 넬리를 위해 교과서를 사러 예테보리에 갔다. 메르타 아줌마는 슈테피에게 필요한 물건을 사 달라고 알마 아줌마에게 돈을 주었다. 공책 두 권, 연필 몇 자루, 지우개, 신약성서였다.

메르타 아줌마가 말했다.

"신약성서는 평생 필요할 거야. 성경책은 교과서와는 다르니까."

넬리의 책도 갈색 포장지로 쌌다.

넬리가 약속했다.

"깨끗하게 쓸게요."

슈테피는 알마 아줌마가 안 볼 때 넬리에게 혀를 쏙 내밀어 보였다.

슈테피는 약이 올라서 씩씩거리며 말했다.

"아첨하지 마."

"언니 질투하는구나. 좀 착하게 굴어 봐. 그럼 새 책을 받게 될지 누가 알아?"

그러고 나서는 넬리도 마음이 언짢았는지 슈테피에게 새 수학 공책을 주었다.

"갖고 싶으면 언니 가져."

슈테피가 물었다.

"넌 수학 공부를 어떻게 하려고?"

"수학은 따분해."

넬리는 이렇게 말하며 얼굴을 찡그렸다.

토요일에는 에버트 아저씨가 집에 왔다. 슈테피에게 작은 선물을 가져온 걸 보니 슈테피가 학교에 다니게 된 걸 알고 있었던 모양이다.

"그랜드 바자."

포장지에는 이렇게 적혀 있었다. 포장지 속에는 나무로 된 필통이 들어 있었다. 미닫이 뚜껑은 완벽하게 들어맞았다. 한 쪽 뚜껑에는 센티미터와 밀리미터가 새겨져 있었다. 뚜껑을 완전히 빼내면 자로 쓸 수가 있다. 필통은 두 개의 좁은 공간으로 나눠져 있었다. 하나는 연필, 다른 하나는 지우개를 넣는 곳이었다.

슈테피가 말했다.

"감사합니다. 감사합니다, 고마운 에버트 아저씨."

메르타 아줌마가 투덜거렸다.

"그렇게 하면 아이가 버릇없어져요."

에버트 아저씨는 아줌마의 말을 못 들은 척했다.

에버트 아저씨가 슈테피에게 말했다.

"넌 학교 생활을 잘 할 거야. 너처럼 머리가 영리하고 민첩한 아이라면 말이야."

일요일 저녁, 슈테피는 책가방을 쌌다. 새 연필, 지우개와 함께 색연필, 만년필을 필통에 넣었다. 책가방이 묵직했다.

메르타 아줌마가 말했다.

"자전거를 못 탄다니 참 안 됐구나. 그럼 자전거를 타고 학교에 다니고 집에 오는 길에는 가게에 들러 시장도 볼 수 있을 텐데. 네가 마을에 다녀오면 내가 안 가도 되잖니."

섬에서는 모두 자전거를 타고 다녔다. 어른들은 물론이고 슈테피 나이 또래의 아이들도 모두 자전거를 탔다. 어린아이들은 자전거 뒤쪽 짐칸에 타거나 앞쪽 핸들 뒤에 앉았다. 아이들이 자전거를 타고 떼지어 다니면서 큰 소리로 떠드는 모습은 마치 바다에서 맛있는 먹이를 향해 달려드는 갈매기 무리 같았다.

슈테피만 자전거를 못 탔다. 슈테피는 절대 자전거 타는 법을 못 배울 거라고 생각했다.

14

등교 첫날 슈테피는 일찌감치 집을 나섰다. 아침은 벌써 쌀쌀해서 슈테피는 푸른 외투 단추를 목까지 채웠다.

넬리는 대문에서 기다리고 있었다. 알마 아줌마는 넬리의 머리를 땋아서 커다란 빨간 리본으로 묶어 주었다. 알마 아줌마는 계단에 서 있다가 자매가 떠나자 손을 흔들었다.

어린아이들은 초등학교 맞은편에 있는 하얀 유치원 건물로 들어갔다. 넬리의 담임 선생님이 자매 앞으로 다가왔다. 선생님은 젊고 예뻤다. 금발머리를 땋아서 위로 올렸다.

슈테피는 운동장을 둘러싼 담장 앞에 서 있었다. 운동장에는 뛰고, 소리지르고, 웃는 아이들로 가득했다. 현관 위의 시계는 7시 50분을 가리키고 있었다. 아직 10분이 남았다. 슈테피는 베라를 찾아보았다. 아니면 주일 학교에 함께 다니는 브리타라도 있는지 찾아보았다. 두 사람은 보이지 않았다. 슈테피는 천천히 운동장으로 들어섰다.

시간은 천천히 흘러갔다. 슈테피는 자신이 안 보였으면 좋겠다고 생각했다. 아무도 슈테피를 눈여겨보지는 않았지만 그래도 호기심어린 눈길은 느껴졌다. 외투를 입지 말고 모자도 안 쓰고 오는 건데. 여기서는 모자를 쓴 여자 아이들은 아무도 없었고, 벌써 10월인데도 옷 위에 그냥 웃옷만 걸치고 있었다. 남자 아이들은 반바지에 무릎까지 오는 양말을 신고 있었다. 달리다보면 양말이 줄줄 흘러내렸다.

학교종이 울렸다. 그러자 마침내 브리타가 고무줄을 들고 뛰어왔다.

"가자."

브리타가 슈테피에게 말했다.

"넌 우리 반이야."

6학년 교실은 2층에 있었다. 아이들은 두 줄로 앉아 있었다. 여자 아이들은 문 왼쪽에, 남자 아이들은 오른쪽에.

베라는 서로 비밀이 있는 사람들만이 짓는 특별한 웃음을 띠며 슈테피에게 다가왔다. 슈테피는 베라 뒷자리에 앉으려고 했다가 금발머리 여자애에게 심하게 떠밀렸다.

그 여자애가 씩씩대며 말했다.

"여긴 내 자리야."

슈테피는 맨 뒤로 갔다. 슈테피 앞에는 브리타가 있었다. 브리타가 뒤돌아보며 이렇게 속삭였다.

"실비아는 신경 쓰지 마. 자기가 제일 잘났다고 착각하는 애야."

종이 두 번 울리자 교실 문이 열렸다. 문가에 나타난 선생님은 아이들 앞을 지나가면서 인사를 했다. 처음에는 여자 아이들에게, 다음에는 남자 아이들에게. 슈테피를 제외한 모든 아이들이 자기 자리에 서 있었다. 슈테피만 문가에 서 있었다.

담임 선생님은 키가 크고 마른 여선생님이었다. 메르타 아줌마처럼 머리를 묶어서 위로 틀어 올렸다.

선생님이 반 아이들에게 인사했다.

"여러분, 안녕."

서른 명의 아이들이 높고 가느다란 목소리로 합창했다.

"안녕하세요, 베리스트룀 선생님."

"자리에 앉아."

모두 제자리에 조용히 앉기까지 덜거덕거리며 시끄러운 소리가 났다.

베리스트룀 선생님이 말했다.

"오늘 새로 전학 온 학생이 있어. 앞으로 나와, 슈테파니."

슈테피는 교탁 쪽으로 나갔다.

"슈테파니는 이곳까지 아주 먼 길을 여행했어. 빈에서 왔거든. 빈는 어느 나라에 있지? 실비아?"

실비아가 대답했다.

"오스트리아요."

선생님이 끈을 잡아당기자 칠판 앞에는 유럽 지도가 펼쳐졌다.

선생님이 물었다.

"네 조국이 어디 있는지 한번 짚어보겠니, 슈테파니?"

슈테피는 지도 앞으로 다가갔다. 그러나 눈에 익은 오스트리아 국경을 찾을 수가 없었다. 독일이 풍선처럼 불룩 커졌기 때문이었다.

"이쯤일 거예요."

슈테피는 당황하며 풍선의 아랫부분을 가리켰다. 지도를 들여다보던 선생님이 상황을 깨달았다.

"오스트리아는 이제 독일제국의 일부가 되었지."

선생님은 막대기로 지도를 가리키며 말했다.

"여기가 음악의 도시 빈이야. 이곳에 유럽에서 가장 높은 산맥이 있어. 그 산맥 이름이 뭐지? 베라?"

베라가 말했다.

"히말라야요."

모두들 웃음을 터뜨렸다.

선생님은 한숨을 지으며 브리타에게 물었다.

"알프스요."

"슈테파니는 알프스에 올라가 본 적 있니?"

슈테피는 고개를 흔들었다.

선생님이 설명했다.

"알프스에는 비옥한 고원 방목지가 많아."

그때 누군가 문을 두드리는 소리가 났다.

선생님이 당황하며 말했다.

"들어오세요."

뚱뚱한 남자 아이가 교실 안으로 들어섰다. 항구에서 슈테피와 넬리에게 자기 배로 태워 주겠다고 말했던 그 남자 아이였다.

그 남자 아이는 적어도 열네 살은 되어 보였다. 도대체 저 아이는 자기보다 몇 살은 어린 아이들에게 무슨 볼일이 있어서 왔을까?

남자 아이는 불분명하게 우물거렸다.

"죄송합니다."

선생님은 한숨을 지으며 말했다.

"앉아, 스반테."

스반테는 중간 통로로 여유 있게 걸어가 맨 뒷자리에 앉았다. 몸집이 어찌나 큰지 자리가 좁아 보일 지경이었다.

선생님은 지리를 가르치려다가 그만두었다.

선생님이 설명했다.

"슈테파니에게는 이곳이 낯설어. 끔찍한 전쟁 때문에 슈테파니는 집과 가족을 멀리 떠나와야 했어."

슈테피는 금발머리와 밝은 곱슬머리 아이들을 바라보았다. 서른 쌍의 파란 눈, 회색 눈, 푸른 눈에서 호기심과 동정 어린 눈길이 비쳤다.

"그러니 슈테파니에게 친절하게 대해 주도록 해."

선생님은 말을 이어나갔다.

"또 슈테파니가 너희들처럼 스웨덴어를 잘하지 못해도 이해하길 바란다. 슈테피는 외국인이고 너희들처럼 스웨덴에서 태어난 게 아니니까."

너희들처럼, 너희들처럼, 슈테피의 머릿속에는 이 말이 쾅쾅 울렸다. 궤도 위를 덜컹거리며 달리는 기차 소리처럼. 슈테피는 피곤해졌고 머리도 어지러웠다.

"이제 앉아도 되나요?"

선생님이 고개를 끄덕였다. 브리타가 손을 들었다.

브리타가 물었다.

"제가 슈테피 옆에 앉아도 될까요? 슈테피를 좀 알거든요."

스반테가 말했다.

"나도 알아요."

실비아는 웃으며 옆자리에 앉은 덩치 큰 여자애에게 뭐라고 속삭였다.

첫 시간은 수학 시간이었다. 문제는 쉬웠다. 간단한 나누기였다. 나누기는 이미 5학년 때 다 배웠다. 슈테피는 열심히 손을 들었고, 마침내 앞으로 나가 문제를 풀게 되었다.

슈테피가 문제를 다 풀자 선생님이 말했다.

"맞았어. 아주 잘했어."

실비아가 약간 큰 소리로 말했다.

"아—아주 자—알했어."

선생님은 이 말을 못 들은 척 넘어갔다.

휴식 시간에 슈테피는 베라가 옆에 와 주기를 기다렸지만 베라는 오지 않았다. 베라는 실비아와 다른 여자애들과 함께 운동장 한 모퉁이에 서 있었다. 한번씩 베라가 슈테피가 있는 쪽을 쳐다보는 것 같았다. 슈테피는 저 아이들이 자신에 대해 뭐라고 말하는지 궁금했다.

베라 대신에 브리타가 와서 고무줄놀이를 같이 하자고 말했다. 스반테가 자기를 쳐다보는 것을 알아차리기 전까지는 슈테피도 고무줄을 잘 뛰었다. 그러나 스반테 눈길에 긴장한 나머지 슈테피는 박자를 놓쳐 고무줄을 밟고 말았다.

슈테피가 고무줄을 잡고 브리타가 고무줄을 뛰는 사이, 누군가 슈테피 뒤로 다가왔다.

실비아가 말했다.

"독일어로 말해 봐."

슈테피는 고개를 흔들며 고무줄을 계속 돌렸다.

실비아가 다시 말했다.

"말해 보라니까! 독일어는 할 줄 알지? 아니면 못 하는 거야?"

"할 줄 알아."

"그럼 뭐라고 해 봐."

실비아가 다그쳤다.

"독일어는 어떤지 들어보고 싶어."

"한마디만 해 봐."

친구도 거들었다. 바브로라는 아이였다.

무리가 슈테피를 점점 에워쌌다. 베라는 맨 뒤에 서 있었다. 베라는 스타킹을 끌어올리더니 주머니에서 뭔가를 찾고 있었다.

실비아가 말했다.

"아니면 요들송을 불러 봐. 알프스 산맥에서 왔으니까."

브리타는 박자를 놓쳐 줄을 밟았다. 브리타는 슈테피에게 다가오더니 슈테피 손에서 고무줄을 받아 들었다.

브리타가 말했다.

"네 차례야."

"너, 잘난 척하지 마. 선생님에게도 아첨할 생각은 하지 마. 빈에서 온 작은 공주라니! 도대체 누가 너더러 여기 오라고 했니, 엉?"

슈테피는 아무 말도 못 들은 척했다. 실비아는 제 멋대로 생각하라지.

슈테피는 흔들리는 고무줄 아래로 폴짝폴짝 뛰면서 조용히 숫자를 셌다. 하나…… 둘…… 하나…… 둘…….

갑자기 고무줄이 툭 끊어졌다. 슈테피는 거친 돌맹이 위로 손바닥을 짚으며 넘어졌다. 실비아는 고무줄을 끊은 뒤 경멸스런 웃음을 지으며 시녀들을 거느리고 돌아갔다.

15

    11월의 섬은 슈테피 자매가 처음 섬에 왔던 여름보다 더 회색빛이었다. 두송나무만 늘 푸른색을 띠고 있었다. 슈테피가 아침에 집을 나설 때도 어두웠고, 오후에 집으로 돌아올 때도 어두웠다. 학교로 가는 길은 멀었다. 차가운 바닷바람이 외투 사이로 스며들었고, 무릎은 시퍼렇게 얼어붙었다.

    그래도 슈테피는 마침내 학교를 다닐 수 있게 되어 좋았다. 학교에 안 가면 하루 종일 뭘 하며 보낼 수 있을까? 메르타 아줌마와 보내는 시간은 오후와 밤 시간만으로도 충분하다. 슈테피는 메르타 아줌마하고는 엄마와 그랬던 것처럼 편안하게 서로 이야기를 해 본 적이 없었다.

    빈에서 슈테피는 학교에서 돌아오자마자 엄마는 커피를,

슈테피는 코코아를 놓고 마주 앉았다. 슈테피는 학교 생활과 하굣길에 있었던 일에 대해 들려 주었다. 엄마는 종종 어릴 때 이야기나 오페라 가수로 활동하던 당시의 이야기를 들려 주었다. 두 사람은 자신이 읽었던 책이나 슈테피가 좀 더 크면 함께 가고 싶은 여행에 대해 서로 이야기했다.

누군가에게 편지를 쓴다는 것은 그 사람과 대화를 나누는 것과 똑같지는 않다. 대화에는 말만 있는 게 아니다. 눈길, 웃음, 문장 사이의 침묵도 있다. 그러나 편지를 쓰는 손은 슈테피가 하고 싶은 이야기, 머릿속을 스쳐가는 모든 생각과 감정을 따라가지 못한다. 또 편지를 보내고 나면 몇 주 동안 답장을 기다려야 한다.

메르타 아줌마는 아무것도 묻지 않고 별로 이야기도 하지 않는다. 슈테피가 숙제를 다 했는지, 방은 깨끗하게 치웠는지, 집안일은 제대로 했는지 그것만 검사한다. 그게 전부다.

밤이 되면 메르타 아줌마는 거실에서 뜨개질을 했다. 저녁 7시만 되면 라디오를 켜서 뉴스와 저녁기도를 들었다. 하지만 라디오에서 음악이 나오면 바로 꺼 버렸다. '세속적인' 음악은 불경스럽다고 아줌마가 말했다. '세속적인' 음악이란 성령강림절교회에서 불렀던 찬송가처럼 영가와 찬송가를 제외한 모든 음악을 말했다. 재즈, 팝송, 클래식 음악은 메르타 아줌마에게는 다 똑같았다. 악마의 작품이다.

슈테피는 메르타 아줌마가 집에 없을 때 종종 몰래 라디오를 들었다. 그런 때가 아니면 하얀 집은 늘 조용했다.

하지만 에버트 아저씨가 집에 있을 때는 달랐다. 아저씨는 슈테피와 대화를 나누거나, 배에서 있었던 일들을 말해 주거나, 학교 생활에 대해 묻거나, 슈테피의 유창한 스웨덴어 실력을 칭찬하거나, 실수를 하면 농담을 하기도 했다.

아저씨가 말했다.

"여름이 오면 너도 '다이애나'에 태워 줄게. 여름이 오면 노 젓는 법을 가르쳐 주마."

그러나 여름까지는 아직 멀었다. 슈테피는 그때쯤이면 이곳에 없을 테지만 아저씨에게 그 말은 하지 않았다. 벌써 이곳에 온지 3개월째다.

"길어야 반 년이야."

아빠가 슈테피에게 한 약속이다.

집에서 온 편지에는 입국 허가, 암스테르담, 미국에 대해서는 한마디 언급도 없었다. 아빠는 편지에 더 작은 방으로 이사했으며, 엄마는 어떤 노부인 집에서 가정부로 일한다고 썼다. 슈테피는 낯선 사람의 부엌에서 앞치마를 두르고 일하는 엄마의 모습을 상상할 수가 없었다.

엄마는 자신의 일에 대해서는 쓰지 않았다. 편지는 질문으로 가득했다. 메르타 아줌마, 에버트 아저씨, 학교 생활에 대해서 묻고, 슈테피가 섬에서 벌써 친구들을 사귀었는지도 물었다. 슈테피는 모두들 친절하며, 친구도 많이 사귀었고, 학교에서는 공부를 잘한다고 답장했다. 적어도 마지막 말은 사실이었다. 슈테피는 제대로 이해하지 못하면서도 찬송가를 다 외울 수 있었다.

엄마는 슈테피에게 보내는 편지마다 넬리에게 집에 자주 좀 편지하라고 시키라고 당부했다.

넌 이제 다 컸으니까 동생을 잘 보살펴야 해. 넬리가
집에 규칙적으로 편지를 쓰도록 네가 신경을 좀 써 줘.
독일어도 잊어버리지 않게 공부시키고. 넬리가 쓴 편지를
보니 독일어 철자법이 엉망이더라. 물론 너희들이 스웨덴
어를 배우는 건 좋아. 하지만 독일어가 너희들 모국어이
고, 언젠가는 다시 이곳으로 돌아올 거라는 거 잊지 마.

"내일 쓸게."

슈테피가 편지를 쓰라고 재촉하면 넬리는 늘 이렇게 약속했다.

"내일은 꼭 쓸게. 오늘은 학교 끝나고 소냐와 함께 놀기로 했어."

하지만 다음 날이 되면 넬리는 또 다시 다른 친구 집에 놀

러가기로 약속했거나 알마 아줌마 집에 친구를 데려오기로
했다. 넬리는 인기가 많았다. 아침마다 학교에 가면 여자 아
이들이 잔뜩 모여 넬리를 기다리고 있다가 넬리의 친구로 선
택받기 위해 서로 경쟁했다. 넬리는 처음부터 스웨덴어로 말
하고 살았던 사람처럼 웃으며 수다를 떨었다.

슈테피를 기다리는 친구는 아무도 없었다. 베라는 실비아
일당에 속했고, 실비아 일당은 슈테피를 좋아하지 않았다.
슈테피 쪽에서 먼저 운동장에 있는 브리타와 브리타 친구들
에게로 다가가야 했다. 아이들과 함께 있지만 슈테피는 늘
겉도는 느낌이 들었다. 물론 슈테피는 아이들이 이야기하는
사람들이나 사건에 대해 아는 게 없었다. 학교가 끝나면 자
기 집에 가자고 초대하는 친구도 하나 없었다. 한번은 슈테
피가 브리타를 집으로 초대하려 했다.

브리타가 말했다.

"너무 멀어. 우리 엄마가 허락하지 않을 거야. 겨울에는 날
이 빨리 어두워지니까."

가장 나쁜 것은 실비아가 슈테피를 가만히 내버려두지 않
는다는 사실이었다. 슈테피의 독일어 악센트, 옷, 외모 등 슈
테피가 다른 아이들과 구별되는 모든 부분에 대해 실비아는
갈매기 떼처럼 탐욕스럽게 달려들었다.

실비아는 슈테피의 땋은 머리를 잡아당기며 말했다.

"말갈기. 이것 봐. 슈테피가 갈기를 땋았어. 서커스 말처럼 장식 깃털이 필요하지 않니?"

실비아 일당이 킬킬대며 말울음소리를 냈다.

"히이잉."

베라만 빼고. 베라는 못 들은 척하며 먼 곳을 바라보았다.

스반테는 슈테피의 땋은 머리를 좋아했다. 교실에서 슈테피 옆을 지나갈 때면 몰래 머리를 슬쩍 만졌다. 그럼 슈테피는 스반테의 커다란 손을 피하기 위해 머리를 홱 돌렸다. 언제나 더러운 스반테의 손을.

베라는 한번씩 스반테 흉내를 냈다. 스반테의 불분명한 발음과 굼뜬 동작을 따라해 보였다. 베라는 남 흉내내는 걸 잘했다. 세세한 부분, 동작, 표정 들을 정확하게 눈여겨보았다가 따라했다.

한번은 선생님이 복도에 있는 줄도 모르고 선생님 흉내를 냈다. 학급 전체가 배를 잡고 웃었다. 선생님이 들어오자 아이들은 웃음을 참기 위해 서로 꼬집어댔다. 또 한번은 베라가 두 손을 포개고 성령강림절교회 목사처럼 '알' 발음을 세게 굴리며 흉내를 내자 브리타를 포함해서 주일 학교에 다니던 아이들이 화를 낸 적도 있었다.

실비아는 물론 스반테가 슈테피에게 관심이 있다는 것을 눈치챘다.

실비아가 무시하며 말했다.

"빈에서 온 공주에게 숭배자가 생겼어. 동화에 나오는 공주와 바보 이야기처럼 말이야. 하지만 스반테는 절대 왕자는 못 될 걸."

어느 날 스반테는 책가방에서 꾸러미를 하나 꺼내더니 슈테피에게 내밀었다. 아침 식사 시간이어서 반 아이들 모두 자리에 앉아서 버터 빵과 우유를 마시고 있었다. 슈테피는 처음에는 스반테가 버터 빵을 준다고 생각했다. 커다란 기름 얼룩이 있는 갈색 봉지를 내밀었기 때문이었다.

슈테피가 공손하게 말했다.

"괜찮아. 나도 버터 빵 있어."

스반테는 큰 소리로 웃었다.

"버터 빵이 아냐. 네게 주는 선물이야. 열어 봐!"

슈테피 옆자리에 앉은 브리타가 말했다.

"그래, 열어 봐!"

실비아가 말하며 자세히 들여다보기 위해 몸을 숙였다.

"네 숭배자가 널 위해 뭘 샀는지 한번 보자."

"집에서 열어 볼래."

슈테피는 이렇게 말하며 꾸러미를 책가방 속에 집어넣으려 했다. 그러자 스반테가 화를 냈다.

"지금 열어 봐! 네가 열어 보는 거 보고 싶어."

슈테피는 피할 수가 없었다. 그래서 얼룩이 묻은 포장지를 풀었다. 직접 만든 볼품없는 나무액자 뒷면이 나왔다.

스반테가 안달하며 말했다.

"뒤집어 봐!"

슈테피는 액자를 뒤집었다. 낯익은 얼굴이 슈테피를 쳐다보았다. 슈테피가 수천 번도 더 본 얼굴이었다. 빈의 신문에서, 현수막에서, 쇼윈도에서. 검은 머리, 검은 콧수염, 엄격한 눈길. 사진은 신문에서 오려낸 듯 회색빛에다 흐릿했다. 히틀러 사진이었다. 액자에 든 채.

스반테가 말했다.

"내가 직접 만들었어. 네 맘에 드니?"

슈테피는 사진을 뚫어지게 바라보며 애써 참으려 했다.

슈테피는 실제로 히틀러를 한 번 본 적이 있었다. 지난해 3월, 독일군이 승승장구하며 빈으로 진군할 때 히틀러는 검은 벤츠를 타고 환호하는 군중 속을 지나갔다.

슈테피와 에비는 엄마가 나가지 말라고 했는데도 행군을 보기 위해 몰래 밖으로 나왔다. 처음에는 축제 같은 기분에 약간 흥분했다.

"하일 히틀러! 하일 히틀러!"

사람들은 히틀러를 더 잘 보려고 서로 밀고 당겼다. 수많은 사람들이 팔을 들어 나치 인사법을 했다.

뚱뚱한 부인이 두 소녀를 밀쳤다. 군복을 입은 남자가 두 소녀를 무서운 눈으로 바라보았다. 슈테피와 에비는 군중에서 빠져나오려고 했지만 잘 되지 않았다. 행렬이 지나가고 사람들이 흩어질 때까지 될 수 있으면 눈에 띄지 않도록 벽에 딱 붙어 있었다.

실비아가 슈테피 등 뒤에서 말했다.

"한번 보자! 그게 뭔데?"

실비아는 손을 뻗어 슈테피에게서 액자를 뺏으려 했다. 슈테피는 액자를 꽉 붙들었다. 그러느라 모르고 우유병을 쳐서 책상 위로 우유가 엎질러졌다. 우유는 사진을 적신 뒤 바닥으로 흘러내렸다.

스반테가 실망해서 물었다.

"마음에 안 드니? 네가 좋아할 줄 알았는데. 넌 독일에서 왔잖아, 안 그래?"

스반테가 크고 거친 손을 슈테피 책상 위에 올려놓고 몸을 숙이자 슈테피 코앞으로 여드름투성이 얼굴이 보였다.

슈테피가 소리를 질렀다.

"저리 가! 날 좀 내버려 둬! 이 바보야!"

그때 선생님이 문 앞에 나타났다.

"무슨 일이야?"

실비아가 대답했다.

"슈테피 때문에요. 스반테가 슈테피에게 뭘 선물했는데 슈테피가 싫다고 하잖아요. 스반테에게 바보라고 했어요."

선생님이 날카로운 목소리로 말했다.

"슈테파니, 우리 학교에서는 친구들에게 바보라고 해서는 안 돼. 네가 살던 곳에서는 괜찮았는지 모르겠지만 스웨덴에서는 안 돼."

슈테피는 교실에서 뛰쳐나와 계단을 내려가 운동장으로 나갔다. 액자를 땅바닥에 내팽개친 뒤 발로 마구 밟았다. 액자가 부서지더니 경악스런 히틀러 얼굴이 찢어졌다. 그러고 난 뒤 슈테피는 화장실 문을 열어 냄새나는 배설물 속으로 사진과 액자를 집어던졌다.

16

"네가 이해해, 슈테피. 스반테가 네게 일부러 그런 것도 아니잖아."

집으로 가는 길에 브리타가 말했다.

"스반테가 멍청한 게 자기 잘못도 아니잖아. 걔는 같은 학년을 두 번이나 다녔어. 그래도 아직 일 곱하기 일도 모른다니까. 히틀러가 누군지도 몰라. 네게 옛날 기억을 되살려 주면 좋아할 거라고 생각했을 거야. 네가 살던 곳의 기억을 말이야."

슈테피는 갑자기 멈춰 섰다.

"이해를 못하는 건 바로 너야."

슈테피는 브리타에게 소리를 질렀다.

"너도 스반테처럼 똑같이 멍청해! 넌 아무것도 몰라. 아무 것도!"

브리타는 상처를 받은 것 같았다.

"나도 알아. 나도 히틀러가 나쁜 사람이라는 거 알아. 우리 아빠가 말씀해 주셨어. 하지만⋯⋯"

슈테피는 브리타의 말을 가로막았다.

"네 아빠도 아무것도 몰라. 우리 아빠는 수용소에 계셨어. 근데 넌 수용소가 뭔지도 모르잖아!"

슈테피는 자신의 행동이 부당하다는 것을 알았다. 그래서 브리타의 대답도 기다리지 않고 얼른 가버렸다.

브리타가 슈테피를 불렀다.

"기다려. 기다려, 슈테피."

막 달려간 브리타는 갈림길에 들어서기 전에 슈테피를 따라잡았다. 이 갈림길에서 두 사람은 각자 가는 방향이 달라졌다.

브리타가 숨을 헐떡이며 물었다.

"내일 올 거니? 주일 학교에?"

"안 가."

브리타가 나무라듯 말했다.

"네가 안 오면 예수님이 슬퍼하실 거야."

슈테피는 그 자리에 꼼짝 않고 서 있다가 뒤를 돌아보았다. 브리타의 눈을 똑바로 쳐다보았다. 놀란 브리타의 짧은 속눈썹이 파르르 떨렸다.

슈테피가 다부지게 말했다.

"예수는 없어. 예수는 죽었어. 예수는 너나 내가 어떻게 되든 아무 상관없어. 누가 어떻게 되든 예수는 아무 상관도 안 한다고."

브리타의 작고 밝은 눈이 동그랗게 커지더니 눈물이 솟아졌다. 브리타는 몇 발짝 뒷걸음쳤다.

브리타가 소리쳤다.

"예수님은 계셔. 예수님은 계셔. 그리고 날 사랑하셔! 하지만 널 돌보시지는 않을 거야. 넌 나쁜 아이니까! 넌…… 넌 진짜 기독교 신지도 아니잖아!"

브리타가 가버리고 나자 슈테피는 곧 자신이 한 말을 후회했다. 브리타와의 우정이 아주 대단해서가 아니었다. 슈테피는 브리타가 아는 척하며 말하는 투나 예수에 대한 설교에 이미 질려 있었다. 고무줄놀이도 별로 하고 싶지 않았다.

그러나 브리타가 없다면 슈테피는 혼자가 될 것이다. 점심 시간에도 혼자이고, 집에도 혼자 가야 한다. 브리타가 만약 슈테피가 한 말을 엄마에게 이른다면? 그래서 브리타 엄마가 메르타 아줌마에게 이 사실을 알린다면? 그럼 메르타 아줌마는 슈테피가 사실은 전혀 구원받지 못했다는 것을 알게 될 것이다. 예수를 하느님의 아들로 믿은 척했다는 것을 알게 될 것이다. 그건 거짓말이나 다름없다. 아니, 어쩌면 거짓말보다 더 나쁜지도 모르겠다.

슈테피는 브리타를 뒤쫓아가야 할까? 그런 뜻이 아니었다고 말하고 용서를 빌어야 할까? 하지만 이미 늦었다. 브리타는 저 언덕 위에 채 50미터도 안 되는 곳에 살고 있다. 벌써 집에 도착했을 게 틀림없다. 엄마와 함께 부엌에 앉아서 학교에서 일어난 일을 설명하고 있을 것이다. 슈테피, 스반테, 히틀러 사진에 대해 말하고 있을 것이다. 집으로 돌아오는 길에 싸운 얘기까지. 슈테피가 예수에 대해 한 말도. 벌써 브리타 엄마는 수화기를 집어 들어 메르타 아줌마에게 이르고 있을 지도 모른다.

비가 내리기 시작했다. 알마 아줌마 집 앞을 지나갔다. 부엌 창문으로 불빛이 새어나왔다. 알마 아줌마 집 부엌을 머릿속에 그려보았다. 따뜻하고 기분 좋은 모습이다. 이곳에서 넬리는 아이들과 함께 식탁에 앉아서 방금 구운 하드 롤빵을 먹고 있을 것이다. 슈테피가 지나쳐 가는 집들마다 서로 이야기를 나눌 수 있는 좋은 사람들과 가족이 있었다. 슈테피만 혼자였다.

마을을 막 벗어날 때쯤 되자, 더는 바람을 피할 수가 없었다. 돌풍이 불더니 빗줄기는 거의 수평으로 퍼부었다. 슈테피는 바람에 맞서 앞으로 나가며 바늘처럼 따끔따끔한 빗방울을 막기 위해 손으로 얼굴을 감쌌다. 숲 속으로 들어서자 빗방울은 조금 약해졌다. 그러나 긴 언덕을 오르는 동안 불어 닥친 거센 바람 때문에 거의 숨도 쉴 수 없었다.

집까지 마지막 구간을 힘껏 달려가 집에 가서 젖은 옷을 벗으면 메르타 아줌마는 거친 아마수건으로 온몸이 벌게지도록 닦아 줄 것이다. 이 날처럼 춥고 비가 오는 날이면 메르타 아줌마는 뜨거운 우유를 준비해 두었다가 슈테피가 학교에서 돌아오면 우유를 주었다.

슈테피는 집을 지나 바닷가 쪽으로 내려갔다. 돌들이 물에 젖어 미끄러웠다. 썩은 해초들이 여기저기 덩어리로 뭉쳐 있었다. 슈테피는 바닷가 모래 위에 비틀기리며 서 있었다. 파도가 밀어닥쳤지만 슈테피는 얼른 옆으로 피하지 못했다. 스타킹은 물론이고 장딴지까지 푹 젖었다. 신발이 무거워 질질 끌어야 했다.

빌이 치기워지면 위험하다. 폐렴에 걸려 죽을 수도 있다.

슈테피가 죽으면 이 섬에서 넬리 말고 슬퍼해 줄 사람이 있을까? 누가 엄마 아빠에게 이 소식을 알려 줄까? 에버트 아저씨가 슈테피를 이곳 해변에 묻어 줄까? 종종 알마 아줌마가 부르는 뱃사공 노래에 나오는 것처럼? 뱃사공이 약속대로 집으로 돌아오지 않자, 연인은 바다에 빠져 죽었다. 뱃사공은 연인의 무덤에 십자가 대신 닻을 세워 주었다.

이 노래의 제목은 '해변의 무덤'이다. 종교적인 노래는 아니었지만 아주 아름답고 슬픈 노래다.

바닷물은 검고 얼음처럼 차가웠다. 그 연인은 아마 여름에 빠져 죽었을 것 같았다.

슈테피는 보트를 매 둔 창고로 갔다. 노로 젓는 배가 모래 위로 뒤집어진 채 놓여 있었다.

슈테피는 보트 창고 문을 살펴보았다. 잠겨져 있지 않았다. 창고에는 생선과 타르 냄새가 났다. 벽을 따라서 이상하게 생긴 통과 상자들이 쌓여 있었다. 천장에는 검은색 망이 막대기에 걸려 있었다. 부러진 노, 다리가 셋 뿐인 낡은 의자, 뭐가 뭔지 잘 구분할 수 없는 물건들이 어둠 속에 가득 차 있었다. 접어 놓은 돛을 발견한 슈테피는 그 위에 앉아 젖은 신발을 벗었다. 그러고는 돛 귀퉁이를 잡아당겨 몸을 덮고 누웠다.

누군가 어깨를 흔드는 바람에 슈테피는 잠을 깼다.

에버트 아저씨의 목소리가 들렸다.

"일어나! 아가, 일어나!"

슈테피는 눈을 떴다. 에버트 아저씨가 슈테피 위로 몸을 숙이고 있었다. 아저씨는 손바닥으로 슈테피의 뺨을 가볍게 두드리다가 슈테피가 깨자 금방 멈추었다.

"도대체 여기서 뭐하는 거니?"

슈테피는 아저씨가 화가 나서 묻는 건지 걱정이 되서 묻는 건지 제대로 알 수가 없었다.

슈테피는 미련스럽게 대답했다.

"잠이 들었어요. 그러려고 한 건 아니었는데. 죄송해요."

"물에 빠진 고양이처럼 젖어 가지곤."

에버트 아저씨는 이렇게 말하며 돛을 젖혔다.

"이 보트 창고에는 왜 들어왔니?"

"죄송해요."

슈테피는 뭐가 죄송한지 잘 알지도 못한 채 계속 죄송하다는 말만 중얼거렸다.

에버트 아저씨는 슈테피를 일으켜 창고 밖으로 데리고 나왔다. 집으로 가는 내내 아저씨는 슈테피를 부축해서 미끄러운 돌과 길 위를 올라갔다.

슈테피가 말했다.

"저 혼자 갈 수 있어요. 어디 아픈 건 아니니까."

그러나 아저씨가 슈테피를 놓지 않고 계속 부축해 주자 슈테피는 기분이 좋았다. 아저씨 팔에 안긴 느낌이 아주 좋았다. 넬리가 태어나기도 전, 슈테피가 아주 어렸을 때 슈테피는 아빠 팔에 안겨 잠이 들었다. 슈테피는 조심스럽게 에버트 아저씨의 어깨에 머리를 기댔다.

에버트 아저씨가 슈테피를 부축해서 부엌 식탁의자에 앉히자 메르타 아줌마가 소리쳤다.

"세상에. 어디서 찾았어요?"

에버트 아저씨가 말했다.

"보트 창고에서. 무슨 일 있었소?"

메르타 아줌마가 말했다.

"내가 알기로는 아무 일도 없었어요. 신발은 어디 있니?"

슈테피가 작은 소리로 대답했다.

"창고에 있어요. 너무 젖어서 벗어 버렸거든요."

에버트 아저씨가 물었다.

"거긴 왜 갔니? 누가 널 괴롭혔니?"

슈테피가 나지막한 소리로 말했다.

"네. 아뇨, 괴롭힌 건 아니고……."

그리고 나자 갑자기 스웨덴어가 전혀 생각나지 않았다.

"참 특이한 애야."

메르타 아줌마는 이렇게 말하며 슈테피가 외투와 스웨터 벗는 것을 도와주었다. 슈테피는 몸이 얼마나 얼었던지 달달 떨려왔다. 이도 딱딱 부딪혔다.

메르타 아줌마가 말했다.

"따뜻한 물로 목욕해야겠구나. 당신은 좀 나가 있어요, 에버트."

에버트 아저씨는 부엌을 나가더니 문을 닫았다. 메르타 아줌마는 화덕에 물을 끓여 커다란 통에 부었다. 슈테피는 스타킹을 벗으려고 애썼지만 손가락이 너무 굳어 있었다. 메르타 아줌마가 도와주어야 했다.

목욕물은 아주 따뜻했다. 얼어붙은 몸이 서서히 녹으면서 얼얼하고 따끔거렸다. 슈테피는 젖은 머리를 풀어 물 속에 푹 담갔다.

메르타 아줌마는 수건과 잠옷을 가져왔다. 아줌마가 슈테피의 등을 수건으로 닦아 주었지만 젖은 머리는 슈테피 혼자 빗어야 했다. 엄마는 늘 조심스럽게 슈테피 머리를 빗겨 주며 중간 가르마를 똑바로 타 주었다. 지금은 머리카락이 엉켜 있있다. 슈테피는 힘들게 빗으로 빗었다. 머리가 따끔거렸다. 슈테피는 잘 빗겨지지 않는 엉킨 머리카락은 잘 빗겨진 머리 밑으로 쑤셔 넣었다.

에버트 아저씨도 메르타 아줌마도 아무것도 묻지 않았다. 슈테피는 침대로 가기 전에 꿀을 탄 뜨거운 우유를 마셨다.

다음 날 아침 슈테피는 감기에 걸려 주일 학교에 가지 않아도 되었다. 일주일 내내 학교에도 갈 필요가 없었다.

에버트 아저씨도 집에 머물렀다. 폭풍우 때문에 '다이애나'는 고기 잡으러 바다에 나갈 수가 없었다. 에버트 아저씨는 바다 이야기를 들려 주며 어떻게 하면 배를 침몰시킬 수 있는지 설명해 주었다.

전화벨이 울릴 때마다 슈테피는 불안해했지만 브리타 엄마의 전화는 걸려 오지 않았다.

17

슈테피가 다시 학교에 등교하는 날 아침에 눈이 내렸다. 커다랗고 축축한 눈송이는 땅에 내리지마자 녹아 버렸다.

스반테는 이제 슈테피의 땋은 머리를 잡아당기지 않았다. 슈테피로서는 다행이었다.

점심 시간이 되자 브리타는 슈테피를 한쪽으로 데려갔다. 브리타의 얼굴은 뭔가 중요한 할 말이 있지만 가능하면 혼자서 오랫동안 간직하고 싶다는 표정이었다.

슈테피는 하늘에서 내려오는 눈송이를 바라보았다. 브리타에게 하고 싶은 말이 무엇인지 묻고 싶지 않았다. 할 말이 있으면 그냥 하라지.

브리타는 헛기침을 했다.

"널 용서하기로 결심했어."

브리타가 엄숙하게 말했다.

"네가 진심으로 죄를 뉘우친다면 말이야. 그럼 예수님도 틀림없이 널 용서해 주실 거야."

슈테피는 뉘우치는 것처럼 보이도록 애쓰며 말했다.

"고마워."

"엄마가 참고 용서해 주어야 한다고 말했어."

브리타가 계속 말했다.

"넌 지금까지 죄악의 나라에서 살았어. 하지만 그건 네 잘못이 아니야."

죄악의 나라라니! 슈테피는 따지려고 입을 벌렸지만 브리타가 슈테피의 말을 가로막았다.

"내가 도와줄게. 올바른 길로 인도할게. 오늘 오후에 너희 집에 가도 되니?"

"모르겠어……."

슈테피가 말문을 열었지만 브리타가 또 끼어들었다.

"우리 엄마가 벌써 너희 아줌마에게 물어 봤어. 와도 좋다고 허락했어."

슈테피는 중얼거렸다.

"아, 그래."

슈테피는 뭔가 좀 찜찜하긴 했지만 무엇 때문인지 이유는 알 수 없었다.

학교가 끝나고 두 사람은 함께 집으로 갔다. 브리타는 쉴 새 없이 떠들어댔다. 주일 학교에 대해, 일요일에 새로 배운 찬송가에 대해, 곧 다가오는 루시아에 대해.

슈테피가 물었다.

"루시아가 뭐야?"

"루시아가 뭔지도 몰라?"

브리타의 목소리는 어떻게 그것도 모르냐는 듯 들렸다.

"루시아는 촛불 여왕의 축제잖아."

그 대답도 슈테피가 루시아를 이해하는 데는 별 도움이 되지 않았다.

"촛불 여왕이 뭔데?"

브리타는 루시아 축제가 뭔지 열심히 장황하게 설명했다.

"한 반에서 여자 한 명을 루시아로 뽑아. 그러고 나면 여섯 명의 아이들이 루시아를 동반하게 되지. 이 아이들을 들러리라고 해."

"누굴 뽑는 거야?"

"가장 예쁜 아이를."

브리타는 들릴락말락 한숨 소리를 내며 덧붙였다.

"게다가 노래도 잘해야 해."

베라는 노래를 잘한다. 또 예쁘기도 하다.

브리타가 말했다.

"우린 항상 실비아를 뽑아."

두 사람은 마지막 언덕길을 올라갔다. 브리타는 뒤처졌다.

브리타가 투덜거렸다.

"그렇게 빨리 가지 마. 옆구리가 당겨."

슈테피는 브리타를 좀 놀려 주고 싶어졌다. 천천히 가는 대신 슈테피는 더 빨리 걷기 시작했다.

브리타가 소리를 질렀다.

"기다리라니까!"

언덕 꼭대기에 와서야 슈테피는 걸음을 멈췄다. 슈테피는 바다를 내려다보았다. 바다 저 멀리 항해 표시등이 반짝였다. 흰색 불빛이었지만 몇 발짝 옆으로 옮기자 빨간 불빛이 보였다. 에버트 아저씨가 슈테피에게 설명한 바로는, 배는 흰색 불빛을 따라 항해해야 한다. 배가 항로를 벗어나게 되면 빨간 불빛이 암초나 얕은 수심에 대해 경고를 한다는 것이다.

브리타가 슈테피를 따라잡았다.

브리타가 불만에 가득 찬 목소리로 물었다.

"왜 안 기다려 줬어?"

"여기서 기다리고 있잖아."

화가 난 브리타는 눈을 치켜떴지만 곧 참아야 한다는 생각이 들었다.

브리타는 한결 부드러워진 목소리로 물었다.

"저 밑에 있는 집이니?"

"세상 끝이지."

슈테피가 이렇게 말했다. 그러나 브리타는 무슨 말인지 못 알아듣는 것 같았다.

"그 사람들 부자니? 얀손네 말이야?"

슈테피는 메르타 아줌마와 에버트 아저씨를 한번도 '부자'라고 생각해 본 적이 없었다. 물론 필요한 것들은 모두 있었다. 그러나 메르타 아줌마는 일하는 사람의 도움 없이 혼자 가사를 꾸려 나갔고, 에버트 아저씨는 늘 푸른색 작업복을 입고 다니면서 생선 냄새를 풍겼다. 며칠씩 섬에 머무는 날에도 생선 냄새는 없어지지 않았다.

슈테피가 말했다.

"그렇게 부자는 아냐."

브리다가 물었다.

"빈에 있는 네 가족은 부자야? 네 가족은 부자지?"

슈테피는 대저택, 아름다운 가구, 부드러운 양탄자를 떠올렸다. 엄마의 우아한 옷, 모피, 모자들. 천장부터 바닥까지 가죽표지로 된 책들로 가득한 아빠의 서재. 나치가 슈테피 가족의 대저택과 아빠의 병원을 빼앗았을 때 남겨 두고 와야 했던 모든 것들을 떠올렸다.

슈테피는 짤막하게 대답했다.

"이젠 부자가 아니야."

메르타 아줌마는 기다렸다는 듯이 현관문을 열어 주었다.

아줌마가 반겼다.

"어서 와, 브리타. 들어 와."

둘이서 외투를 벗어 거는 동안 메르타 아줌마는 브리타 엄마, 할머니, 또 슈테피가 한번도 들은 적이 없는 사람들에 대해 안부를 물었다. 브리타는 공손하게 대답했다.

메르타 아줌마가 말했다.

"브리타에게 네 방을 보여 주렴. 내가 주스와 빵을 갖다 줄게."

슈테피는 앞장서서 계단을 올라갔다.

브리타는 방 안을 둘러보다가 예수 그림을 발견하고는 고개를 끄덕였다. 그러고 나서 장롱 위의 액자들을 가리켰다.

"부모님이야?"

"응."

브리타는 아빠 사진에서는 금방 눈길을 떼었지만 엄마 사진은 자세히 들여다보았다. 그 순간 슈테피는 브리타의 눈을 통해 자기 엄마를 바라보았다. 파마를 한 곱슬머리, 립스틱을 바른 입술, 목에 두른 요염한 모피 목도리. 섬에 사는 부인들과는 아주 달랐다. 섬에 사는 부인들은 머리를 팽팽하게 틀어올리고, 얼굴은 전혀 화장기가 없으며, 면으로 된 단순한 옷을 입고 있었다.

브리타가 슈테피의 엄마에 대해 뭐라고 생각할지 알 것 같았다. 천박하고 사치를 좋아한다고 생각할 것이다. 불경스럽다고. 실비아가 가끔 학교에 가져와서 친구들에게 보여 주는 잡지에나 나오는 영화 배우처럼.

그건 말도 안 돼, 슈테피는 이렇게 말하고 싶었다. 우리 엄마는 그런 여자가 아니야. 아름다운 게 죄는 아니잖아?

슈테피는 그날 아침, 역의 차가운 불빛 아래 비친 엄마의 얼굴을 떠올렸다. 넬리와 함께 기차를 타고 떠나던 날이었다. 빨간 립스틱은 엄마의 얼굴을 너 창백해 보이게 했고, 입가에는 슈테피가 지금껏 보지 못한 예리한 작은 주름들이 있었다. 엄마는 밤늦도록 가방을 꾸렸다. 가방 안에 뭘 넣어야 할지 고민하다가 다시 풀고 싸기를 반복했다. 준비해 둔 버터 빵 꾸러미를 잊은 채 집을 나섰다가 다시 집으로 돌아가 빵 꾸러미를 가져오기도 했다.

브리타가 물었다.

"다른 물건도 있니? 빈에서 가져온 물건 말이야."

슈테피는 장롱 맨 밑 서랍을 열어 보물을 꺼냈다. 브리타는 만년필을 써 보고 호기심어린 눈으로 일기장을 들여다보았다. 일기는 독일어로 썼기 때문에 브리타가 봐도 상관없었다. 브리타는 빙빙 돌며 춤을 추는 발레리나에 감탄하고, 슈테피의 보석을 몸에 걸쳐 보았다. 그러다가 서랍 맨 뒤에 있는 손수건으로 싼 꾸러미를 발견했다.

"이건 뭐야?"

브리타는 이렇게 물으며 슈테피가 미처 대답도 하기 전에 손을 뻗어 꾸러미를 잡았다.

슈테피가 말했다."

"이리 줘!"

"한번 볼게."

브리타는 자리에서 벌떡 일어나더니 슈테피의 뻗은 손을 홱 밀쳤다.

"내 놓으라니까!"

슈테피는 브리타의 팔을 잡았다. 모든 것이 동시에 일어났다. 브리타는 손수건을 벗겼다. 슈테피는 브리타의 팔을 잡아당겼다. 메르타 아줌마는 간식을 담은 쟁반을 들고 문가에 서 있었다. 도자기로 만든 강아지 미미가 브리타의 손에서 벗어나 바닥으로 떨어지며 깨졌다.

브리타가 더듬거렸다.

"미…… 미안해. 일부러 그런 건 아니야."

메르타 아줌마가 부러진 미미의 머리를 집어들었다.

아줌마가 날카로운 목소리로 물었다.

"이게 뭐지? 이거 네 거니? 어디서 났어?"

브리타는 떨리는 목소리로 말했다.

"전 잘못이 없어요. 그냥 한번 보려고 했을 뿐인데."

메르타 아줌마가 말했다.

"알마에게도 이런 인형이 있지. 이게 바로 그거니? 네가 가져왔어?"

슈테피는 남은 미미의 몸통을 바라보았다. 다리, 꼬리, 그리고 강아지가 서 있던 발판만 남았다. 이렇게 조각조각 깨진 것은 다시 붙일 수가 없다.

"네가 가져왔냐고?"

"네."

슈테피가 작은 소리로 대답했다.

"하지만 다시 갖다 놓으려고 했어요."

"그러니까 넌 도둑이구나."

메르타 아줌마의 목소리가 채찍처럼 느껴졌다.

브리타가 말했다.

"전 집에 갈래요."

메르타 아줌마가 말했다.

"그게 좋겠구나. 슈테피, 넌 빗자루와 쓰레받기를 가져와 깨진 조각들을 쓸어 담아. 그러고 나면 알마 아줌마에게 가서 용서를 빌어."

메르타 아줌마는 브리타를 문까지 바래다 주었다. 슈테피는 빗자루와 쓰레받기를 가져와서 도자기 조각을 쓸어 담은 뒤 쓰레기통에 갖다버렸다.

18

　메르타 아줌마는 알마 아줌마와 한참동안 전화 통화를 했
다. 슈테피는 침대에 앉은 채 선고를 기다렸다. 지금 알마 아
줌마에게 가면 어두워져서야 집으로 돌아오게 될 텐데. 슈테
피는 어떤 벌을 받게 될까?

　메르타 아줌마의 매처럼 날카로운 눈길이 아주 조그맣게
깨진 조각을 바닥에서 찾아냈다.

　아줌마가 명령했다.

　"저거 주워."

　슈테피는 순순히 조각을 집었다. 엄지와 검지로도 잡기 어
려울 정도로 작은 조각이었다.

　"넌 오늘 저녁에는 알마 아줌마 집에 안 가도 돼. 그렇게

하기로 결정했어. 너는 네가 한 짓을 곰곰이 생각해 보고 진심으로 뉘우칠 시간이 필요해. 일요일에 주일 학교가 끝나면 넬리와 함께 알마 아줌마 집에 가서 용서를 빌어라."

일단 슈테피는 안도했다. 그러나 시간이 지날수록 빨리 해치우는 게 나을 것 같다는 생각이 들었다. 오늘이 수요일이다. 일요일까지는 나흘이나 남았다. 나흘이나.

다음 날 아침, 복도에서 만난 브리타는 등을 홱 돌리더니 슈테피와 멀찌감치 떨어져 앉았다. 슈테피가 무슨 전염병에라도 걸린 것처럼.

선생님이 말했다.

"오늘 루시아를 뽑을 거야. 누구를 뽑았으면 좋겠니?"

바브로가 손을 들었다.

"그래, 바브로?"

"실비아를 루시아로 뽑아야 한다고 생각해요."

"또 다른 사람은 없어?"

교실은 조용했다. 아무도 손을 들지 않았다.

"아무도 없어?"

늘 브리타와 함께 고무줄놀이를 하는 말이 없고 수줍은 여자 아이가 조심스럽게 손을 들었다.

"마기트, 말해 봐."

마기트는 빠르게 말했다.

"실비아요."

선생님이 말했다.

"실비아는 벌써 추천했잖아. 그럼 다른 후보는 없는 거야?"

슈테피가 말했다.

"있어요."

선생님이 슈테피에게 경고했다.

"교실에서는 말하기 전에 먼저 손을 들어라. 슈테파니, 그래, 누구지?"

슈테피가 말했다.

"베라요. 베라를 루시아로 뽑으면 좋을 것 같아요."

누군가 킬킬대고 웃었다. 연필이 바닥에 떨어졌디. 베라는 얼른 몸을 돌려 슈테피에게 의미심장한 눈길을 보냈다. 실비아는 고개를 젖혀 아무렇지도 않은 듯 웃었다.

선생님이 말했다.

"자, 그럼 투표를 하자."

베라가 손을 들었다.

"전 루시아 되고 싶지 않아요. 저보단 실비아가 훨씬 더 잘 어울려요."

선생님이 말했다.

"그건 반 아이들이 결정할 거야."

학급 반장인 잉그리드가 선생님에게서 쪽지를 받아 아이들에게 나눠 주었다. 루시아로 뽑고 싶은 사람의 이름을 쪽지에 적은 뒤 반으로 접어야 한다. 선생님은 칠판 위에 실비아와 베라의 이름을 적었다.

모두 이름을 적고 나자, 잉그리드는 쪽지를 모아 선생님에게 전해 주었다. 선생님은 첫 쪽지를 펼쳤다.

"베라."

선생님은 이름을 부른 뒤 칠판의 베라 이름 밑에다 작대기를 그었다.

슈테피는 자신이 쓴 쪽지일까, 생각했다. 베라 이름을 쓴 사람은 슈테피 혼자뿐일까?

"베라."

다시 선생님은 베라 이름을 부른 뒤 칠판에 새로 작대기를 추가했다.

"베라. 베라."

쪽지가 차례대로 펼쳐졌다. 베라의 이름 밑에는 계속 작대기가 그어졌다. 실비아의 이름 밑에는 아무것도 없었다.

"베라. 베라. 베라. 실비아. 베라. 베라."

쪽지를 모두 다 공개하고 나자, 베라는 26표, 실비아는 5표만 얻었다.

실비아는 손을 들지도 않고 큰 소리로 말했다.

"빨간 머리 루시아라니. 말도 안 돼!"

선생님이 말했다.

"자, 베라. 올해는 네가 우리 루시아야."

베라는 곤란해 하는 것 같았다.

베라가 말했다.

"제 치마가 너무 짧아요."

선생님이 제안했다.

"그럼 단을 내렴. 아니면 천을 좀 덧대던가. 왕관은 빌릴 수 있을 거야."

바브로가 말했다.

"베라는 머리에 촛불을 얹을 필요가 없어요. 머리가 이미 빨갛게 불타고 있으니까요."

선생님이 물었다.

"너희들 오늘 도대체 무슨 일이지? 손도 안 들고 얘기하는 사람은 이제 복도로 나가. 실비아는 들러리 해."

반 아이들은 동의한다는 듯 웅얼거렸다.

"또 하나 제안할 게 있어."

선생님이 계속 말했다.

"슈테파니는 한번도 루시아 축제를 해 본 적이 없어. 어쩌면 한 번뿐인 기회일지도 몰라. 그래서 슈테파니도 들러리를 하면 좋겠어."

아무도 반응이 없었다. 찬성도, 반대도.

실비아와 슈테피 외에도 바브로, 군포어, 마야브리트, 잉그리드가 들러리로 뽑혔다. 잉그리드만 빼면 모두 실비아 일당에 속했다.

휴식 시간이 되어 모두 밖으로 나가자, 선생님이 슈테피를 불러 세웠다.

"기다란 흰색 원피스가 필요해. 하나 만들어 달라고 아줌마에게 부탁해. 머리에는 푸른 화관을 써야 하고. 시로미 열매가지가 좋아. 이곳에서는 월귤나무를 찾기가 힘들거든."

운동장에 나온 슈테피는 베라를 찾았다. 그러나 베라의 모습은 보이지 않았다. 실비아는 화난 눈초리로 슈테피를 바라보며 친구들에게 뭐라고 속삭였다.

휴식 시간이 끝나고 교실로 돌아가던 실비아가 계단에서 슈테피와 마주치자 씩씩거리며 말했다.

"어디 두고 보자."

그날은 시간이 더디게 갔다. 슈테피는 멍하게 있다가 선생님에게 주의를 들었다. 슈테피는 카알 12세가 러시아와 치룬 전쟁에 정신을 집중하려 애썼다. 그러나 부서진 도자기 강아지, 알마 아줌마에게 용서 비는 일, 평소와 다른 베라의 표정, 실비아의 협박, 꼭 마련해야 하는 흰색 원피스, 이 모든 것이 머릿속에 맴돌면서 선생님의 설명은 머리에 들어오지 않았다.

"슈테파니?"

생각이라는 안개 속을 헤집고 자기 이름이 들려 왔다.

슈테피가 중얼거렸다.

"질문을 잘 못들었어요."

선생님은 브리타에게 질문했다. 물론 브리타는 대답을 알고 있었다. 브리타는 암기를 잘했다. 찬송가 가사, 연도, 산맥 이름, 수도 등.

마지막 수업은 철자법 시간이었다. 슈테피가 가장 힘들어하는 과목이 철자법이다. 슈테피의 스웨덴어 실력은 점점 좋아졌지만 쓰기는 힘들었다. 틀리지 않고 제대로 쓰기란 거의 불가능했다.

선생님이 받아쓸 문장을 읽어 주었다.

"도선사들이 배에 올랐다. 이제 도선사들은 배를 도선하기 위해 바다로 항해했다."

슈테피는 펜에 잉크를 묻혀 글씨를 썼다. '항해' 는 어떻게 쓰지?

슈테피는 이렇게 썼다.

"…… 항애했다. ……집채만한 파도 사이에서 지그재그로 움직이면서……."

선생님은 계속 읽었다. 슈테피는 몇 문장 놓친 것 같았다.

어떤 문장이었지? 슈테피는 공책을 뚫어지게 바라보면서 놓친 문장이 뭔지 생각해 보려 애썼다. 그러자 방금 선생님이 불러 준 문장까지 잊어버리고 말았다. 슈테피는 그만 포기해 버렸다. 펜을 놓았다.

선생님이 불렀다.

"슈테파니? 넌 왜 안 쓰니?"

"쓸 수가 없어요."

선생님이 조급하게 따져 물었다.

"너, 오늘 왜 그래? 또 아프니?"

슈테피는 고개를 흔들다가 곧 후회했다. 열이 있다고 말할걸. 그럼 집으로 보내 주었을 텐데.

"그럼 계속 공부해."

선생님은 받아쓰기를 계속 불러 주었다. 슈테피는 다시 펜을 잡았다. 단어들이 다시 막혔다. 드디어 종이 울렸다.

슈테피는 혼자 집으로 갔다. 브리타는 하루 종일 슈테피와 한 마디도 하지 않았다.

저 앞으로 빨간 머리가 넘실거렸다. 슈테피는 쫓아가서 베라 옆에 섰다. 베라는 루시아로 뽑힌 것을 틀림없이 좋아할 것이다.

그러나 베라는 슈테피를 보고 화를 내며 대들었다.

"그래서 네게 좋을 게 뭐니?"

"뭐가?"

베라가 말했다.

"너와 상관없는 일에는 제발 끼어들지 마. 실비아가 절대 날 용서하지 않을 거야."

"실비아 때문이야? 실비아는 내게도 화냈어."

"넌 아무것도 몰라!"

베라가 소리쳤다.

"이 바보야! 넌 모든 걸 망쳤어."

"그러려고 한 건 아니야⋯⋯."

슈테피는 말을 꺼냈지만 베라는 듣지도 않았다. 베라는 오른쪽 길로 홱 돌아서더니 빨간 머리를 펄럭이며 사라졌다.

19

넬리가 주일 학교가 끝나고 집으로 가면서 물었다.

"이제 집으로 가는 거야, 언니?"

"아니."

슈테피가 귀찮다는 듯 대답했다.

"집으로 갈 수가 없어. 전쟁이 났잖아, 이 바보야."

어쨌든 집으로 가지는 못할 것이다. 다른 곳이라면 몰라도. 다른 집이나 보육원으로 보내지겠지. 넬리도 없는 새로운 곳으로.

넬리는 입을 다물었다. 현관문에 이르자 넬리가 위로하며 말했다.

"언니가 집으로 가면 적어도 엄마와 아빠는 다시 만날 수 있잖아."

넬리는 현관문을 열며 소리쳤다.

"어머니, 우리 왔어요!"

어머니라고? 넬리가 알마 아줌마를 어머니라고 부르는 거야? 슈테피는 분노로 새빨개졌다.

"알마 아줌마는 네 어머니가 아냐."

슈테피는 이렇게 말하고는 얼른 입을 다물어야 했다. 알마 아줌마가 벌써 현관 쪽에 모습을 드러냈기 때문이다. 아줌마는 슈테피를 데리고 거실로 들어가더니 문을 닫았다. 두 사람은 테이블 앞에 앉았다.

슈테피는 의자 가장자리에 말없이 앉아 불안감을 누르기라도 하듯 두 손을 꽉 잡았다. 옆방 부엌에서는 넬리와 아이들의 시끄러운 소리가 들렸다.

알마 아줌마는 여느 때와는 달리 매서운 목소리로 물었다.

"강아지 인형은 왜 가져갔니?"

"죄송합니다."

슈테피가 나지막이 중얼거렸다.

"인형을 깨서 정말 죄송합니다."

알마 아줌마가 말했다.

"내가 슬픈 건 그 강아지 인형 때문이 아냐. 네가 허락 없이 그 인형을 가져갔기 때문에 슬픈 거야. 그게 도둑질인 거

모르겠니?"

"다시 돌려주려고 했어요."

슈테피의 말은 거의 들리지도 않았다.

알마 아줌마가 말했다.

"다른 사람의 물건을 그냥 가져가면 안 돼. 남의 물건을 훔치면 안 돼. 주일 학교에서 이미 배웠잖아?"

슈테피는 약간 큰 소리로 반항적으로 말했다.

"그건 이미 알고 있었어요."

알마 아줌마는 슈테피가 집에서 아무것도 배운 게 없다고 믿는 모양이다. 마치 십계명이 이 섬에서 생겨난 것이라도 되는 양.

알마 아줌마가 말했다.

"난 네게 실망했어. 난 언제나 널 감싸 주었는데."

아줌마의 목소리는 무척 상처받은 것 같았다. 마치 슈테피가 아줌마를 슬프게 하기 위해 도자기 인형을 가져가기라도 한 것 같았다.

"왜 그랬니?"

슈테피는 대답하지 않았다. 알마 아줌마는 대답을 재촉하듯 슈테피를 쳐다보았다. 마침내 슈테피가 입을 열었다.

"한번 손으로 만져 보고 싶었어요."

알마 아줌마는 한숨을 지었다.

슈테피가 말했다.

"죄송해요. 정말 죄송해요. 다신 그런 짓 안 할게요. 제발 절 용서해 주세요, 알마 아줌마."

그러자 알마 아줌마는 웃음을 띠며 슈테피의 뺨을 쓰다듬었다.

"됐어. 용서할게. 진심으로 뉘우친다면 말이야."

하지만 그걸로 끝나지 않았다. 저녁에 성령강림절교회에서 기도회가 열렸다. 슈테피는 오전에 이미 주일 학교에 다녀왔는데도 메르타 아줌마와 다시 기도회에 참석해야 했다. 메르타 아줌마는 무릎을 꿇으라고 시켰다.

아줌마가 말했다.

"함께 기도하지."

메르타 아줌마는 큰 소리로 분명하게 기도했다. 예수님이 슈테피를 올바른 길로 인도해 주시고 죄를 짓지 않게 도와달라고 기도했다. 슈테피의 뺨이 새빨개졌다. 누가 기도를 듣지나 않는지 곁눈질해서 살펴보았다.

메르타 아줌마는 슈테피 옆구리를 살짝 치며 말했다.

"기도해!"

"사랑하는 예수님."

슈테피는 기도를 시작했지만 곧 할 말이 없었다.

"사랑하는 예수님. 나쁜 아이가 되지 않도록 도와주세요.

절 씩씩하게 해 주세요. 실비아도 좀 더 친절해지도록 해 주세요. 엄마, 아빠를 곧 만나게 해 주세요."

메르타 아줌마가 속삭였다.

"용서도 청해야지."

"또 알마 아줌마의 장식장에서 미미를 가져온 것도 용서해 주세요."

교회 문을 나서면서 메르타 아줌마가 물었다.

"미미라니? 그건 또 무슨 바보 같은 소리니? 살아 있는 생명체만 이름을 가질 수 있어. 배는 상관없지만."

슈테피는 아무 말도 하지 않았다. 슈테피는 미미라는 이름을 가진 생명체를 떠올렸다. 흰색 털에 갈색 반점이 있고, 검은색 축축한 코를 지닌 작은 개.

슈테피는 잠자기 전에 책가방을 쌌다. 종이에다 루시아 노래 가사를 써 보았다. 수요일에는 이 노래를 부를 수 있어야 한다. 그날이 루시아 축제니까. 멜로디가 어려워서 슈테피는 조용히 따라 부를 생각이었다. 입술만 움직일지도 모른다.

오늘이 벌써 일요일이지만 슈테피는 메르타 아줌마에게 흰색 원피스에 대해서는 아직 말도 꺼내지 못했다. 좀 더 있으면 늦어버릴 텐데. 메르타 아줌마가 흰색 원피스를 사러 예테보리까지 갈 리가 없다. 하나 빌릴 수 없을까? 아니면 직접 만들던가?

메르타 아줌마는 흔들의자에 앉아 신문을 읽고 있었다.

슈테피가 말을 꺼냈다.

"저기요, 수요일이 루시아 축제예요."

메르타 아줌마가 고개를 들었다.

"아, 그러니?"

"제가 들러리로 뽑혔어요."

메르타 아줌마는 고개를 끄덕였다.

"잘 됐구나."

아줌마는 신문을 뒤적거렸다.

슈테피는 모든 용기를 짜내어 말했다.

"기다란 흰색 원피스가 필요해요."

"준비해 주마."

메르타 아줌마의 목소리는 거의 다정하게 들릴 정도였다.

"이제 그만 가서 자렴."

루시아 축제 전날 밤, 슈테피 침대 위에는 다림질해서 단
정하게 개켜진 옷이 놓여 있었다. 슈테피는 옷을 펼쳐 보았
다. 면으로 된 긴 원피스로 목 위까지 단추가 달려 있었다.
바탕색은 흰색이지만 작은 파란색 꽃무늬가 점점이 박혀 있
었다. 그러나 색이 바래서 무늬는 희미하게 보였다.

슈테피가 생각했던 루시아 드레스는 좀 달랐다. 웨딩드레
스처럼 레이스와 리본이 달린 아름다운 드레스를 상상했다.

메르타 아줌마도 루시아 드레스가 어때야 하는지 잘 알 것이다. 슈테피는 원피스를 다시 단정하게 개켜서 비단종이에 싸서 책가방 속에 넣었다.

다음 날 아침, 슈테피는 평소보다 한 시간 일찍 집을 나섰다. 다른 아이들이 오기 전에 루시아 행렬을 연습하기로 했기 때문이다. 눈보라가 몰아쳤다. 오늘은 이상하게도 바람이 동쪽에서 불어왔다. 슈테피는 맞바람을 맞으며 학교에 갔다.

선생님은 여자 아이들을 교실에 불러 모았다. '별 소년'으로 뽑힌 남자 아이들은 옆방에서 기다려야 했다.

베라는 동그란 작은 깃이 달린 단순한 흰색 원피스를 입었다. 선생님은 베라 허리에 폭이 넓은 빨간색 장식 띠를 매 주었다. 실비아는 깃과 소매에 넓은 레이스가 달린 예쁜 원피스를 자랑하고 다녔다.

반장인 잉그리드는 구석에서 옷을 갈아입고 있었다. 잉그리드가 머리 위로 뒤집어 입는 원피스는 완전히 흰색이었다. 다른 아이들이 입은 옷도 모두 흰색이었다.

슈테피는 잉그리드 옆에 서서 옷을 벗기 시작했다. 추위로 몸이 달달 떨리자 책가방에서 얼른 메르타 아줌마의 잠옷을 꺼냈다. 잉그리드는 슈테피의 원피스를 멍한 눈길로 쳐다보면서 어깨를 으쓱했다.

슈테피는 원피스를 입고 작은 단추들을 채웠다. 소매가 약간 길었다.

바브로가 소리쳤다.

"저것 좀 봐. 슈테피 좀 봐!"

모두들 슈테피를 쳐다보았다. 실비아는 크게 웃음을 터뜨렸다.

바브로가 급하게 내뱉었다.

"낡은 잠옷을 입었어! 꽃무늬야!"

군포어와 마야브리트도 웃음을 터뜨렸다. 잉그리드는 선생님 쪽을 곁눈질하며 몰래 웃었다. 베라는 웃지 않았다. 얼굴이 창백해진 베라는 주변에서 무슨 일이 벌어지는지 알아차리지도 못하는 것 같았다.

선생님이 소리쳤다.

"조용해! 그만 웃지 못해!"

실비아가 물었다.

"슈테피가 저런 옷을 입어도 돼요? 그럼 루시아 행렬을 완전히 망칠 텐데. 슈테피가 노래를 못 따라 하는 것만 해도 문제잖아요."

선생님은 한숨을 지었다.

"여기서 기다려."

선생님이 말했다.

"슈테파니에게 다른 옷을 구해 줄게. 잉그리드, 모두 조용히 하라고 시켜."

선생님은 10분 후에 돌아왔지만 아주 오래 걸린 것 같이 느껴졌다. 슈테피는 몸이 얼지 않도록 잠옷을 벗은 속옷 위에 스웨터를 걸쳤다. 다른 아이들은 머리를 빗으며 서로 속닥거렸다. 베라는 루시아 시를 계속 외워댔다.

잉그리드가 불만스럽게 말했다.

"이러다간 연습도 제대로 못하겠어."

실비아가 걸고 넘어졌다.

"맞아. 누구 때문에 이렇게 됐어?"

드디어 선생님이 루시아 드레스를 들고 왔다. 슈테피에게는 너무 짧았다. 선생님은 드레스 단을 냈다.

"단을 낸 게 잘 안 보이니까 걱정하지 마. 하지만 집에 갖고 가서 다시 단을 넣어 와. 수위 아저씨 부인에게 빌린 거니까. 딸이 작아서 못 입는 옷이야."

모두 루시아 노래를 몇 번 연습했다. 그러고 난 뒤 모두 옆방으로 가서 기다려야 했다.

선생님이 교실 문을 열며 말했다.

"자, 출발!"

베라는 머리 위에 무거운 왕관을 썼고, 선생님은 그 왕관 위에 꽂힌 양초 여섯 개에 불을 붙였다. 들러리들은 두 손을 포갠 채 양초를 들고 가야 했다. 루시아 행렬은 반 아이들이 줄을 서서 지켜보고 있는 복도를 천천히 지났다. 슈테피와 잉그리드는 베라 바로 뒤에 서서 갔다. 그 뒤로는 실비아와 바브로, 그 뒤에는 군포어와 마야브리트, 맨 뒤에는 종이로 만든 뾰족 모자와 별을 단 '별 소년' 두 명이 뒤를 이었다.

행렬은 이제 몇 미터만 더 가면 된다. 그때 슈테피 머리를 누군가 만지는 것 같았다. 무슨 일인지 채 알아차리기도 전에 쉿 소리가 나더니 뭔가 타는 불쾌한 냄새가 났다.

누군가 소리를 질렀다.

"불이야!"

슈테피는 오른쪽 땋은 머리를 잡았다. 머리 아래쪽에는 타다 남은 머리카락이 보였다.

선생님이 물었다.

"어떻게 하다 이렇게 됐니?"

실비아는 아무 잘못이 없다는 듯 대답했다.

"모르겠어요. 슈테피가 땋은 머리를 뒤로 젖혔나 봐요. 그래서 내 양초에 머리카락이 닿은 것 같아요. 아니면 바브로의 양초에 닿았던가."

바브로가 맞장구쳤다.

"네. 그랬던 것 같아요."

슈테피는 아무 말도 하지 않았다. 실비아는 슈테피의 적이면서 슈테피보다 더 힘이 센 아이였다.

20

부엌 찬장 서랍 속에서 꺼낸 큰 가위는 슈테피 손에 묵직하게 느껴졌다. 슈테피는 촛불에 그슬린 머리카락을 높이 쳐들고 보았다. 머리카락에서는 아직도 불에 탄 냄새가 났다.

조용했다. 집에는 슈테피만 있었다.

슈테피는 머리카락을 묶은 리본 높이에 가위를 갖다대 보았다. 그러다가 조금 위, 조금 더 위로 올라가다가 나중에는 차가운 가위가 목에 섬뜩하게 닿았다.

세면대 위에 걸린 거울 속에 비친 슈테피의 얼굴은 창백했다. 슈테피는 거울 속의 자기 눈을 똑바로 쳐다보다가 힘껏 눈을 감았다.

날카로운 가윗날이 땋은 머리에 닿았다. 슈테피는 더 힘차게 가위를 꽉 붙잡았다. 가윗날은 두툼한 머리카락 사이에서 머뭇거리다가 마침내 날카로운 소리를 내며 싹둑 가위질을 했다.

뭉툭 잘려나간 머리카락은 죽은 뱀처럼 슈테피 손 안에 들려 있었다. 거울에는 낯선 모습이 비쳤다. 절반은 평소와 같은 정상적인 슈테피였지만, 다른 절반은 숱 많은 검정머리가 사방으로 뻗친 낯선 모습의 슈테피였다.

현관문이 열리더니 다시 닫히는 소리가 났다.

메르타 아줌마가 불렀다.

"슈테피? 집에 있니?"

슈테피는 거울에서 눈을 떼지 않은 채 대답했다.

"네."

"뭐하니?"

"아무것도 아니에요."

메르타 아줌마가 소리쳤다.

"편지 왔어."

잘린 머리카락을 손에 든 채 슈테피는 계단을 내려갔다. 메르타 아줌마가 슈테피를 빤히 쳐다보았다.

"무슨 짓을 한 거니? 지금 제정신이야?"

슈테피가 말했다.

"약간만 자를 생각이었어요. 저도 모르겠어요…… 갑자기 그렇게 하고 싶어졌어요."

메르타 아줌마가 말했다.

"하긴. 짧은 머리가 손질하기는 훨씬 편하지."

슈테피는 식탁 의자에 앉아야 했다. 메르타 아줌마가 침대 시트를 가져와 슈테피 어깨에 둘러 주었다. 한 쪽에 남아 있던 땋은 머리를 풀더니 아줌마는 양쪽 길이를 똑같이 잘라 주었다. 바닥에 깔아 놓은 신문지 위로 잘려나간 검정 머리카락이 수북하게 쌓였다.

그러고 나자 메르타 아줌마는 바느질 상자에서 작은 가위를 가져와 끝을 고르게 잘라 주었다. 슈테피는 눈을 감았다. 슈테피는 자기 머리를 이렇게 부드럽고 조심스럽게 만지는 게 메르타 아줌마의 거친 손이라는 사실이 믿기지 않았다.

머리를 다 자르고 나자 슈테피는 현관 옆에 달린 거울에 자신을 비춰 보았다. 머리는 그다지 이상해 보이지는 않았다. 하지만 슈테피는 자신의 모습이 낯설었다. 목은 길고 가늘게 보였고 눈은 더 커진 것 같았다. 머리를 움직일 때마다 느껴지던 묵직한 머리는 이제 더는 느껴지지 않았다. 슈테피는 머리카락이 하나도 없는 것처럼 벌거벗은 기분이 들었다.

메르타 아줌마는 뭉툭 잘린 땋은 머리와 머리카락들을 쓰레기통에 버렸다. 자기 머리카락이 감자껍질과 생선찌꺼기들과 함께 쓰레기통에 들어 있는 모습을 보자 슈테피는 마음이 아팠다. 땋은 머리는 보관하고 싶었는데. 하지만 이젠 늦었다.

슈테피가 신문을 접어 바닥에 떨어진 머리카락을 쓸어 담고 있을 때 메르타 아줌마가 편지를 가져왔다. 편지는 두 장이었다.

한 장에는 독일 우표가 붙여져 있고 봉투에는 아빠 글씨가 적혀 있었다. 다른 한 장에는 예테보리 소인이 찍혀 있었다. 원조기구에서 보낸 편지였다.

슈테피의 심장이 쿵쾅쿵쾅 뛰었다. 두 편지가 동시에 온 것은 무슨 의미가 있는 게 틀림없다. 이제 다 되었나 보다. 아빠와 엄마가 미국 입국 허가증을 받았나 보다!

메르타 아줌마는 원조기구에서 온 편지 봉투를 뜯었다. 슈테피 앞으로 온 편지인데도 말이다.

타자기로 친 편지는 글씨가 흐릿하고 불분명했다. 편지 맨 위에는 타자기로 친 '친애하는'이라는 글자 옆에 손으로 쓴 '슈테파니'라는 글자가 보였다.

메르타 아줌마가 큰 소리로 읽었다.

"친애하는 슈테파니에게."

원조기구의 모든 직원들이 네게 즐거운 성탄절 인사를 보낸다. 또 네가 스웨덴에서 잘 적응해서 살고 있기를 기원한다.

메르타 아줌마는 독서용 안경을 바로 고쳐 쓰더니 안경 가
장자리 너머로 슈테피를 바라보았다. 슈테피는 열심히 고개
를 끄덕였다. 물론 슈테피는 잘 적응해서 살고 있다! 그러니
메르타 아줌마는 편지나 계속 좀 읽어 주었으면. 마음 같아
서는 아줌마에게서 편지를 뺏어서 직접 읽고 싶었다. 슈테피
가 간절히 기다리는 소식이 적혀 있는지 아닌지 궁금하기만
했다.

＊＊＊＊＊＊ 널 돌보시는 양부모님의 말씀을 잘 듣고 널 받
아 주신 것에 대해 감사하는 마음을 가져야 해＊＊＊＊＊＊ 스
웨덴어를 더 열심히 배우고, 스웨덴 친구들에게서 많은
것을 배우도록 노력해라＊＊＊＊＊＊.

편지를 읽어 내려갈수록 슈테피의 희망은 꺼져갔다. 슈테
피가 곧 이곳을 떠날 수 있는 상황이라면 이런 훈계 따위는
필요 없는 게 아닐까? 그래도 슈테피는 참고 끝까지 기다렸
다. 마지막 부분에 뭔가 다른 내용이 있을지도 모른다.

잊지 말아야 할 것은 게으르거나 감사할 줄 모르면 자기에게도 손해가 될 뿐만 아니라 우리가 하는 일까지도 피해를 준다는 사실이야. 모든 유대인에게 피해를 주는 건 말할 것도 없이.

메르타 아줌마는 편지를 내려놓았다.

"그게 다예요?"

메르타 아줌마는 고개를 흔들었다.

"마지막으로 안부 인사하고 서명이 있어."

메르타 아줌마는 슈테피에게 식탁 위로 편지를 밀었다. 슈테피는 편지를 집어 얼른 다시 한번 읽었다. 훈계 외에는 다른 내용이 없었다.

메르타 아줌마가 말했다.

"좋은 충고야. 네가 이 훈계를 잊지 않았으면 좋겠구나. 편지를 잘 간직하렴. 가끔씩 꺼내 볼 수 있도록 말이야."

슈테피는 편지를 접어 봉투 속에 집어넣었다. 다시는 꺼내 읽지 않을 생각이었다.

식사 후에 슈테피는 자기 방으로 가서 문을 닫았다. 떨리는 손가락으로 아빠의 편지를 뜯었다. 그래도 입국 허가증을 받았을지도 모른다. 원조기구 사람들이 아직 그 소식을 모르는 것뿐일지도.

봉투에는 편지 두 장이 들어 있었다. 하나는 아빠 글씨고, 또 하나는 엄마 글씨였다.

우선 아빠 편지부터 읽었다.

사랑하는 내 어린 딸, 슈테피에게.

너와 넬리가 떠날 때만 해도 우린 잠시 떨어져 있는 거라고 생각했단다. 그런데 벌써 4개월이 지났고, 다시 만날 때까지는 아직도 시간이 좀 더 걸릴 것 같구나. 그토록 애썼지만 아직 우린 미국으로 갈 입국 허가증을 못 받았단다. 앞일이 암담하긴 하지만 그렇다고 우린 희망을 포기하면 안 돼.

"희망을 포기하면 안 돼."

계속 실망할 일만 있다면 어떻게 희망을 품을 힘이 생길 수 있을까? 슈테피의 눈에서 떨어진 눈물방울이 아빠 글씨에 번졌다. 슈테피는 눈물을 닦은 뒤 계속 읽어 내려갔다. 아빠는 유대인 병원에서 일할 수 있는 허가를 받았다고 써 있었다.

유대인 의사는 얼마 안 되는데다가 병원용품과 약품이 부족해서 아주 힘들구나. 하지만 이건 내가 의사로 일할 수 있는 유일한 기회야. 날마다 내가 필요한 존재라는 걸 느껴.

사랑하는 슈테피야,

이제 넌 다 컸으니 아주 씩씩해져야 해. 넬리를 잘 돌봐 줘. 넬리는 아직 어린데다 너처럼 상황을 잘 이해하지 못할 거야. 우리 모두 지금 이 시련이 지나서 곧 다시 만날 거라고 믿어야 해. 엄마와 아빠에게는 어떤 일이 있어도 너희들이 안전하게 지낸다는 사실만으로도 큰 위로가 돼.

아빠의 편지는 슈테피의 '스웨덴 가족'에 대해 안부를 전해 달라는 말로 끝맺었다.

그 사람들이 너를 돌봐 주는 것에 대해 엄마와 아빠가 얼마나 감사해하는지 전해 주렴.

이렇게 써 있었다. 감사, 감사, 또 감사! 슈테피는 빼곡하게 적힌 아빠의 편지를 옆에 내려놓고 엄마의 편지를 집어 들었다.

사랑하는 슈테피야!

너와 넬리가 정말 얼마나 보고 싶은지! 매일 너희들 초상화와 비너발트로 소풍가서 찍은 사진을 본단다. 하지만 사진은 이미 오래 되었고, 너희들은 신선한 바닷바람에 벌써 많이 컸겠지? 너희들이 새로 찍은 사진을 몇 장 갖고 싶구나. 혹시 최근에 사진 찍은 게 있니? 새로 생긴 스웨덴 가족과 함께 찍은 거라도? 만약 있으면 좀 보내 주길 바란다! 찍은 사진이 없다면 혹시 카메라가 있어서 너희들을 찍어줄 만한 사람이라도 있니? 그런 사람이 있으면 엄마가 4개월이 지난 지금 스웨덴에서 너희들이 얼마나 컸는지 몹시 보고 싶어한다고 부탁해 보렴.

슈테피의 손은 등 쪽으로 올라갔다. 우선 머리를 만진 뒤, 머리 밑으로 드러난 목덜미를 만졌다. 많은 머리가 없어진 슈테피를 보면 엄마가 뭐라고 하실까? 엄마가 그렇게 자랑스러워하던 슈테피의 긴 머리카락인데.

슈테피와 넬리가 여름에 이곳에 처음 왔을 때, 알마 아줌마가 엘사와 욘과 함께 슈테피와 넬리 사진을 찍은 게 몇 장 있었다. 슈테피는 이 사진을 엄마에게 보내면서 그 이후에는 새로 찍은 사진이 없다고 할까, 생각했다.

언젠가 엄마도 슈테피가 머리를 자른 사실을 알게 될 것이다. 하지만 머리는 한번 자르고 나면 더 빨리 자라는 법이다.

혹시 미국으로 갈 때쯤 되면 머리카락이 다시 어깨까지 자라지 않을까?

21

실비아는 슈테피의 머리카락을 보더니 입을 비죽거리며
웃었다.

"갈기가 모두 불에 탔나 보지?"

바브로가 말했다.

"아냐, 양털 자르는 가위로 자른 거야."

슈테피는 아무 대꾸도 하지 않았다. 오스트리아에서였더
라면 슈테피도 말을 잘 받아쳤을 것이다. 그때는 누가 슈테
피에게 불쾌한 말을 하면 슈테피도 가만 있지 않고 말대꾸를
했다. 하지만 스웨덴어로는 말을 빨리 할 수도 없고 단어도
모르는 게 많았다. 그래서 슈테피는 말대꾸하는 대신 두 사
람을 피해갔다.

교회에서 열린 방학식을 끝내고 집으로 돌아오는 길에 슈테피는 아름다운 기억을 마음에 간직했다. 촛불, 오르간 소리, 찬송가 등.

슈테피는 혼자서 노래를 흥얼거리면서 넬리의 말은 귀담아 듣지도 않았다.

넬리가 자랑했다.

"소냐에게서 벌써 크리스마스 선물을 받았어. 하지만 크리스마스 이브에 열어 보래. 알마 아줌마가 오늘 오후에 우리 사진 찍어 준대. 크리스마스 때까지 엄마에게 보내야 한대."

슈테피는 그 자리에서 멈춰 섰다.

"누가 그래?"

"엄마가 우리 사진 갖고 싶다고 편지에 썼어."

넬리가 말했다.

"엄마가 언니에게는 그 말 안 썼어?"

슈테피는 거짓말을 했다.

"안 썼어."

넬리가 말했다.

"그랬구나. 어쨌든 나한텐 그렇게 썼어. 크리스마스 선물 사러 예테보리에 가면 액자를 하나 사도 된댔어. 그러고 나면 제과점에 가서 케이크를 먹을 거야."

슈테피가 말했다.

"예테보리에는 제과점이 없어. 빈처럼 제대로 된 제과점은 없어."

"있어!"

그제야 슈테피는 넬리가 스웨덴어로 대답한다는 걸 알아챘다. 슈테피 자신은 독일어로 말하는데도 말이다.

"너, 왜 나한테 스웨덴어로 말하니?"

"왜? 하면 안 돼?"

"우리 모국어는 독일어잖아."

넬리가 말했다.

"다른 사람이 들으면 웃긴다고 생각할거야."

"넌 네가 스웨덴 사람인 줄 아니?"

넬리는 아무 대답도 하지 않았다. 넬리는 외투 주머니에서 작은 상자를 꺼내더니 귀에 대고 흔들었다.

슈테피가 말했다.

"엄마 아빠가 지금 네가 한 말을 들으시면 아주 슬퍼하실 거야. 아주 화를 내고 슬퍼하실 거야."

넬리는 상자를 다시 주머니 속에 넣었다. 넬리는 아랫입술을 비죽 내밀더니 아무 말 없이 걸었다.

알마 아줌마는 식탁에 나무딸기 주스, 사프란 과자, 케이크를 차려 놓았다. 알마 아줌마는 자매의 성적표를 보더니 성적이 좋다고 칭찬해 주었다.

알마 아줌마가 말했다.

"너희들은 곧 반에서 일등을 하겠구나. 스웨덴어만 제대로 배우고 나면 말이야."

슈테피가 말했다.

"다음 학기에는 미국 학교에서 성적표를 받게 될지도 몰라요. 그때까지 영어를 열심히 배우면 말이에요."

알마 아줌마의 이마에는 걱정스런 주름이 몇 개 패였다.

"애들아, 너희들은 올 봄에 미국으로 가기는 힘들 것 같구나."

"하지만,"

슈테피가 말을 꺼냈다.

"아빠가 편지에……."

엘사와 욘은 더는 얌전하게 식탁에 앉아 있기가 힘든 모양이었다. 두 아이는 큰 소리로 고함을 지르며 부엌 안을 쫓아다녔다. 넬리는 의자에서 내려와 욘을 붙잡았다. 넬리가 욘을 간질이자 욘은 좋다고 깔깔대고 웃었다.

"네 아빠는 물론 최선을 다 하시겠지."

알마 아줌마가 말했다.

"하지만 지금은 전쟁 중이기 때문에 여행하기 어렵단다."

알마 아줌마의 이 말은 무슨 뜻일까? 그럼 자매는 전쟁이 끝날 때까지 이 섬에 머물러 있어야 한다는 말인가? 그렇다면 얼마나?

슈테피는 힘없이 말했다.

"그래요. 하지만 미국은, 미국은 아직 전쟁을 하지는 않으니까……."

알마 아줌마는 아이들에게 신경 쓰느라 슈테피의 말을 제대로 듣지 못했다.

알마 아줌마가 말했다.

"옷 조심해. 조금 있다가 사진 찍어야 한다는 거 잊지 마."

맞다, 사진을 찍어야지! 슈테피는 사진을 찍어야 한다는 것을 잊어버리고 있었다.

슈테피가 물었다.

"꼭 새로 사진을 찍어야 해요? 지난 여름에 찍은 사진을 보내면 안 돼요?"

알마 아줌마가 말했다.

"너희 엄마가 최근에 사진을 찍어서 보내 달라고 했다고 넬리가 그러던데? 게다가 오늘 옷도 예쁘게 입었으니까 그냥 찍는 게 좋겠어."

알마 아줌마는 아이들을 계단에 세운 뒤 사진을 찍었다. 처음에는 슈테피와 넬리, 그러고는 아이 네 명을 모두 함께 찍었다.

알마 아줌마가 슈테피에게 말했다.

"나도 한 장 찍어 줘."

"어떻게 찍는지 몰라요."

알마 아줌마가 말했다.

"아주 간단해. 거리와 조리개는 내가 맞춰 줄게. 넌 그냥 누르기만 하면 돼."

알마 아줌마는 어디에 서서 어떻게 찍어야 하는지 가르쳐 주었다. 알마 아줌마가 계단 위에 섰다. 욘은 팔에 안고, 엘사와 넬리는 양쪽에 하나씩 세웠다. 슈테피는 카메라가 움직이지 않게 꼭 붙잡았다. 셔터를 누르자 작은 금속 소리가 찰칵 하고 났다.

"필름을 예테보리의 사진관에 맡길 거야. 크리스마스가 끝나면 시구르느가 찾아 올 거야."

넬리는 실망한 듯 보였다.

"엄마는 크리스마스 때 사진을 받고 싶다고 했는데."

슈테피가 말했다.

"그건 안 돼, 이 바보야. 지금 편지를 부친다고 해도 크리스마스 전에는 빈에 안 들어가."

넬리는 슈테피에게 얼굴을 잔뜩 찡그려 보였다.

"너무 잘난 척하지 마."

슈테피는 알마 아줌마를 도와 설거지를 했다. 슈테피는 알마 아줌마가 예테보리에 같이 가자고 말해 주기를 내내 기다렸다. 그러나 알마 아줌마는 딴 이야기만 했고, 슈테피는 감히 같이 가자는 말은 꺼내지도 못했다.

슈테피가 집으로 가려는데, 넬리가 대문까지 따라 나왔다.

넬리가 말을 꺼냈다.

"언니."

"왜?"

"소냐에게 크리스마스 선물을 사 주고 싶어. 소냐도 내게 선물을 했잖아."

"그렇게 해. 예테보리에 가서 선물을 사."

넬리는 고개를 흔들었다.

"알마 아줌마가 돈을 좀 주겠다고 하셨어. 하지만 그건 액자와 언니에게 줄 선물을 살 돈이야. 소냐 선물을 살 돈은 모자라. 돈 좀 있어?"

슈테피는 얼마 전에 선원이 던져 준 25외레 동전을 여태 갖고 있었다. 또 에버트 아저씨가 준 1크로네 동전도 있었다. 하지만 맘에 들지도 않는 소냐에게 선물이나 사 주라고 넬리에게 그 돈을 주고 싶지는 않았다.

"나도 돈이 필요해. 크리스마스 선물을 사야 하거든."

"그럼 어떡하지?"

슈테피는 어깨를 으쓱해 보였다.

"나도 몰라. 알마 아줌마에게 돈을 더 달라고 해 봐."

"그건 못해."

"그럼 선물 사지 마."

넬리가 말했다.

"소냐는 가장 친한 친구야. 내게 가장 친절하게 대해 줘. 게다가 내게 정말 좋은 걸 선물했을 거야."

"그럼 네가 갖고 있는 것 중에 골라 봐. 네가 갖고온 물건 중에서 말이야."

"어떤 거 말이야?"

슈테피는 아무 생각 없이 그냥 내뱉었다. 그 말은 저절로 툭 튀어나온 것 같았다.

"산호 목걸이 말이야."

넬리는 얼굴이 새하얗게 변했다.

"그건 남에게 못 줘. 그건 엄마 목걸이야."

"엄마가 네게 선물한 거잖아."

넬리의 목소리가 약간 떨렸다.

"그런가? 나른 사람에게 줘도 될까?"

슈테피가 말했다.

"그럼. 아니면 다른 거라도 있니?"

넬리는 고개를 흔들었다.

슈테피가 말했다.

"네 마음대로 해. 잘 있어."

슈테피는 몇 발짝 가다가 뒤돌아보았다. 넬리는 아직도 대문 앞에 서 있었다. 넬리가 아주 작게 느껴졌다. 슈테피는 다시 돌아가서 넬리에게 농담이라고 말하고 싶었다. 하지만 슈테피는 계속 앞으로 걸어갔다.

넬리는 절대 소냐에게 목걸이를 선물하지 않을 거야, 슈테피가 생각했다. 틀림없어.

22

크리스마스를 앞두고 일주일 동안 메르타 아줌마와 슈테피는 지하실에서부터 다락방까지 집안 대청소를 했다. 부엌에는 크리스마스풍의 커튼을 달고 거실 테이블에는 꼬마 요정과 전나무가 수놓아진 덮개를 덮었다. 메르타 아줌마는 빵과 과자를 구웠다.

메르다 아줌마는 청어를 절이려다가 집에 시초가 없다는 걸 알았다.

메르타 아줌마가 말했다.

"슈테피, 가게에 좀 다녀와야겠다. 여기저기 쏘다니지 말고 곧장 집으로 와야 해."

슈테피는 커다란 장바구니를 팔에 걸고 덜렁거리며 길을

나섰다. 사야 할 물건 목록과 메르타 아줌마의 지갑은 오른쪽 외투 주머니 속에 있었다. 왼쪽 주머니에는 슈테피의 돈이 들어 있었다. 1크로네와 25외레가. 이 돈으로 넬리와 에버트 아저씨에게 줄 크리스마스 선물을 살 생각이었다. 메르타 아줌마에게는 가정 시간에 슈테피가 직접 뜨개질한 냄비 손잡이용 소품을 선물하기로 했다. 뜨개질이 약간 비뚤어지고 일그러져서 두 번이나 풀어서 다시 짰다. 세 번째 짠 뜨개를 본 가정 선생님은 잘했다고 칭찬해 주었다.

가게 문을 열고 닫을 때는 종소리가 울렸다. 가게 주인은 판매대 뒤에서 갈색 봉지에 커피를 담아 무게를 달고 있었다. 주인 뒤로 보이는 진열장에는 통조림, 병, 상자 들이 쌓여 있었다. 바닥에는 청어가 가득 든 나무 상자와 밀가루, 설탕, 커피 봉지가 놓여 있었다. 판매대 위에는 커다란 유리병에 가득 든 사탕이 유혹하고 있었다.

가게 안에는 슈테피 말고 다른 손님은 없었다.

"안녕하세요."

슈테피가 공손하게 인사했다. 주인은 고개만 끄덕이고는 계속 커피 무게를 달았다.

슈테피는 기다렸다. 주인은 봉지마다 커피를 다 채우고 나서야 슈테피에게 물었다.

"자, 뭘 줄까?"

슈테피는 살 물건들을 적은 목록을 꺼내 읽기 시작했다.

"식초 한 병, 커피, 납작귀리……."

주인은 진열대에서 식초 한 병을 꺼내 판매대 위에 놓았다. 식초 옆으로 커피 봉지를 놓았다.

그때 문이 열렸다.

주인은 막 들어오는 여자에게 인사했다.

"어서 오세요."

슈테피는 말을 하다가 그만 입을 다물고 말았다.

"일 킬로만 주세요……."

그 여자 손님은 살 게 많았다. 이것저것 다 만져 본 뒤에야 치즈를 하나 고르고, 오렌지는 또 어찌나 조심스럽게 고르던지 적어도 스무 개는 만져 본 후에야 겨우 오렌지 네 개를 골랐다. 슈테피는 발만 동동 굴리고 있었다. 메르타 아줌마가 집에서 식초만 오기를 기다리고 있을 텐데.

그때 실비아가 이층에서 천천히 내려왔다. 실비아는 판매대 위를 팔꿈치로 딛고 두 손으로 턱을 받쳤다.

실비아가 말했다.

"내 크리스마스 원피스는 파란색이야. 네 건 무슨 색이니?"

슈테피는 대답하지 않았다.

"크리스마스에 입을 새 원피스가 없나 보지?"

슈테피는 거짓말을 했다.

"있어. 하지만 깜짝 선물이어서 아직 몰라."

실비아는 뭔가 생각하듯 웃었다.

"못 믿겠는걸."

드디어 여자 손님은 물건을 다 구입하고 돈도 지불했다. 실비아는 판매대 뒤로 구석에 놓인 의자에 앉더니 잡지를 뒤적이기 시작했다.

가게 주인이 말했다.

"고맙습니다. 대단히 고맙습니다. 감사합니다."

그 여자가 나가고 나자 주인은 슈테피에게 향했다.

"자, 뭘 달라고 했지?"

슈테피는 다시 목록을 읽었다.

"납작귀리 일 킬로요."

"내가 볼게."

주인은 슈테피 손에서 쪽지를 가져갔다.

"납작귀리, 효모, 완두콩……."

주인은 물건들을 꺼내 무게를 달았다. 진열대에서 완두콩 통조림이 보이지 않았다.

주인이 말했다.

"실비아, 창고에 가서 완두콩 좀 가져오렴."

실비아는 잡지 가장자리로 곁눈질을 하며 말했다.

"완두콩은 제일 위칸에 있어서 손이 안 닿아요."

주인은 한숨을 푹 쉬었다.

"그럼 사탕 잘 지키고 있어. 내가 가져올 테니까."

"물론이죠."

실비아가 웃음을 지었다.

슈테피는 얼굴이 화끈거렸다. 슈테피가 마치 사탕을 훔쳐 먹기라도 할 것처럼 말하다니!

주인은 완두콩 통조림을 갖고 돌아왔다. 슈테피는 돈을 내고 동전 몇 개를 거스름돈으로 받았다.

슈테피가 말했다.

"책갈피에 꽂는 장식품 좀 보여 주세요."

"하나 사려고?"

"네."

"그건 목록에 없던데. 사도 되는 거야?"

마음 같아서는 시장바구니를 집어 들고 그냥 가게 밖으로 나오고 싶었다. 하지만 섬에는 다른 가게도 없었고, 넬리와 에버트 아저씨에게 줄 선물은 사야 했다.

슈테피는 반항적으로 말했다.

"내 돈이 있어요."

"한번 보자!"

슈테피는 왼쪽 외투 주머니에서 1크로네 동전과 25외레 동전을 꺼냈다. 실비아는 궁금하다는 듯 곁눈질로 슈테피를 바라보았다.

"내가 아까 준 거스름돈은 어디 있니?"

슈테피가 메르타 아줌마의 지갑에서 거스름돈을 보여 주고 나서야 주인은 만족하면서 책갈피에 꽂는 장식품이 든 상자를 꺼내왔다. 슈테피는 두 개를 골랐다. 하나는 무성한 구름 위에 앉은 천사 모양이고, 또 하나는 꽃바구니를 든 작은 소녀 모양이었다. 에버트 아저씨를 위해서는 면도날 한 통을 샀다.

10외레가 남았다. 처음에는 이 돈으로 사탕을 사 먹을까 했지만 슈테피는 그냥 저금하기로 마음먹었다.

가게를 나오자 눈이 내렸다. 벌써 어두워졌다. 이제 메르타 아줌마가 화를 낼 게 틀림없었다.

무거운 시장바구니는 걸음을 내디딜 때마다 다리에 부딪혔고, 손잡이가 손을 파고드는 바람에 손이 끊어질 듯했다. 슈테피는 시장바구니를 여러 번 바꿔 들었다. 그러다가 슈테피는 그 자리에 멈춰 서서 잠깐 쉬었다.

"안녕."

어떤 남자 목소리가 슈테피를 불렀다.

"안녕, 슈테피!"

에버트 아저씨였다. 아저씨는 배에서 막 돌아오는 길인 모양이었다.

에버트 아저씨가 말했다.

"이렇게 작은 어린애가 들기에는 너무 큰 시장바구니구나. 내가 들게."

에버트 아저씨는 하나도 안 무겁다는 듯 시장바구니를 번쩍 들었다.

아저씨가 물었다.

"눈 오는 거 봤니? 눈이 안 녹고 그냥 쌓여 있어. 화이트 크리스마스가 되려나 봐."

아저씨는 그 크고 따뜻한 손을 뻗어 슈테피 손을 잡았다.

아저씨가 말했다.

"두고 보면 알겠지. 모든 게 다시 좋아질 거야."

23

크리스마스 이브에 슈테피는 메르타 아줌마가 선물을 풀어보는 것을 초조하게 지켜보았다. 슈테피가 짠 냄비 손잡이용 레이스 뜨개를 보기 흉하고 비뚤다고 싫어하면 어쩌지? 그러나 메르타 아줌마는 다정한 목소리로 고맙다고 말하며 화덕 옆에 있는 못에 걸어 두었다.

에버트 아저씨는 슈테피에게 그림물감, 붓, 스케치북을 선물했다. 메르타 아줌마는 직접 짠 모자와 벙어리장갑을 선물했다. 슈테피는 아줌마가 어떻게 슈테피 몰래 이렇게 짤 수 있었는지 의아했다. 털실에서는 좀약 냄새처럼 약간 달콤한 냄새가 풍겼다.

슈테피가 침대에 누웠을 때 안방에서 에버트 아저씨와 메르타 아줌마가 이야기하는 목소리가 들려 왔다.

에버트 아저씨가 말했다.

"슈테피에게 다른 걸 사 주지 그랬어. 여자 아이들이 좋아하는 장식품 같은 거 말이야."

메르타 아줌마가 흥분하며 말했다.

"장식품이라뇨. 슈테피는 따뜻하게 입을 게 필요해요."

에버트 아저씨가 말했다.

"그렇긴 해. 하지만 아이들에게 정말 필요한 게 뭔지 알기란 쉬운 일이 아냐."

"여자 아이에게 필요한 게 뭔지 내가 모른다는 말이에요?"

"그런 말은 안 했어."

"그럼 됐어요."

그러다가 조용해졌다. 잠시 후 다시 에버트 아저씨 목소리가 들렸다.

"슈테피는 참 착한 애야. 슈테피를 데려와서 기뻐."

바로 그 순간 바람이 세차게 불어 창문을 흔들어댔다. 그래서 슈테피는 메르타 아줌마가 뭐라고 대답했는지는 듣지 못했다.

크리스마스날에는 알마 아줌마와 시구르드 아저씨의 초대를 받았다. 손님들이 많이 와 있었다. 모두 서로 친척 간이었다. 그때서야 슈테피는 메르타 아줌마와 알마 아줌마도 친척 사이라는 걸 알았다. 서로 사촌 간이었다.

넬리는 슈테피에게 사탕을 선물했다. 사탕은 겉은 딱딱하지만 속에는 부드러운 초콜릿이 들어 있었다. 사탕은 금색 무늬가 있는 예쁜 파란 병에 들어 있었다.

넬리가 말했다.

"나중에 딴 물건을 넣어 둬도 돼."

넬리는 특별히 예쁘게 차려 입고 싶을 때마다 거는 산호 목걸이를 걸지 않았다. 넬리의 통통한 목은 이상하게 허전해 보였다.

슈테피는 별 생각 없이 물었다.

"소냐한테서 뭘 받았어?"

넬리가 대답했다.

"고무로 만든 개구리. 위를 누르면 폴짝 뛰는 개구리야."

"소냐에게는 선물했어?"

넬리는 고개를 끄덕였다.

"뭘?"

넬리는 대답을 하지 않았다. 다른 쪽으로 시선을 돌린 넬리의 아랫입술이 약간 떨렸다.

"너, 소냐에게 산호 목걸이 선물했니?"

넬리는 다시 고개를 끄덕였다.

슈테피가 말했다.

"이 멍청아, 엄마가 알면 뭐라고 하시겠니?"

"언니가 산호 목걸이 선물하라고 했잖아!"

"진짜 그러라고 한 말은 아니었지. 그것도 몰라?"

"그럼 왜 그런 말을 했어?"

슈테피가 대답했다.

"그냥 장난이었어. 난 네가 그렇게 멍청한 줄 몰랐어. 엄마의 산호 목걸이를 선물로 주다니!"

넬리가 말했다.

"난 엄마에게 편지 쓸 거야. 언니가 날 놀렸다고 엄마에게 다 이를 거야."

넬리는 금방이라도 울음을 터뜨릴 것처럼 보였다.

"이미 줬으니 할 수 없지 뭐."

슈테피가 재빨리 말했다.

"이리 와, 엘사와 욘이 뭐하는지 보러 가자."

크리스마스가 지나자 더 추워졌다. 바다의 소금기를 머금은 공기는 차고 습했다. 찬 공기는 뺨을 찌르고 콧구멍 속을 파고들었다. 창밖으로 내다보이는 암초는 흰눈을 하얗게 뒤집어썼다. 그 모습이 언뜻 알프스 산 정상처럼 보였다. 물 속에 잠겨서 꼭대기만 튀어나온 알프스 산처럼 보였다.

해변과 만에 있는 바닷물은 모두 꽁꽁 얼어붙었다. 얼음은 희미한 회녹색으로 흰색 줄무늬가 나 있었다. 저 먼 곳에 있는 바닷물은 새파랗게 빛나고 있었다. 슈테피는 해변을 따라 걸으며 발밑으로 얇은 얼음층이 갈라지는 소리를 들었다. 때로는 얼음과 눈 속에서 얼어붙은 해조까지 발에 밟힐 때도 있었다.

슈테피는 온 섬을 회색빛이 아니라 하얀빛으로 덮는 눈이 좋았다. 슈테피는 눈뭉치를 만들어 바닷속의 바위에 던졌다. 집 뒤에 있는 언덕에서는 미끄럼을 탔다. 메르타 아줌마가 신발 밑창이 닳는다고 그만두라고 야단칠 때까지.

학교 근처에는 진짜 썰매를 탈 수 있는 언덕이 있었다. 넬리는 크리스마스 선물로 썰매를 받았기 때문에 매일 친구들과 함께 이 언덕에서 살다시피 했다. 넬리는 물론 슈테피에게 썰매를 빌려 주겠지만 슈테피는 그런 부탁을 하고 싶지 않았다. 하긴 같이 썰매를 타러 갈 사람도 없으니까.

에버트 아저씨는 다시 고기를 잡으러 바다로 나갔다. 그해의 마지막 날, 아저씨는 오전에 집으로 돌아왔다. 하늘은 푸르고 공기는 상쾌한 아주 멋진 날이었다. 슈테피는 자기방 책상에 앉아서 새 그림물감으로 그림을 그리고 있었다.

에버트 아저씨가 물었다.

"이렇게 날씨가 좋은데 밖에 안 나가니? 아이들은 신선한 공기를 마셔야지."

슈테피가 말했다.

"밖에 있다 들어온 거예요. 오늘 아침에 나갔다 왔어요."

"썰매 언덕에는 아이들로 가득하더구나. 학교 근처 말이야."

슈테피는 그림에서 눈을 떼지 않은 채 고개를 끄덕였다. 에버트 아저씨는 슈테피를 잠깐 바라보며 서 있었다.

아저씨는 커피를 마신 뒤 슈테피더러 함께 밖에 나가자고 청했다. 슈테피는 외투 단추를 채우고 크리스마스 선물로 받은 털모자와 장갑을 꼈다. 에버트 아저씨는 슈테피가 계단을 내려오는 동안 현관문을 열고 서 있었다. 슈테피가 숙녀라도 되는 듯이.

계단 아래에는 썰매가 놓여 있었다. 한때 빨간색이었던 썰매는 칠이 벗겨져 나갔다. 그것만 아니면 좁다란 나무 횡목과 부드럽게 굴곡진 활주부로 된 아름다운 썰매였다.

에버트 아저씨가 물었다.

"네 마음에 드니?"

"내 거예요?"

에버트 아저씨는 고개를 끄덕였다.

"창고에 처박혀 있던 거야. 새로 페인트칠하면 돼. 하지만 내 생각에는 네가 먼저 타 보는 게 좋을 것 같구나."

슈테피는 썰매가 원래 누구 것이었는지 묻고 싶었지만 에버트 아저씨는 벌써 썰매를 끌고 집 뒤의 작은 언덕으로 향하고 있었다.

슈테피는 잠시 썰매를 타 보았다. 에버트 아저씨는 슈테피에게 당장 학교 근처 썰매 언덕으로 썰매를 타러 가고 싶은지 물었다. 슈테피는 먼저 페인트칠부터 하고 싶다고 말했다. 두 사람은 썰매를 지하실로 갖고 갔다. 아저씨는 우선 슈테피에게 사포로 더러운 칠을 벗겨내는 법을 보여 주었다. 표면이 아주 매끄럽게 되자 아저씨는 페인트통과 솔을 찾아왔다.

썰매를 칠하는 데는 상당한 시간이 걸렸다. 가장 힘들었던 곳은 횡목 사이와 모서리를 칠할 때였다. 드디어 썰매는 다시 반짝이는 빨간색이 되었다.

에버트 아저씨가 말했다.

"내일이면 마를 거야. 그럼 썰매 타러 갈 수 있어."

어스름한 저녁이 되자 두 사람은 계단 아래쪽에 눈으로 램프를 만들었다. 두 사람은 작고 딱딱한 눈뭉치를 만들어 동그랗게 원 모양으로 쌓아 올렸다. 중간에는 메르타 아줌마가 준 양초 토막을 세워 두었다. 두 사람은 조심조심 눈뭉치를 층층이 쌓아 올렸다. 점점 좁게 쌓아서 맨 위에는 작은 구멍만 남도록 했다.

에버트 아저씨는 성냥을 가져와 양초에 불을 켰다. 눈으로 만든 동그란 원이 환하게 밝아졌다. 부드럽고 연한 불빛이

땅 위로 퍼져나갔다.

슈테피가 나지막하게 말했다.

"아름다워라."

메르타 아줌마가 눈으로 만든 램프를 보기 위해 계단 아래로 내려왔다.

메르타 아줌마가 말했다.

"정말 아름답구나."

아줌마로서는 굉장한 칭찬을 한 셈이었다.

한 해의 마지막 날을 기념하기 위해 세 사람은 손님용 거실에서 식사를 했다. 평소에는 이곳에서 식사하는 법이 거의 없었다. 식사는 소고기 구이에 감자, 소스, 완두콩을 곁들인 음식이 나왔다. 비록 세 사람뿐이었지만 정말 세내로 된 만찬이었다.

빈에서는 이 날만 되면 항상 만찬이 있었다. 슈테피와 넬리와 동갑짜리 아이들이 둘 있는 가족과 늘 함께 만찬을 즐겼다. 식탁은 곱게 접은 냅킨, 은제 식기, 금빛 테두리로 장식된 도자기 그릇으로 눈부시게 차려졌다. 어른들을 위한 유리잔에 담긴 와인은 촛불에 비쳐 매혹적인 보석처럼 빛났다. 검은 옷에 흰색 앞치마를 차려입은 하녀가 음식이 담긴 그릇들을 나르는 동안, 부엌에서는 요리사가 땀 흘리며 요리를 했다.

식사가 끝나면 아이들 넷은 어린이 방에 있는 침대로 가야 했다. 아이들은 서로 속삭이며 떠들었다. 너무 들떠서 쉽게 잠이 오지 않았다. 밤 12시 15분 전에 엄마가 아이들을 깨우러 왔다. 아이들은 어른들과 함께 베란다로 나가 시내의 모든 교회에서 울리는 종소리에 귀를 기울였다.

슈테피가 물었다.

"열두 시까지 있어도 돼요?"

메르타 아줌마가 대답했다.

"말도 안 되는 소리."

에버트 아저씨가 간청하듯 물었다.

"왜 안 된다는 거야? 일 년에 한 번뿐인 마지막 날인데. 게다가 1940년대가 시작되는 첫날이잖아."

메르타 아줌마가 말했다.

"좋아요. 우선 잠옷을 입고 잠자리에 들 준비를 끝내. 그러면 이번에만 봐 줄게."

12시 조금 전에 메르타 아줌마는 라디오를 켰다. 깊숙한 목소리의 남자가 시를 낭송했다. 에버트 아저씨는 창문을 열었다. 라디오에서 나오는 종소리가 섬의 교회에서 울려 퍼지는 종소리와 뒤섞였다. 메르타 아줌마의 시계까지 합세해서 12시를 알렸다.

1939년이 끝났다. 1940년 새해가 시작되었다.

슈테피는 혼잣말로 기도했다.

"좋은 일이 있게 해 주세요. 제발, 제발 좋은 일이 있게 해
주세요. 저도 씩씩해지겠다고 약속할게요."

24

"내 말이 그 말이에요."

우체국 여직원은 지갑에서 돈을 꺼내고 있는 뚱뚱한 여자 앞에서 투덜거렸다.

"무슨 겨울이 이 모양이람!"

슈테피는 자기 차례가 될 때까지 기다렸다. 학교가 끝나면 늘 우체국에 들러서 편지가 와 있는지 물었다. 엄마 아빠의 편지가 와 있을지도 모를 일이다.

뚱뚱한 여자는 지갑에서 지폐를 한 장 꺼내면서 말했다.

"휴우, 맞아요. 우리 늙은 어머니도 이런 추위는 처음이래요. 우리 어머니는 벌써 여든이 넘으셨는데 말이죠."

우체국 여직원이 말했다.

"바다까지 얼었잖아요. 네. 진짜 유비크까지 걸어가도 되겠어요."

슈테피는 두 사람의 대화에 귀를 기울였다. 유비크는 예테보리에서 북쪽으로 육지에 있는 지명이다. 거기까지 걸어서 갈 수 있다니!

항구 아래쪽에는 배들이 얼어붙은 채 매여 있었다. 선원들은 얼어붙은 뱃길을 파헤쳐서 먼 바다까지 배를 끌고 가야 했다. 에버트 아저씨가 일을 끝내고 집으로 돌아오면 작업복은 탱크처럼 딱딱하게 얼어붙어 있었다.

우체국 여직원이 물었다.

"날씨가 추운 게 전쟁하고 무슨 관계가 있을까요? 어떻게 생각해요, 페터슨 부인?"

뚱뚱한 여자는 머리를 흔들며 말했다.

"누가 알겠어요? 흉흉한 시대니까."

"흉흉한 시대죠."

우체국 여직원이 동의하면서 뚱뚱한 여자에게 거스름돈을 내 주었다.

페터슨 부인은 소포를 받아들고 인사하며 나갔다. 드디어 슈테피 차례가 되었다.

"안녕하세요? 얀손에게 온 편지 있어요?"

우체국 여직원이 인사했다.

"안녕. 한번 볼게."

여직원은 서랍을 뒤지더니 고개를 흔들었다.

"없어."

슈테피는 입술을 깨물었다. 크리스마스 전에 빈에서 온 편지가 마직막이었다. 넬리도 마찬가지고.

여직원이 말했다.

"기다려 봐. 편지가 잘못 분류될 수도 있거든. 내가 한번 찾아볼게."

찾아보았지만 없었다.

우체국 여직원이 슈테피를 위로했다.

"곧 편지가 올 거야. 두고 봐. 내일 다시 한번 와 봐. 편지가 와 있을지도 모르잖니."

슈테피가 말했다.

"감사합니다."

슈테피의 발밑으로 뽀드득 눈이 밟히는 소리가 났다. 나무 계단을 내려갈 때처럼. 작년에 산 겨울 구두는 발가락을 약간 눌렀지만 메르타 아줌마에게 새로 사 달라고 하고 싶지는 않았다.

실비아와 바브로는 가게 쪽으로 가고 있었다. 실비아는 털이 북슬북슬한 하얀 토끼털 모자를 쓰고 있었다. 바브로도 똑같은 모자를 쓰고 있었는데 색깔만 회색으로 달랐다. 이렇게 추운 겨울에는 저런 모자가 필요하다. 슈테피가 쓴 것처럼 털실로 짜서 술이 달린 이런 모자 말고.

실비아가 물었다.

"뭘 그렇게 쳐다봐?"

"아무것도 아냐."

실비아는 슈테피 발음을 따라 했다.

"아무거또 아냐. 아무것도 아냐, 이렇게 해야지. 스웨덴에서 살고 싶으면 스웨덴어를 배워."

슈테피는 대답하지 않았다. 슈테피는 두 사람을 지나쳐 가기 위해 몇 발짝 앞으로 나갔다. 하지만 실비아와 바브로는 슈테피가 가는 길을 막아섰다.

슈테피가 말했디.

"비켜 줘."

실비아가 말했다.

"왜 이렇게 서둘러. 우린 그냥 네게 스웨덴어를 좀 가르쳐 주고 싶어서 그러는데. '아무것도 아냐' 해 봐."

"아무것도 아냐."

슈테피는 실비아가 해 보이는 대로 똑같이 발음하려고 애썼다.

실비아가 바브로에게 물었다.

"어떤 것 같니? 스웨덴어 같니?"

바브로가 대답했다.

"아니."

"그럼 벌칙 받아야지."

실비아는 이렇게 말하며 눈을 한 움큼 움켜쥐었다. 슈테피는 뒷걸음질쳤지만 뒤에는 바브로가 서 있었다. 실비아는 눈을 슈테피의 얼굴에 갖다대고 문질렀다.

"이것 봐, 엉엉 운다. 이 울보야!"

슈테피는 얼굴에서 눈을 떼어 내려 애썼다. 그러는 사이 바브로는 눈뭉치를 슈테피의 외투 깃 속에 집어넣었다. 실비아는 눈뭉치를 더 많이 만들어 슈테피에게 던졌다. 슈테피를 공격하는 아이는 두 명인데다 모두 슈테피보다 키가 크고 힘이 셌다. 슈테피는 두 사람에게 맞서 저항할 수 없었다.

그때 눈뭉치가 하나 날아오더니 실비아의 이마 한 가운데를 맞혔다. 실비아는 비틀거리더니 몇 발짝 뒷걸음질을 했다. 바브로는 슈테피에게서 물러나 눈뭉치를 던진 쪽을 바라보았다.

거리 저편에는 스반테가 새로 눈뭉치를 만들고 있었다.

스반테가 소리쳤다.

"이대일이라니. 비겁해!"

실비아는 옷에 묻은 눈을 털어냈다.

실비아가 바브로에게 말했다.

"가자. 그만하면 됐어."

슈테피는 머리에 달라붙고 옷에 묻은 눈을 털어냈다. 외투 깃 속에서 작은 눈뭉치들을 끄집어 낸 뒤 손수건으로 얼굴을 닦았다.

슈테피가 스반테에게 말했다.

"도와줘서 정말 고마워."

스반테가 물었다.

"이제 나한테 화 안 나는 거지?"

슈테피가 말했다.

"응. 너한테 화난 거 없어."

슈테피는 웃지 않을 수 없었다. 하필이면 스반테에게 구조되다니.

슈테피는 다시 한번 인사했다.

"고마워. 이젠 집에 가야해."

다음 날에도 편지는 오지 않았고, 그 다음 날도 마찬가지였다. 3일 째 되던 날, 슈테피가 우체국 문으로 들어서자마자 우체국 여직원은 봉투를 흔들어 보였다.

여직원은 편지가 온 게 자기 공로라도 되는 양 자랑스럽게 외쳤다.

"편지 왔어!"

슈테피는 계단을 뛰어올라가 자기 방에 들어가서 봉투를

뜯었다. 평소처럼 편지가 두 장 들어 있었다. 먼저 엄마의 편지부터 읽었다.

사랑하는 슈테피,

드디어 린드베리 부인이 보낸 사진이 도착했구나. 너희들이 어찌나 건강하고 강하게 보이는지! 넬리의 양부모 아이들은 또 얼마나 귀여운지! 린드베리 부인은 정말 좋은 사람인 것 같구나. 네 양어머니 사진이 없어서 좀 서운해. 네 양어머니도 어떻게 생겼는지 정말 보고 싶었는데.

네 머리를 잘랐더구나. 머리가 짧아지니 나이가 좀 더 들어 보여. 아니면 다른 데가 변한 건가? 네가 점점 자라는 게 보이는구나.

"네 머리를 잘랐더구나."

머리를 자른 게 마치 아무 일도 아니라는 듯이. 마치 엄마에게 아무 상관없는 일이라는 듯이.

지난 번 편지 이후로 슈테피는 사진 찍는 게 두려웠다. 머리 자른 걸 보고 엄마가 화를 낼까 봐 걱정했었다. 그런데 엄마가 화를 안 내자, 슈테피는 기분이 더 나빠졌다. 슈테피가 뭘 어떻게 하든 이제 엄마는 아무 상관도 없단 말인가?

메르타 아줌마가 아래 부엌에서 슈테피를 불렀다.

"슈테피, 이리 와서 다림질하는 것 좀 도와주렴!"

아줌마는 담요와 찢어진 시트를 식탁 위에 펼쳐 놓았다. 다리미가 불에 달궈져서 뜨거웠기 때문에 슈테피는 조심해야 했다. 메르타 아줌마가 다림질을 하면 슈테피는 옆에서 새로 달군 뜨거운 다리미를 건네고, 이미 식은 다리미는 난로 위에 올려서 다시 달구는 게 슈테피의 일이었다. 분무기로 물을 뿌려서 빨랫감을 축축하게 하고, 다림질한 빨래를 개키는 일도 함께 도와야 했다.

구겨진 셔츠, 블라우스, 옷, 앞치마가 잔뜩 쌓여 있어서 점심 식사 전까지는 다림질에 매달려야 했다. 점심을 먹고 나서야 아빠 편지를 읽을 시간이 났다.

　내 자랑스러운 딸, 슈테피!

　미국으로 갈 희망은 점점 사라지는구나. 너에게 아주 무리한 부탁이라는 거 알아. 넌 아직 어린아이니까. 하지만 엄마 아빠를 좀 도와 달라고 부탁하고 싶구나.

아빠가 슈테피에게 도움을 청하다니! 슈테피가 다 큰 어른이기라도 한 것처럼. 슈테피는 열심히 편지를 읽어 내려갔다.

전쟁에 가담하지 않은 스웨덴이 우리를 받아 줄 수 있을지도 모르겠다. 네 양부모님과 얘기해서 당국과 연락을 취하는 데 좀 도와 달라고 부탁해 보렴. 이곳에서 박해받고 있다고 말하고, 여기를 떠나야 한다는 걸 설명해 줘. 우리를 받아 주는 나라가 있다면 독일 사람들도 우리가 떠나는 걸 막지는 못할거야.

슈테피, 최선을 다해 주렴. 일이 어떻게 되어 가는지 편지로 알려 주길 바란다.

슈테피는 최선을 다한다는 게 뭔지 보여 주고 싶었다. 원조기구는 엄마와 아빠가 이리로 올 수 있도록 틀림없이 도와줄 것이다. 슈테피는 알마 아줌마에게 얘기해서 당장 원조기구에 전화해 달라고 부탁하기로 했다.

다음 날 슈테피는 학교가 끝나자마자 알마 아줌마를 찾아갔다. 슈테피는 넬리를 만나러 온 척했다. 하지만 넬리는 밖으로 막 나가려던 참이었다.

넬리가 말했다.

"소냐 집에 놀러 가요. 소냐 집 마당에서 눈사람을 만들 거예요."

알마 아줌마가 말했다.

"그래, 알았어. 들어와, 슈테피. 우리 집에 오면 뭘 좀 먹고 가야지."

알마 아줌마는 우유와 과자를 식탁에 내왔다.

알마 아줌마가 슈테피에게 말했다.

"너, 요새 우리 집에 잘 안 오더라. 학교 일도 바쁘고 친구들과 지내는 시간도 물론 많겠지."

슈테피는 넬리가 나갈 때까지 기다렸다. 슈테피는 우유를 한 모금 마신 뒤 용기를 내었다.

슈테피는 조심스럽게 말을 꺼냈다.

"알마 아줌마, 아빠가 제게 도움을 청하셨어요. 엄마 아빠가 이곳으로 올 수 있도록 도와 달라고 했어요. 부모님은 지금 빈에서 아주 힘들게 지내세요."

알마 아줌마는 표정이 슬퍼보였다.

알마 아줌마가 말했다.

"얘야, 나도 널 도와주고 싶어. 하지만 정치 문제라서…… 내가 끼어들 수가 없어. 시구르드도 좋아하지 않을 거야."

"정치라뇨?"

슈테피는 알마 아줌마가 도대체 무슨 말을 하는지 이해하지 못했다.

"그래, 저 아래쪽에서 무슨 일이 일어나는지 우리가 뭘 알겠니? 설마 아무 죄도 없는 사람을 감옥에 처넣지는 않을 거 아냐?"

슈테피는 알마 아줌마의 동그란 얼굴을 바라보았다. 관자놀이 근처에서 곱슬머리가 흘러내려왔다. 슈테피는 항상 알마 아줌마를 예쁘다고 생각해왔다. 하지만 갑자기 알마 아줌마의 부드러움과 친절함이 솜처럼 아줌마를 감싸고 있어서 그 진짜 속은 모르겠다는 생각이 들었다.

"과자 잘 먹었어요. 집에 가 봐야겠어요."

에버트 아저씨는 물고기를 잡으러 나가서 일주일 후에야 돌아오기로 되어 있었다. 이제 남은 사람은 메르타 아줌마뿐이었다.

슈테피가 말했다.

"아빠에게서 편지가 왔어요."

메르타 아줌마는 꿰매던 양말에서 눈도 떼지 않고 고개를 끄덕였다.

"아, 그래?"

"미국으로 갈 입국 허가증을 못 받았대요. 아빠는 못 받을 것 같대요."

메르타 아줌마가 말했다.

"당신 뜻대로 이루어지소서."

슈테피는 아줌마를 막 흔들어대고 싶었다.

"부모님은 빈에 있을 수가 없어요. 있을 수가 없다고요!"

메르타 아줌마는 도대체 아무것도 이해 못하는 걸까?

메르타 아줌마가 말했다.

"내게 그렇게 소리지르지 마, 애야."

메르타 아줌마가 도와줄지도 모른다는 생각은 왜 하게 되었을까? 아무도 슈테피를 도와주지 않을 것이다. 다시는 엄마 아빠를 만나지 못할 것이다. 눈물이 갑자기 쏟아지는 바람에 슈테피는 아줌마 앞에서 눈물을 보이고 말았다. 슈테피는 참을 수가 없어 큰 소리로 울부짖었다.

슈테피가 소리쳤다.

"집으로 갈래요! 집으로 가고 싶어요!"

메르타 아줌마가 말했다.

"진정해. 내일 원조기구에 전화해 보마. 그래봤자 별 소용없겠지만. 하지만 곤경에 처한 사람을 돕는 건 크리스천의 의무니까."

슈테피는 눈물 젖은 눈으로 메르타 아줌마를 쳐다보았다. 아줌마의 얼굴은 진지하고 힘이 있어 보였다. 아줌마는 중대한 결정을 내린 사람처럼 보였다.

메르타 아줌마가 말했다.

"가서 세수해. 앞으로는 내 앞에서 감정 폭발하지 마."

슈테피는 화끈거리는 얼굴을 찬물로 씻으면서 희망이 있을지도 모른다고 생각했다. 자기 의지대로 밀고 나갈 수 있는 사람이 있다면, 그건 아마 메르타 아줌마일 것이다.

25

"뭐라고 말하던가요?"

슈테피는 빨개진 얼굴로 숨을 몰아쉬며 부엌문에 서서 물었다. 학교에서 집으로 돌아오는 길을 내내 달려왔다.

메르타 아줌마는 화덕 앞에 서 있다가 몸을 돌렸다.

"뭘 뭐라고 말해? 신발을 신고 들어오다니 무슨 일이야? 당장 가서 신발부터 벗고 와!"

슈테피는 순순히 말을 들었다. 그 사이 슈테피는 메르타 아줌마를 잘 알게 되었다. 시키는 대로 안 하면 슈테피의 질문에 절대 대답해 주지 않을 거라는 것도.

슈테피가 신발을 벗고 오자 메르타 아줌마가 말했다.

"바닥도 닦아."

슈테피는 걸레를 가져와 잘 보이지도 않는 축축한 얼룩 몇 개를 닦아냈다. 슈테피는 걸레를 빤 뒤 손으로 꼭 짜서 걸어 두었다.

"원조기구에 전화하셨어요?"

메르타 아줌마가 화를 내며 말했다.

"내가 하루 종일 아무 할 일 없이 전화기만 붙들고 있는 줄 아니?"

슈테피는 아줌마를 진정시키려고 애썼다.

"그건 아니지만, 그냥 내 생각에⋯⋯."

메르타 아줌마가 말했다.

"한 시간도 더 걸렸어."

"세가 감자껍질 벗길게요."

슈테피가 먼저 제안했다. 메르타 아줌마에게서 뭔가 얻어 내려면 아줌마가 좋은 기분을 유지하도록 해야 한다.

메르타 아줌마는 좀 다정해진 목소리로 말했다.

"그것 좋군. 에나멜 그릇 가져 오렴."

슈테피는 푸른색 테두리가 쳐진 노란 에나멜 그릇에 물을 받았다. 창고에서 감자를 꺼내 오고 서랍에서 감자껍질 벗기는 칼도 가져왔다.

메르타 아줌마는 대구의 배를 갈랐다. 생선 뱃속에서 끄집 어 낸 붉은 내장에서는 곰팡내 같은 냄새가 났다. 슈테피는 냄새를 맡지 않으려고 코를 움켜잡고는 숨을 멈추었다.

"통화는 하셨어요?"

"그래. 드디어."

"뭐라고 하던가요?"

"할 수 있는 일이 아무것도 없대."

슈테피 손에 들고 있던 칼이 미끄러졌다. 슈테피의 왼손 집게가 화끈거리면서 피가 스며 나왔다.

메르타 아줌마가 말했다.

"넌 정말 칼질이 서툴구나. 손가락 이리 줘 봐."

아줌마는 슈테피의 손가락을 흐르는 물에 갖다대어 피를 씻어냈다. 상처는 보이지 않았지만 손가락이 욱신거리고 아팠다.

슈테피가 물었다.

"왜요?"

"뭐가 왜야? 상처를 씻어야지."

"아니, 그게 아니라, 할 수 있는 일이 왜 아무것도 없대요?"

"아이들만 받아들일 수 있으니까. 정부가 그렇게 결정한 거야. 어른 피난민들은 특별한 이유 없이는 받아들일 수가 없대."

"특별한 이유가 있잖아요. 넬리와 내가 여기 있으니까!"

메르타 아줌마가 말했다.

"오백 명이나 되는 아이들이 스웨덴에 왔어. 다른 아이들도 모두 부모를 오라고 하면 어떻게 되겠니?"

"하지만 우리 아빠는 의사예요. 뭔가 좋은 일을 할 수 있어요. 아빠는 여기 섬에서 일해도 되고, 섬 근처에 누가 아픈 사람이 있으며 배를 타고 가서 치료할 수도 있어요."

메르타 아줌마는 슈테피 손가락에 반창고를 붙여 주었다.

"아무튼 내가 들은 말은 그게 전부야. 유감스럽지만 아무것도 할 수 없다는 말. 넌 계속 감자껍질이나 벗기렴."

슈테피는 감자껍질을 벗긴 뒤 깨끗한 물에 감자를 씻었다. 슈테피를 이해해 주는 누군가를 만날 수만 있다면!

아직 한 가지 방법은 있었다. 원조기구에서 일하는 사람들과 직접 얘기하면 된다. 모든 걸 설명하면, 아빠의 편지를 보여 주고 상황이 어떤지 제대로 설명하면, 엄마와 아빠를 꼭 도와줘야 한다는 걸 이해할 것이다.

슈테피는 예테보리에 가야 한다. 하지만 어떻게?

"얼음 위를 걸어서 유비크까지 갈 수도 있겠어요."

우체국에서 일하는 여직원이 이와 비슷한 말을 했다. 유비크는 육지에 있는 곳이다. 그곳에서 버스를 타고 예테보리까지 가면 된다.

토요일에 가자, 슈테피는 결심했다. 토요일에는 학교가 일찍 끝난다. 학교에서 주는 빵을 먹지 말고 아끼거나 다른 빵을 더 챙겨보도록 해야 한다. 따뜻하게 옷을 입고, 작은 나침반도 챙기기로 했다. 에버트 아저씨가 슈테피에게 나침반 쓰는 법을 가르쳐 주었다.

26

슈테피는 스타킹을 두 켤레 신고 가장 두툼한 스웨터를 꺼내 입었다. 슈테피는 책가방에 나침반을 몰래 집어넣고 메르타 아줌마에게는 방과후에 썰매를 타고 오겠다고 말했다.

메르타 아줌마가 말했다.

"저녁 먹기 전까지는 집에 오거라."

슈테피가 물었다.

"버터 빵을 하나 더 가져가도 될까요? 썰매 타다가 배가 고플지도 몰라서요."

아줌마는 빵을 하나 더 가져가도 좋다고 했다. 슈테피는 외투 주머니에 아빠 편지와 함께 원조기구에서 온 훈계로 가득 찬 편지를 함께 넣었다. 봉투 뒷면에는 원조기구의 주소가 적혀 있었다.

교실의 온기 때문에 스타킹이 따끔거리기 시작했다. 슈테피는 벌레처럼 몸을 뒤틀면서 아무도 모르게 허벅지를 긁기 시작했다.

브리타가 작은 소리로 물었다.

"너 왜 그래? 이가 있니?"

크리스마스가 끝나고 브리타는 슈테피에게 커다란 은혜를 베풀어 다시 슈테피와 말하기 시작했다.

슈테피가 속삭였다.

"스타킹 때문에. 새 걸 신었거든."

브리타는 알겠다는 듯 고개를 끄덕였다. 새로 산 모직 스타킹은 따갑기 마련이란 걸 브리타도 알고 있었다.

학교가 끝나자 슈테피는 썰매를 끌고 항구로 갔다. 하지만 여기서부터 얼음 위를 걸어갈 생각은 아니었다. 누군가 슈테피를 발견해서 어디로 가는지 물어 볼지도 모른다. 왼쪽으로 꺾어 바닷가를 좀 더 들어가니 곶 뒤로 가려진 곳이 나왔다.

썰매를 덤불 뒤에 숨기고 나서야 슈테피는 섬으로 다시 돌아와야 한다는 사실에 생각이 미쳤다. 지금까지는 얼음을 건너 육지까지 가서 예테보리로 가는 버스를 탈 생각만 했다. 주머니에 든 10외레로 버스표를 살 수 있기만을 바랐다. 예테보리에 도착하면 봉투에 적힌 주소를 사람들에게 물어서 갈 작정이었다.

그러고 나면? 계속 걸어서 섬으로 돌아와야 할까? 아니면 원조기구에서 일하는 사람들이 슈테피에게 배를 탈 돈을 줄까? 가장 좋기로는 엄마 아빠가 올 때까지 그 도시에 머무는 것이다.

슈테피 부모님은 섬보다는 예테보리를 더 마음에 들어 할 것이다. 아빠는 넬리를 데리고 오고, 도시에 집을 한 채 빌릴 수 있을 것이다. 다시 함께 살 수만 있다면 집은 아무리 작아도 상관없다.

슈테피는 발로 얼음을 건드려 보았다. 아래로 푹 꺼지지 않았다. 슈테피는 몇 발짝 조심스럽게 걸음을 내디뎠다. 눈으로 뒤덮인 얼음은 단단한 땅처럼 안전했다.

슈테피는 에버트 아저씨가 가르쳐 준대로 나침반으로 방향을 맞추었다. 똑바로 동쪽으로 갈 예정이었다. 거기에 육지가 있는 게 틀림없다.

처음에는 섬에 가려 바람이 불지 않았다. 하지만 섬에서 멀어지자 차가운 바닷바람이 불어왔다. 옷을 따뜻하게 입고 있어서 다행이었다.

슈테피는 섬 쪽으로 몸을 돌렸다. 어쩌면 마지막으로 보는 섬의 모습일지도 모른다. 항구, 배를 매 두거나 보관하는 창고들이 이쪽에서 보니까 재미있게 보였다. 넓은 바다 위를 걸어가는 것도 재미있었다.

섬에서 멀어지자, 바람이 눈으로 덮인 바닥을 휩쓸고 지나
갔다. 슈테피는 속도를 내기 위해 조금 뛰다가 그만 미끄러
운 얼음 위에서 넘어졌다.

슈테피 앞으로 섬이 하나 보였다. 그 섬에는 집 세 채와 보
트 창고가 몇 개 보였다. 이곳에는 슈테피와 같은 반 아이인
마기트가 산다. 마기트와 오빠는 매일 배를 타고 학교에 오
지만 요즘 같은 때는 얼음 위를 걸어서 학교에 올 수 있다.

슈테피는 사람이 살고 있는 쪽을 얼른 지나 곳을 돌아나갔
다. 슈테피는 바위 위에 앉아서 책가방을 열어 버터 빵 봉지
를 꺼냈다. 버터 빵 하나는 지금 먹어도 된다. 나머지는 나중
을 위해 아껴야 한다. 슈테피 앞에는 아직도 먼 길이 놓여 있
었다. 얼마나 먼 길인지는 슈테피 자신도 몰랐다.

슈테피는 버터 빵의 마지막 조각을 삼킨 뒤 우유를 한 모
금 마셨다. 그러고 나서 자리에서 일어나 나침반으로 방향을
확인한 뒤 계속 걸었다.

작은 섬을 뒤로 하자, 광활한 얼음이 펼쳐졌다. 슈테피가
보기에 흰 얼음은 끝도 없이 뻗어 있는 것 같았다. 눈으로 뒤
덮인 섬들만 몇 개 올라와 있었다.

얼음의 찬 기운이 발바닥을 통해 올라오더니 발과 다리까
지 한기가 느껴졌다. 슈테피는 책에서 본 알프스 사람들처럼

지푸라기를 신발 속에 채워 넣을 걸 그랬다고 생각했다. 하지만 작은 신발 속에는 지푸라기가 들어갈 자리도 없었을 것이다.

슈테피는 방향을 확인하기 위해 그 자리에 멈춰 섰다. 책가방에 한 손을 집어넣고 나침반을 찾았지만 나침반은 잡히지 않았다. 슈테피는 버터 빵 봉지, 우유병, 책을 모두 꺼낸 뒤 책가방을 뒤집어 보았다. 그래도 나침반은 없었다. 아까 작은 섬에서 잃어버린 게 틀림없었다.

뒤를 돌아보자 작은 섬은 저 멀리 한참 뒤에 보였다. 다시 가야할까? 저기까지 가려면 적어도 30분은 걸릴 텐데. 게다가 지금 있는 곳까지 다시 오려면 30분이 또 걸릴 텐데. 그냥 똑바로 가기만 하면 나침반이 없어도 틀림없이 도착할거야.

얼음은 끝도 없이 펼쳐졌다. 따뜻한 스웨터를 입고 스타킹을 두 켤레 신었지만 슈테피의 온몸은 이제 꽁꽁 얼어붙었다. 슈테피는 걸으면서 마지막 남은 버터 빵을 먹었다. 우유는 병 속에서 하얀 얼음처럼 꽁꽁 얼었다.

최악인 것은 날이 어두워지기 시작했다는 점이다. 날이 어두워지면서 슈테피의 그림자는 얼음 위에서 이상한 모양으로 길게 늘어졌다. 마치 나무 작대기를 짚고 가는 것처럼 보였다.

날이 금세 어두워졌다. 곧 아무것도 안 보일 것이다. 얼음

구멍이나 뱃길이 나오지 말아야 할 텐데!

슈테피는 겁이 났지만 어쩔 수가 없었다. 그냥 여기 있으면 밤새 얼어 죽고 말 것이다. 얼음 위에서 눈이 밟히는 소리가 뽀드득 하고 났다. 저 멀리 등대에서는 빨간 불빛이 반짝거렸다.

이제 거의 깜깜해질 때쯤 되자 드디어 눈앞에 육지의 윤곽이 보였다. 슈테피는 서둘러 걸어갔다. 말할 수 없이 피곤하고 또 꽁꽁 얼어붙은 몸으로 슈테피는 단단한 육지에 발을 들여 놓았다. 돌이 많은 바닷가였다. 오른쪽으로 보트 창고가 보였다.

슈테피는 고개를 들었다. 바로 눈앞으로 하얀 집과 높은 돌계단이 보였다. 슈테피가 아는 집이었다.

슈테피는 똑바로 가지 않고 한바퀴 원을 돌았던 게 틀림없다. 육지로 가는 길이라고 생각해서 바다 쪽으로 꺾었다. 하지만 섬에서 너무 많이 돌아 나왔다고 생각해서 다시 꺾는다는 것이 그만 서쪽 바닷가에 이르고 만 것이다. 슈테피가 보았던 등대는 언덕 꼭대기에서 항상 보던 그 등대였다.

그 길고 힘든 여행은 아무 보람도 없었다. 슈테피는 처음 출발했던 곳에 다시 돌아오고 말았다. 엄마 아빠를 돕기 위해 할 수 있는 일이 아무것도 없었다. 전혀.

부엌 창문 뒤로 불빛이 보였다. 현관문을 열자 커틀릿 굽는 냄새가 확 밀려왔다.

메르타 아줌마가 부엌에서 소리쳤다.

"슈테피. 너 왔니?"

메르타 아줌마는 슈테피를 위해 음식을 다시 덥히고는 너무 늦게 왔다고 야단을 쳤다.

아줌마가 말했다.

"시간 약속 좀 지켜. 저녁 식사 전까지는 오라고 하지 않았니?"

슈테피가 대답했다.

"몇 시인지 몰랐어요."

"그렇게 오래 썰매를 탔니?"

슈테피는 고개를 흔들었다.

"아뇨, 얼음 위에서 놀았어요."

메르타 아줌마가 말했다.

"제정신이야? 얼음 구멍에 빠지지 않도록 조심해라."

27

슈테피가 얼음 위를 걸어간 사실은 아무도 알면 안 된다. 슈테피 혼자 간직해야 하는 비밀이다. 썰매는 주일 학교가 끝난 뒤 가져왔다. 메르타 아줌마에게는 지난밤에 브리타 집에 두고 왔다고 말해 놓았다.

에버트 아저씨가 집에 돌아오자, 슈테피는 아빠 편지와 원조기구에서 했다는 말을 전해 주었다. 놀랍게도 메르타 아줌마가 이렇게 말했다.

"이건 옳지 않아요. 틀림없이 무슨 방법이 있을 거예요."

에버트 아저씨는 잠시 생각한 뒤 말했다.

"국회의원에게 편지를 써 볼게. 어쩜 도와줄지도 몰라."

슈테피가 물었다.

"국회의원이라고요? 그게 뭐죠?"

"국회에서는 정치가들이 모여 정책을 결정해. 섬에서 뽑아 준 국회의원도 있어. 그 사람하고는 편하게 이야기할 수 있어."

에버트 아저씨는 슈테피에게 부모님에 대해 이것저것 물은 뒤 편지를 썼다.

"스웨덴 국회."

봉투 위에는 국회의원 이름 밑에 이렇게 적혀 있었다. 슈테피는 이 편지를 스톡홀름으로 부칠 때 아저씨를 따라 우체국에 갔다. 우체국 여직원은 좀 놀란 모양이었다.

여직원이 물었다.

"이, 이제 정치와 관련된 일을 하시니 보죠?"

에버트 아저씨가 대답했다.

"에, 물론이죠."

우체국 밖으로 나오면서 슈테피와 에버트 아저씨는 우체국 여직원의 호기심 어린 얼굴에 대해 말하며 웃었다.

에버트 아저씨가 말했다.

"편지에 뭐라고 적었는지 궁금해 죽을 거야."

이제 슈테피는 스톡홀름에서 오는 편지를 엄마 아빠 편지만큼이나 애타게 기다렸다. 슈테피는 금색 테두리가 쳐진 길고 좁다란 봉투를 머릿속에 그려 보았다. 봉투에는 파란색과 노란색의 스웨덴 문장이 찍혀 있을 것이다. 봉투 속에는 엄마 아빠가 스웨덴으로 오시는 걸 환영한다는 편지가 들어있을 것이다. 하지만 편지 한 통 오지 않은 채 몇 주가 흘러갔다. 날씨는 계속 추웠다. 학교에서는 아이들이 수업 시간에도 외투를 입고 있었다. 3월의 어느 토요일, 선생님은 몇 주 동안 학교 문을 닫을 거라고 설명했다. 교실을 따뜻하게 덥히는 데 석탄이 너무 많이 필요하다는 것이다.

선생님이 말했다.

"지금은 전쟁 중이기 때문에 연료를 아껴야 해. 너희들은 부활절까지 방학이야. 그럼 좀 따뜻해지겠지."

학교가 문을 닫는 동안 집에서 해야 할 숙제를 내 주었다. 수학 숙제와 철자법 연습이었다.

슈테피는 학교가 그리웠다. 하루는 아주 길었다. 슈테피는 스톡홀름에서 편지가 오기를, 학교가 다시 문을 열기를, 봄이 오기를 기다렸다.

그 해에는 부활절이 일찍 찾아왔다. 바닷물은 여전히 얼어 있었고, 섬은 눈으로 덮여 있었다. 부활절 주간이 시작되자마자 아이들과 젊은이들은 섬에서 가장 높은 지점에 거대한 섶나무 더미를 쌓기 시작했다. 부활절 축화로 쓸 더미였다.

넬리와 슈테피가 낡은 나무토막 몇 개를 불자리로 끌고 오는 동안 넬리가 말했다.

"멀리서도 보일 정도여야 해. 그래야 우리가 만든 불이 가장 크다는 걸 다른 섬에서도 볼 수 있지."

부활절 전날 토요일 밤에 어두워지자마자 축화에 불을 붙일 예정이었다.

한낮에는 여느 때처럼 우체국으로 갔다. 가는 길에 슈테피는 이상한 사람들을 보았다. 그 사람들은 키가 작은 할머니들처럼 보였지만 섬에 사는 여느 여자들처럼 검은 옷을 입지 않고 대신 알록달록한 치마, 앞치마, 숄을 두르고 있었다.

가까이 다가가서 보니 어린아이 두 명이었다. 긴 치마가 바닥까지 끌렸다. 한 명은 빗자루를 들고 있었고, 또 다른 한 명은 구리 냄비를 들고 있었다. 뺨은 빨갛게 화장했고 코에는 검댕을 칠했다.

아주 가까이 다가가고 나서야 슈테피는 이 두 아이가 넬리와 소냐라는 걸 알아차렸다. 애들이 도대체 뭘 하는 거람?

"부활절 마녀에게 동전을 적선하세요."

소냐는 이렇게 말하며 슈테피에게 구리 냄비를 높이 쳐들었다.

슈테피는 화가 치밀었다. 자기 동생이 넝마장수처럼 차려입고 돌아다니며 구걸을 하다니. 엄마와 아빠가 이 사실을 알기라도 한다면! 슈테피는 넬리의 꽃무늬 숄을 잡아당기며 소리를 질렀다.

"너 미쳤니? 섬 사람들에게 우리를 욕 먹일 작정이니?"

"내버려 둬."

넬리는 울부짖으며 숄을 다시 잡아당겼다.

"숄 조심해! 알마 아줌마 거란 말이야!"

슈테피가 소리를 질렀다.

"그 넝마 벗어. 얼른 집으로 가서 세수해! 그러니까 정말 거지처럼 보이네. 사람들이 뭐라고 생각하겠어?"

넬리도 소리를 질렀다.

"미친 사람은 내가 아니고 언니야! 언니는 아무것도 몰라. 우린 부활절 마녀야. 하지만 언넌 그게 뭔지도 모르지? 언니는 여기가 빈인 줄 알잖아."

아이들이 부르는 소리가 들렸다.

"소냐! 넬리!"

어린 여자 아이 세 명이 달려왔다. 아이들 모두 넬리와 소냐처럼 차려 입었다.

"뭐 좀 얻었니?"

소냐는 새로 온 아이들에게 구리 냄비를 보여 주었다. 냄비를 흔들자 딸랑거리는 소리가 났다.

슈테피는 빨갛고 검게 화장한 아이들 얼굴을 차례로 들여다보았다. 부활절 마녀라고?

넬리가 말했다.

"숄 이리 내. 여기서는 모두 부활절 마녀 복장을 해. 원하면 다른 사람에게 물어 봐. 그럼 알 수 있을 테니까."

슈테피는 넬리에게 숄을 건네 주고는 다시 길을 갔다. 우체국에 도착했을 때는 이미 문이 닫혀 있었다.

저녁에는 메르타 아줌마와 에버트 아저씨와 함께 부활절 축화행사에 갔다. 아직 완전히 어두워지지 않았다. 하늘은 검푸른색이었다.

섬에 사는 모든 주민들이 불자리 옆으로 모여들었다. 젊은이, 늙은이, 남자 아이, 여자 아이, 남자와 여자 모두. 넬리도 친구들과 함께 와 있었다. 아직도 마녀 복장 차림이었다.

페르 에리크와 몇 명의 젊은이들이 불을 붙이는 임무를 떠맡았다. 이들은 석유가 든 통을 준비했다. 그래야 불이 빨리 타오를 것이다.

슈테피가 물었다.

"언제 불을 붙이죠?"

에버트 아저씨가 말했다.

"곧 할 거야. 우리부터 하는 것도 아니야. 기다려야 해."

하늘의 푸른빛이 이제 좀 더 짙어졌다.

에버트 아저씨가 말했다.

"이제 곧 시작하겠구나."

북쪽으로 저 먼 곳에서 희미한 불꽃이 타올랐다. 그리고 나더니 좀 더 가까운 곳에서 또 다른 불꽃이, 그 다음에는 바로 옆 섬에서 불꽃이 피어올랐다. 페르 에리크는 장작더미에 석유를 부어 불을 질렀다. 거대한 불꽃이 피어올랐다. 마른 나뭇가지들은 탁탁 소리를 내며 타들어갔다.

에버트 아저씨는 만족스럽게 말했다.

"잘 타는구나. 남자 아이들이 아주 멋지게 해냈어."

봉화는 이 섬에서 저 섬으로 번져나가 저 멀리 남쪽까지 퍼져갔다. 섬마다 언덕 꼭대기에서 불이 활활 타오르는 모습이 마치 불타는 목걸이처럼 보였다.

열기가 어찌나 세던지 슈테피는 약간 뒤로 물러서야 했다. 한여름의 뜨거운 태양이 얼굴과 몸의 앞쪽을 비추는 것 같았다. 등 뒤는 아직도 한겨울인데 말이다.

에버트 아저씨는 슈테피 어깨에 팔을 둘렀다.

"춥니?"

슈테피는 고개를 흔들었다. 불은 활활 타올랐다. 불꽃은 이제 거의 캄캄해진 하늘 위로 높이 치솟았다.

슈테피는 생각에 잠겼다. 모든 섬마다 사람들이 불가에 모여 몸을 녹이고 있겠지. 모든 섬마다 누군가 아이에게 춥냐고 물어 보겠지. 모든 섬마다 사람들은 다른 섬의 불꽃을 쳐다보겠지.

그 생각이 슈테피를 행복하게 만들었다.

28

"너희들 중에 올 가을에 김나지움에 진학할 사람 있니?"

선생님이 교탁 앞에서 물었다. 부활절이 지나고 첫 등교하
는 날이었다. 아이들은 가만히 제자리에 앉아 있는 것도 못
했다. 긴 방학 사이에 조용히 앉아 있는 법을 잊어버리기라
도 한 모양이었다.

실비아와 학급 반장인 잉그리드가 동시에 손을 들었다. 남
자 아이 셋도 손을 들었다.

"더 없니?"

슈테피는 손을 들었다.

선생님이 물었다.

"슈테파니도?"

"네, 저도 김나지움에 가고 싶어요."

선생님이 고개를 끄덕였다.

"좋아. 그럼 여섯 명이네. 아주 많구나. 남은 학기 동안 너희들에게는 특별 수업을 할 생각이야. 너희들은 다른 아이들보다 매일 한 시간씩 더 남아서 공부해야 해. 책을 두 권 써줄 테니까 다음 주까지 준비해 오도록 해."

선생님은 칠판에 책 제목을 두 가지 적었다. 슈테피는 꼼꼼하게 제목을 베껴 썼다. 수학책과 문학책이었다.

수업이 끝나자 선생님은 슈테피에게 잠깐 남으라고 말했다. 선생님이 말했다.

"넌 똑똑한 아이야. 네가 상급 학교에 진학할 수 있게 되어 나도 기뻐. 김나지움에서 배우게 될 독일어는 네게 아무 문제 아니겠지?"

"네."

슈테피는 대답하면서도 선생님이 무슨 말을 하려는지 의아했다.

"아까 내가 너희들에게 준비하라고 적어 준 책은 걱정하지 않아도 돼. 그 책은 내게 있으니까 내가 빌려 줄게. 내일 가져올 테니까 집에 가서 책 표지를 싸와."

슈테피가 계단으로 내려와 보니 학교 운동장은 텅 비어 있었다. 그늘진 구석에 쌓인 눈이 녹아내리면서 자갈 사이로 물이 졸졸 흘러들었다.

이제 드디어 눈이 녹기 시작하자 반 아이들 모두 자전거를 끌고 나왔다. 학교가 끝나면 아이들은 우르르 자전거 보관대로 몰려가 자전거를 타고 집으로 갔다.

지금 보관대에 세워진 자전거는 한 대뿐이었다. 그 옆에는 베라가 웅크리고 앉아 뒷바퀴에 바람을 넣고 있었다.

슈테피는 조심스럽게 베라 곁으로 다가갔다. 베라와 단둘이 이야기할 수 있는 이런 기회를 기다려왔다.

베라에게 아무렇지도 않은 듯 '집에 가니?' 아니면 '같이 갈래?' 하고 묻는 건 아주 간단한 일일 수도 있다. 하지만 그 간단한 일이 때로는 어렵기만 하다. 슈테피는 그런 인사말 대신 다른 말을 꺼내기로 마음먹었다. 그러면 베라가 자전거를 밀며 교문을 나서는 동안 슈테피도 아무렇지도 않게 베라와 함께 집으로 갈 수 있을 것이다.

슈테피는 자전거 보관대를 향해 갔다.

슈테피가 물었다.

"넌 김나지움 안 가니?"

베라가 고개를 들고 쳐다보았다.

베라가 대답했다.

"안 가. 우리 엄마는 날 김나지움에 보낼 돈이 없어. 게다가 난 공부도 별로 잘하지 못해."

슈테피가 말했다.

"공부는 잘할 수 있어. 네가 원하기만 하면 말이야. 그리고 넌 배우가 될 수도 있어. 넌 다른 사람을 잘 흉내내잖아."

베라가 말했다.

"괜찮아. 난 돈 많은 남자와 결혼할거야. 여름에 이곳으로 휴가 오는 숙박 손님하고 말이야. 그럼 도시에서 살면서 가정부도 둘 거야."

베라는 몸을 일으키더니 교문 쪽을 곁눈질했다. 그때서야 교문 밖에 실비아와 바브로가 자전거 옆에 서 있는 게 보였다. 두 사람은 누군가를 기다리고 있었다. 베라를.

베라가 말했다.

"넌 달라. 넌 김나지움에 갈 아이야."

실비아가 소리질렀다.

"빨리 와, 베라! 지금 출발할 거야."

베라가 물었다.

"넌 자전거 없니?"

"없어."

사람들은 슈테피가 자전거가 없어서 못 탄다고 생각했다. 자전거를 전혀 탈 줄 모른다는 생각은 하지 않았다.

베라가 말했다.

"안 됐다. 네가 자전거가 있으면 함께 타고 갈 수 있을 텐데. 잘 가."

베라는 자전거에 올라타더니 실비아와 바브로 뒤를 쫓아 열심히 페달을 밟았다. 슈테피는 아이들이 저 뒤로 멀리 사라지는 것을 바라보았다.

그날 슈테피는 메르타 아줌마에게 김나지움에 대해서는 아무 말도 하지 않았다. 다음 날 슈테피는 선생님에게서 책을 받았다. 수학책은 평소에 푸는 문제들보다 훨씬 어려웠다. 이 책에는 진짜 숫자 대신에 '엑스'와 '와이'가 나왔다.

슈테피는 책을 들고 집에 가서 메르타 아줌마에게 책 표지를 쌀 포장지를 달라고 청했다.

메르타 아줌마가 물었다.

"학기가 다 끝나가는 데 새 책이 또 필요하니? 근데 책은 어디서 났어?"

슈테피가 대답했다.

"선생님이 주셨어요. 김나지움에 대비하려면 이 책이 필요하대요."

메르타 아줌마가 말했다.

"그건 잊어버려라. 넌 김나지움에 갈 수가 없어."

슈테피는 아줌마를 빤히 쳐다보았다.

슈테피가 말했다.

"하지만 난 의사가 될 거예요! 그러려면 김나지움에 가야만 해요."

메르타 아줌마는 웃음을 터뜨렸다. 하지만 진짜 웃음이라기보다는 기침 소리처럼 들리는 마른 웃음이었다.

"이제 넌 그만 잘난 척할 때도 되지 않았니? 네가 지금 어디서 산다고 생각하는 게냐? 우리가 부자처럼 보이니? 우린 네게 도시에 방을 얻어 줄 돈이 없어. 그건 네가 이해해야지. 그리고 그렇게 한들 무슨 소용이 있니? 네가 여기서 얼마나 지낼지도 모르는데."

"그럼 졸업하면 뭘 해야 하죠?"

메르타 아줌마가 말했다.

"여기서 집안일을 도와야지. 가을에 가사 학교에 갈 수 있어. 섬에 사는 여자 아이들은 모두 거길 다녀."

슈테피가 대들었다.

"난 가사 학교 따위는 안 갈 거예요! 난 제대로 된 학교에 갈 거라고요."

메르타 아줌마가 말했다.

"그런 소원은 꿈속에서나 빌어라. 이제 네 방에 가서 상황을 이해할 때까지는 나오지도 마."

다음 날 슈테피는 수학책과 문학책을 포장지로 싸지 않은 채로 다시 학교에 가져갔다. 휴식 시간에 슈테피는 선생님에게 면담을 청했다.

슈테피가 설명했다.

"저 김나지움에 못 가요."

선생님은 우울한 표정을 지었다.

"허락 못 받았니?"

"네."

"내가 얀손 부인과 얘기해 볼게."

"감사합니다. 근데 베리스트룀 선생님……."

"뭐지?"

"그럼 금요일까지 좀 기다려 주세요. 그때 에버트 아저씨가 오시거든요."

"에버트 아저씨가 설득하기 더 쉬워?"

슈테피는 고개를 끄덕였다.

"그럴 거예요. 그리고 선생님, 부탁이 있어요. 반에 가서는 제가 김나지움에 못 간다는 얘기를 안 하셨으면 좋겠어요."

선생님은 이해했다.

"아무 말도 안 할게."

집으로 가는 길에 슈테피는 우체국에 들렀다. 봉투에 타자기로 친 에버트 얀손 주소가 찍힌 갈색 편지만 와 있었다. 메르타 아줌마는 에버트 아저씨가 올 때까지 편지를 장식장 위에 올려놓았다.

29

금요일에는 평소대로 구운 청어 요리가 점심으로 나왔다.

"슈테피 선생님이 저녁때 집에 오신대요."

메르타 아줌마가 접시 위에 포크와 나이프를 내려놓으며 말했다.

"우리와 할 얘기가 있대요."

"너 뭐 잘못한 거 있니?"

에버트 아저씨가 슈테피에게 이렇게 물었지만 목소리에는 농담기가 묻어 있었다.

슈테피가 대답했다.

"없어요."

슈테피는 메르타 아줌마가 있는 자리에서는 에버트 아저

씨에게 김나지움에 대해 말하고 싶지 않았다.

메르타 아줌마가 말했다.

"두고 보면 알겠죠, 뭐."

식사 후에 슈테피는 거실을 청소해야 했다. 이틀 전에도 청소를 했는데 말이다. 메르타 아줌마는 선생님이 오시니까 깨끗이 청소해야 한다고 말했다.

에버트 아저씨가 거실로 들어왔다.

슈테피가 말을 꺼냈다.

"에버트 아저씨."

"응?"

아저씨는 장식장 위에 놓인 갈색 봉투를 발견하고는 주머니칼을 꺼내 봉투를 찢었다.

"그러니까, 우리 선생님이 오시는 건…… 내가 뭘 잘못해서가 아니에요."

에버트 아저씨는 봉투에서 타자로 친 편지를 꺼내며 아무렇지도 않은 듯 말했다.

"아무 일 아닐 게다."

슈테피가 말했다.

"제 말은 그게 아니라, 그건…… 사실은 제가……."

에버트 아저씨가 자기 말을 안 듣고 있다는 걸 알아챈 슈테피는 입을 다물었다. 아저씨가 편지를 읽어 내려가는 동안 이마의 주름은 더 걱정스럽게 패였다.

슈테피는 창턱을 닦기 위해 화분을 집어 들었다.

에버트 아저씨가 불렀다.

"슈테피, 네게 할 얘기가 있단다."

"뭐죠?"

에버트 아저씨가 물었다.

"내가 국회의원에게 편지 보낸 거 기억나지?"

마치 그걸 슈테피가 잊어버릴 수 있기라도 한 것처럼!

에버트 아저씨가 말했다.

"답장이 왔어."

"뭐래요?"

아저씨는 한숨을 지었다.

"네 부모님을 위해 해 줄 일이 아무것도 없다는구나."

슈테피 손에서 화분이 떨어지더니 바닥에서 깨져 버렸다.

"빈에 있는 스웨덴 대사관에서 입국 허가증을 신청할 수도 있지만 허가증을 받기란 거의 힘들다는구나. 편지에 적혀 있기로는 국회의원이 지금까지의 경험으로 봐서 유대인 피난민을 스웨덴으로 받아들인 경우는 거의 없다는 거야."

메르타 아줌마가 거실로 뛰어들어왔다.

"뭘 깬 거야?"

아줌마는 바닥에 아무렇게나 흩어진 깨진 화분 조각과 식물을 발견했다.

"맙소사, 애야. 넌 왜 그렇게 서투르니! 내 예쁜 꽃이 망가지다니! 그것도 하필이면 지금 말이야."

에버트 아저씨가 말했다.

"그만 해. 슈테피가 지금 슬퍼하는 것도 안 보여?"

에버트 아저씨는 아줌마에게 편지를 건넸다. 아줌마는 편지를 읽더니 다정해진 목소리로 말했다.

"선생님 오시기 전에 얼른 깨진 조각들을 쓸어라."

슈테피는 조각들을 쓸어 담았다. 슈테피는 청소를 끝내자 에버트 아저씨에게 편지를 달라고 청했다. 슈테피는 편지를 방에 갖고 와서 어려운 글자를 해독해 나갔다.

"……입국 허가와 관련한 제한 조처로 인해……."

아래 현관문이 열리면서 메르타 아줌마의 목소리가 들려왔다.

"안녕하세요. 베리스트룀 선생님. 어서 오세요!"

선생님 목소리가 들렸다.

"고맙습니다. 슈테파니는 집에 있어요?"

메르타 아줌마가 말했다.

"네. 하지만……."

"그냥 인사만 하려고요."

메르타 아줌마가 불렀다.

"슈테피!"

슈테피는 편지를 옆으로 치운 뒤 계단을 내려갔다.

선생님이 인사했다.

"잘 있었니, 슈테파니."

격식을 갖춘 인사처럼 들렸다. 선생님은 이 섬에서 유일하게 슈테피를 슈테파니라고 불렀다.

"안녕하세요."

"이 집에서 잘 지내고 있지? 네 방도 있니?"

"네, 위층에요."

"여기는 십오 년 만에 오는 것 같아요. 안나 리사가……."

메르타 아줌마가 끼어들었다.

"일단 들어오세요. 앉으세요."

아줌마는 거실로 선생님을 안내했다. 테이블에는 커피 잔, 크림, 설탕통이 놓여 있었다. 평소에는 사용하지 않는 금색 테두리와 작은 꽃무늬가 있는 고급 그릇들이었다. 방금 구운 카스텔라가 굽이 달린 접시 위에 차려져 있었다.

베리스트룀 선생님이 에버트 아저씨에게 인사하는 동안 메르타 아줌마가 말했다.

"커피 좀 가져오렴, 슈테피."

슈테피는 구리 주전자에 든 커피를 사기로 된 커피 주전자에 옮겨 부었다. 슈테피는 뜨겁고 무거운 주전자를 조심스럽게 거실로 들고 가 테이블 위에 놓았다. 메르타 아줌마가 커피를 잔에 따랐다.

메르타 아줌마가 슈테피에게 말했다.

"케이크 한 조각을 방에 가져가서 먹어."

그러니까 슈테피는 자리를 피해줘야 한다! 슈테피는 선생님을 쳐다보았지만 선생님은 커피 잔만 만지작거릴 뿐 아무 말도 하지 않았다. 슈테피는 접시에 케이크 한 조각을 담아 거실을 나왔다.

"문 닫고 가."

거실 문 앞에서 슈테피는 한동안 머뭇거렸다. 닫힌 문 뒤로 말소리는 들렸지만 내용은 들리지 않았다. 그럼 차라리 위층으로 올라가는 편이 낫다. 슈테피는 침대에 앉아서 케이크를 작은 조각으로 잘랐다. 부스러기만 생겼다. 부스러기 몇 개가 침대에 떨어졌지만 슈테피는 상관하지 않았다.

30분 정도 지나자 거실 문이 열리는 소리가 들렸다.

"정말 집으로 모셔다 드리지 않아도 되겠습니까, 베리스트룀 선생님?"

에버트 아저씨의 목소리였다.

선생님이 대답했다.

"정말 괜찮다니까요. 다시 한번 생각해 보시겠다고 약속해 주시는 거죠?"

메르타 아줌마가 말했다.

"그럴게요. 하지만 결정이 달라질 것 같지는 않네요."

베리스트룀 선생님이 말했다.

"커피와 맛있는 케이크 잘 먹었어요."

"무슨 말씀을요. 찾아와 주셔서 정말 감사하죠!"

세 사람은 현관에 있었다.

선생님이 소리쳤다.

"잘 있어, 슈테파니!"

슈테피는 위층 계단으로 나왔다.

"안녕히 가세요."

"월요일에 학교에서 보자."

현관문이 열리고 다시 닫혔다. 베리스트룀 선생님은 가버렸다.

30

에버트 아저씨가 말했다.

"인생은 늘 원하는 대로 되는 게 아니란다. 그냥 현실을 받아들이면서 최선을 다할 뿐이야."

슈테피는 아무 말 없이 손톱으로 식탁보의 꽃무늬만 따라 그렸다. 할 말이 없었다. 아저씨와 아줌마는 이미 결정을 내렸다. 슈테피는 가을에 김나지움에 다닐 수 없다고.

메르타 아줌마가 말했다.

"불평하지 마. 불평할 이유가 없어. 우린 너를 친딸처럼 보살폈어. 넌 감사하게 생각해야 해."

슈테피 목소리가 떨렸다.

"감사하게 생각하고 있어요."

에버트 아저씨가 말했다.

"고개 들어 봐. 두고 봐. 모든 게 다 잘 될 거야. 네가 이곳에 더 오래 머물게 되면 제대로 된 직업을 배울 수 있도록 우리가 신경 써 줄게."

"자리에서 그만 일어나도 될까요?"

메르타 아줌마가 고개를 끄덕였다.

"그러럼."

"잘 먹었어요."

슈테피는 외투를 입고 해변으로 나갔다. 며칠간의 따뜻한 봄 햇살이 얼음과 눈을 다 녹여 버렸다. 보트 창고 지붕에서는 물이 똑똑 떨어졌다. 슈테피 머리 위로 갈매기가 빙빙 맴돌았다. 끼르륵, 끼르륵. 갈매기는 마치 슈테피를 비웃기라도 하는 것 같았다.

슈테피는 뒤집어놓은 배 위에 앉아서 바다를 바라보았다. 아직 얼음 덩어리가 떠다니고 있었다. 바닷물은 맑은 파란색으로 빛났다. 저 바다 멀리 다른 쪽에는 미국이 있다. 슈테피는 과연 미국에 갈 수 있을까?

슈테피는 다시 선생님에게 책을 가져갔다. 선생님은 수학책만 가져갔다.

"문학책은 네가 그냥 가져."

선생님은 문학책을 슈테피에게 그냥 주었다.

"혼자서 읽어 봐. 다 읽고 나면 그때 돌려 줘."

슈테피는 책에 나오는 시를 몇 개 읽어 보았다. 옛날에 있었던 전쟁에 관한 시였다. 슈테피가 좋아하는 그런 종류의 시는 아니었다.

슈테피는 매일 방과 후에 실비아, 잉그리드, 남자 아이 셋이 남아서 선생님과 특별 공부를 하는 것을 지켜보았다. 그 장면을 보자 슈테피는 마음이 아팠다. 저 아이들과 함께 공부할 수만 있다면 슈테피는 어떤 것도 참아낼 수 있을 것 같았다. 그래서 슈테피는 봄 감기에 걸려서 며칠 학교에 못 가게 되었을 때 좋기만 했다.

슈테피가 아프니까 메르타 아줌마는 실컷 자게 내버려 두었다. 어느 날 아침, 슈테피가 일어나 보니 메르타 아줌마는 벌써 시장에 가고 없었다. 슈테피는 긴 잠옷을 입은 채 맨발로 계단을 내려왔다.

아침 햇살이 거실에 비스듬한 광선을 드리웠다. 슈테피는 라디오 음악 소리가 부엌까지 들리도록 크게 틀어 놓았다. 슈테피는 빵을 몇 개 자른 뒤 버터와 우유를 냉장고에서 꺼냈다.

음악이 중간에서 뚝 끊겼다. 뭔가 긁히는 듯한 잡음 소리가 나더니 갑자기 심각한 목소리가 들렸다.

"스웨덴 뉴스 방송국에서 속보를 알려드립니다. 독일은 노르웨이와 덴마크에 대항해서 마침내 군사 작전을 실시했습니다. 〈라디오 오슬로〉가 오늘 아침에 발표한 내용에 따르면 오늘 새벽 세 시에 독일 군대가 노르웨이 항구에 상륙했다고 합니다. 독일 군대는 현재 오슬로 피오르드에 주둔하면서……."

슈테피는 한 손에는 우유통을, 다른 한 손에는 버터통을 든 채 부엌 한 가운데에 동상처럼 뻣뻣하게 서 있었다.

오슬로까지는 여기서 얼마 멀지 않았다. 독일 군대가 덴마크와 노르웨이까지 침공한다면 스웨덴도 그 다음 차례가 될 게 뻔했다.

메르타 아줌마가 집으로 돌아왔을 때 슈테피는 부엌 식탁 의자에 발을 끌어안은 채 앉아 있었다. 아침 식사는 식탁 위에 손도 대지 않은 채 그대로였다. 뉴스는 끝났지만 라디오는 여전히 켜진 채였다. 보통 때 같으면 메르타 아줌마가 당장 라디오를 끄면서 음악을 들었다고 야단치겠지만 오늘만큼은 달랐다.

"너도 들었니?"

"네."

메르타 아줌마가 말했다.

"난 우체국에 갔다가 들었어. 무서운 일이야. 정말 끔찍해."

그날은 하루 종일 라디오를 켜 두었다. 슈테피는 자기 방에서 이불을 뒤집어쓰고 앉아 있었다. 새로운 뉴스가 나올 때마다 노르웨이 도시들이 하나씩 독일군의 손에 넘어갔다는 소식이 들렸다.

"지뢰의 위험이 있으니 스웨덴 어부들은 스카게라크와 카테가트 해협에서 떠날 것을 경고합니다."

한낮에 성마른 목소리로 다시 뉴스가 나왔다.

에버트 아저씨가 탄 '다이애나'는 스카게라크 어딘가로 멀리 나가 있었다. 아저씨와 어부들은 모레나 되어서야 돌아올 예정이었다.

슈테피가 말했다.

"에버트 아저씨……."

"걱정하지 마."

메르타 아줌마는 냉정하게 말했지만 두 손을 어찌나 꼭 마주잡고 있었던지 손가락 마디가 하얗게 될 정도였다.

노르웨이 해안에서 독일군과 영국군이 전투 중이라는 소식이 라디오에서 흘러나오고 있을 때 전화벨이 울렸다.

"……사나운 폭풍에 바다가 요동을 치고……."

라디오에서는 이런 뉴스가 나왔다.

슈테피와 메르타 아줌마는 서로 쳐다보았다. 슈테티는 아줌마가 자신과 똑같은 생각을 한다는 것을 알았다. 에버트 아저씨에게 부디 아무 일이 없기를 바라는 것이다. 메르타 아줌마는 자리에서 일어나 수화기를 집어 들었다.

"여보세요?"

아줌마는 잠깐 귀를 기울이더니 수화기를 슈테피에게 건넸다.

"네 전화야."

슈테피는 숨을 크게 내쉬었다.

슈테피는 수화기에 대고 말했다.

"여보세요?"

처음에는 울음소리만 들리더니 곧 넬리 목소리가 들렸다.

"언니?"

"그래."

"나, 너무 무서워. 독일군이 여기로 올까?"

"나도 몰라. 나도 무서워."

"언니한테 가도 돼?"

"기다려 봐. 물어 볼게."

메르타 아줌마는 넬리가 와도 좋다고 말했다.

알마 아줌마가 아이들과 함께 넬리를 데려왔다. 알마 아줌마도 걱정하는 얼굴이었다. 알마 아줌마와 메르타 아줌마는 서로 속삭이듯 이야기했다.

"……항구에 도착했대……."

"……아마 라디오로……."

다섯 시 뉴스에서는 독일군이 오슬로의 체신부와 경찰당국을 접수했으며 노르웨이 남부에는 독일 공군이 착륙했다는 소식을 전했다. 그러자 메르타 아줌마는 라디오를 끄고 말했다.

"이제 저녁 준비나 해야겠어. 뭘 좀 먹어야지. 너희들은 오늘 여기서 자고 가."

알마 아줌마와 아이들을 위해서 손님방에 잠자리를 준비했다. 넬리는 슈테피 방에서 바닥에 매트리스를 깔고 함께 자기로 했다. 8개월 만에 처음으로 슈테피와 넬리는 다시 한방에서 자게 되었다.

불을 끄고 나자 넬리가 속삭였다.

"언니?"

"응."

"언니 침대에서 같이 자도 돼?"

"나 감기 걸렸어. 너한테 옮길 거야."

"괜찮아."

넬리는 슈테피 침대에 기어들어왔다. 넬리의 차가운 발이 슈테피의 다리에 닿았다. 슈테피는 넬리를 안아 주었다.

넬리가 물었다.

"독일군이 이리로 오면 우린 어떻게 해야 돼?"

슈테피가 말했다.

"그럼 다른 곳으로 가면 되지, 뭐."

"다른 곳으로?"

"그러니까…… 포르투갈로."

넬리가 따라했다.

"포르투갈. 거긴 따뜻하지? 눈도 안 오지?"

슈테피가 말했다.

"안 와. 모래사장과 야자나무만 있어."

넬리가 기억을 되살렸다.

"그건 여기에도 있다고 언니가 말했잖아."

"그랬지. 나도 실망했어."

"엄마와 아빠가 포르투갈로 올 수 있을까?"

슈테피가 말했다.

"나도 몰라. 그만 자자."

넬리는 몸을 돌리더니 잠잠해졌다. 슈테피는 넬리가 잠이 들었나 보다고 생각했다. 그때 어둠 속에서 넬리 목소리가 들렸다.

"언니? 전쟁이 너무 오래 걸려서 전쟁이 끝나도 엄마 아빠가 우릴 못 알아보면 어떡해?"

슈테피가 말했다.

"다시 알아보실 거야. 전쟁이 아무리 오래 걸려도 알아보셔. 틀림없어."

두 사람은 서로 껴안은 채 잠이 들었다. 어렸을 때 빈에 있는 집 어린이 방에서 함께 잘 때처럼.

31

에버트 아저씨는 다음 날 저녁에 벌써 집으로 돌아왔다. 아저씨는 창백하고 피곤해 보였다. 이웃 섬의 한 어선이 지뢰 때문에 폭발한 사건이 생겼다.

에버트 아저씨가 말했다.

"여섯 명이 죽었대. 우리가 죽었을 수도 있었어. 우리도 거기서 몇 백 미터 정도 떨어져 있었거든."

감자껍질을 벗기는 아저씨의 손이 달달 떨렸다. 슈테피는 아주 약간이긴 했지만 에버트 아저씨도 두려워한다는 것을 알아챘다.

메르타 아줌마가 물었다.

"고기잡이는 이제 어떻게 되는 거예요?"

에버트 아저씨는 고개를 흔들었다.

"그렇다고 고기 잡는 걸 포기할 수는 없어. 하늘의 섭리를 따를 수밖에. 전쟁이 곧 끝나기만을 바랄 뿐이지."

슈테피는 뭐라고 말하고 싶었지만 목구멍에 뭔가 걸려서 말이 나오지 않았다. 슈테피는 침을 꿀꺽 삼키며 겨우 말을 꺼냈다.

"그렇게 바다 멀리 나가야 해요? 가까운 바다에서는 고기 못 잡아요?"

슈테피가 듣기에도 자기 목소리는 이상하고 불분명하게 들렸다.

에버트 아저씨는 입만 살짝 웃었다. 웃음이 눈까지는 번지시 못했다.

"바다 멀리 나가야 고기가 많이 잡혀. 먼 바다에 어족이 풍부하지."

메르타 아줌마가 말했다.

"위험하기도 하고요, 사람이 사람 때문에 더 위험에 빠진다는 건 죄악이자 수치예요."

아줌마는 이렇게 말하면서 에버트 아저씨를 바라보았다. 아줌마의 밝은 눈빛에서는 지금까지 슈테피가 보지 못한 표정이 어렸다. 아빠가 수용소에서 지내다가 다시 돌아온 후, 엄마는 몇 번이고 그런 눈으로 아빠를 바라보았다. 엄마 아빠는 아이들이 잔다고 생각해서 이야기를 나누었다. 하지만 슈테피는 깨어 있으면서 반쯤 감은 눈으로 두 사람을 바라보았다. 엄마 아빠는 나지막이 대화했기 때문에 슈테피에게는 어쩌다가 한두 단어만 들렸다.

에버트 아저씨가 말했다.

"마스트란트를 지날 때 보니까 파터노스터에서 군함이 서로 교전 중이더군. 교전 장면과 소리가 정말 끔찍했어."

마스트란트는 이곳에서 불과 몇 마일 떨어져 있었다. 이제 전쟁이 가까이 다가왔다. 라디오에서는 집집마다 소등하라고 지시했다. 독일군이 밤에 공격해 올 경우 사람과 집을 못 찾도록 하기 위해서다. 메르타 아줌마는 검은 천으로 소등용 커튼을 만들어서 창문에 걸었다. 날이 어두워질 때 창문에 소등용 커튼을 치면 집 안 불빛이 밖으로 새나가지 않는다. 다행히 봄이어서 늦게야 날이 어두워졌다.

학교에서는 섬 아이들 모두 육지로 피신해야 할지도 모른다고 말했다. 아이들은 모두 여행가방을 꾸려 놓아야 했다. 독일군이 쳐들어올 경우를 대비해서 언제든지 피난할 수 있도록 하기 위해서다. 대부분의 아이들은 이를 재미있게 여겼다. 하지만 슈테피는 무서웠다. 다시는 피난가고 싶지 않았다. 다시는 낯선 사람들이 있는 낯선 곳으로 떠나고 싶지 않았다!

슈테피는 여행가방에 갈아입을 옷을 넣었다. 아끼는 물건과 사진도 집어넣었다. 이곳을 떠나면 다시는 못 돌아올지도 모르잖아?

가장 걱정이 되는 것은 슈테피와 넬리가 어디로 갔는지 엄마 아빠가 모른다는 사실이었다. 아무도 어디로 갈지 미리 주소를 알 수가 없다. 또 넬리와 슈테피가 떨어져 지내야 한다면!

그러나 몇 주가 지나자 아이들은 피난 갈 필요가 없게 되었다. 여행가방은 다시 비워졌다.

이제 설탕 배급이 이루어졌다. 커피는 벌써 부활절이 끝난 뒤부터 배급이 이루어졌다. 사람들은 원하는 대로 다 살 수가 없있다. 메르타 아줌마기 우체국에서 받아오는 배급표에 적힌 대로만 살 수 있었다. 메르타 아줌마는 슈테피가 납작귀리에 설탕을 너무 많이 뿌리지 않도록 늘 주의를 주었다.

슈테피의 머리카락은 다시 자랐다. 다시 어깨까지 내려왔다. 슈테피는 머리를 두 갈래로 땋을 수 있었다. 미국으로 갈 때까지는 분명히 다시 자랄 것이다.

바다에서 불어오는 바람은 한결 부드러워졌다. 에버트 아저씨는 슈테피를 나룻배에 태워 바다에 데리고 나갔다.

아저씨가 말했다.

"이쪽으로 앉아 봐. 내가 노 젓는 법을 가르쳐 주마. 바닷가에 살면 노는 저을 줄 알아야지."

슈테피는 에버트 아저씨 앞으로 자리를 잡았다.

아저씨는 이 자리를 '노 젓는 사람의 자리'라고 말했다. 에버트 아저씨는 슈테피가 무거운 노를 저을 수 있도록 슈테피 뒤에 무릎을 꿇고 앉았다. 처음에는 배 옆에 고정시킨 노의 자루 사이로 물이 들이쳤다. 슈테피는 조금씩 제대로 노 젓는 방법을 알아갔지만 일정한 리듬으로 노를 젓기까지는 한참 시간이 걸렸다. 배가 왼쪽으로 기울지 않도록 항상 오른쪽에 힘을 주어 노를 저어야 했다.

"배를 왜 뒤로 저어야 하죠? 어디로 가는지 전혀 볼 수가 없잖아요."

"한번 앞으로 저어 봐. 그럼 알게 될 테니까."

슈테피는 그 자리에서 몸을 돌려 반대로 배를 저어 보았다. 처음에는 앞으로, 그리고 나서는 뒤로. 하지만 배는 전혀 움직이지 않았다.

바람은 거의 불지 않았다. 저 멀리 서쪽 하늘에서는 회색빛 안개가 바다와 하늘을 감싸고 있었다. 바다 수면은 파도가 전혀 일지 않아 아주 매끄럽고 잠잠했다. 엄마의 최고급 실크 파티 드레스처럼 미끈하게 살랑거렸다. 엄마는 이 드레스를 연한 청회색빛 물결이라고 표현했었다. 슈테피는 이 표현을 입에 떠올려 보았다. 표현 자체도 실크처럼 부드럽고 아름답게 느껴졌다.

슈테피가 물었다.

"서쪽으로 계속해서 노를 저어 가면 미국이 나와요?"

에버트 아저씨가 웃었다.

"그래, 똑바로 서쪽으로 갈 수만 있다면 말이다. 덴마크의 스카겐 북쪽과 노르웨이 남쪽을 지나서, 우선 스코틀랜드에 도착하게 될 거야. 그럼 대서양만 건너면 되지. 한번 해 보고 싶거든 먹을 걸 충분히 챙겨. 오늘처럼 바람이 안 부는 날이 좋아."

노 때문에 슈테피의 손이 짓물러졌다. 특히 엄지와 검지 사이의 연한 살갗이 아팠다. 하지만 슈테피는 불평하고 싶지 않았다.

에버트 아저씨는 목재 권양기 윈치(밧줄이나 쇠사슬을 감았다 풀었다 함으로써 무거운 물건을 위아래로 옮기는 기계 : 옮긴이)를 집어 들더니 배 뒤쪽으로 긴 줄을 잡아당겼다.

아저씨기 말했디.

"노를 놓고 이쪽으로 와서 이것 좀 꽉 붙들어."

슈테피는 노를 배 가장자리 위로 끌어올렸다. 차가운 바닷물이 발 위로 떨어졌다. 슈테피는 조심스럽게 배 뒤쪽으로 갔다. 배가 흔들거리자 불안해진 슈테피는 움직임 때문에 배가 뒤집어질까 봐 걱정이 되었다.

에버트 아저씨가 말했다.

"걱정 마. 이 배는 그렇게 쉽게 뒤집어지지 않아. 너처럼 그렇게 움직여서는 절대 안 뒤집혀."

에버트 아저씨가 힘차게 노를 젓는 동안 슈테피는 줄을 꼭 붙들었다.

"이제 고등어가 물리는지 한번 보자꾸나. 움직이면 말해."

슈테피는 줄을 잡고 있는 내내 줄이 계속 움직이는 것만 같았다.

슈테피가 소리쳤다.

"지금이에요! 움직여요."

에버트 아저씨가 슈테피에게 다가와 줄을 살펴보았다. 아저씨는 고개를 흔들었다.

"낚싯대의 납봉 무게 때문이야. 물고기가 물리면 느낌이 달라."

"어떻게요?"

"죽은 무게가 아니라 살아있는 무게를 느끼게 될 게다."

슈테피는 자기 손바닥을 들여다보았다. 빨갛게 상처가 났다. 낚싯줄 생각은 거의 잊고 있을 때 갑자기 손가락 사이에서 줄이 움직이기 시작했다.

슈테피가 소리쳤다.

"지금이에요! 이제 움직여요!"

에버트 아저씨는 노를 내려놓고 슈테피 쪽으로 다가와 줄을 잡아당겼다. 반짝이는 물고기가 바늘에 걸려 퍼덕거렸다.

슈테피는 섬에 온 이후로 고등어 잡는 것을 몇 번이나 보았지만 고등어가 이렇게 예쁜 줄은 몰랐다. 미끄러운 살갗은 검은색, 푸른색, 은색으로 빛났다. 슈테피는 심장이 쿵쾅쿵쾅 뛰면서 이상한 흥분을 느꼈다.

에버트 아저씨가 말했다.

"굉장한 놈이구나. 오백 그램은 나가겠는 걸. 네가 한번 꺼내 봐."

슈테피는 머뭇거렸다. 아직까지 살아있는 물고기를 만져본 적이 없었다. 슈테피는 두 손으로 고등어를 붙잡았다. 생각했던 것처럼 그렇게 역겹게 느껴지지는 않았다. 차갑지만 끈적거리지는 않았다. 에버트 아저씨는 슈테피가 바늘에서 물고기를 잡아떼는 것을 도와주었다. 아저씨는 칼을 꺼내더니 아가미를 찔렀다. 슈테피는 고개를 돌렸다.

아저씨가 말했다.

"너도 배워야 해. 생선 배를 가르는 것도 말이야."

슈테피가 말했다.

"으, 싫어요. 절대로 안 배울 거예요."

에버트 아저씨는 약간 웃었다.

"'절대로'라는 말은 절대로 하면 안 돼."

두 사람은 낚싯줄로 고등어를 세 마리나 잡았다. 메르타 아줌마는 생선을 손질해서 저녁 식사로 구워냈다. 정말 맛있 었다.

32

해가 길어 아직도 훤한 어느 봄날 저녁, 메르타 아줌마가
방에서 저녁기도를 드리려고 몸을 세우고 앉았을 때 슈테피
가 방에 고개를 내밀며 물었다.

"다 씻고 숙제도 끝냈어요. 잠깐 밖에 나가도 돼요?"

메르타 아줌마가 대답했다.

"그러렴. 하지만 어두워지기 전에는 돌아와야 한다."

슈테피는 스웨터를 입고 신발 끈을 묶었다. 이제 날씨가
따뜻해져서 작아서 꽉 끼는 겨울 구두는 더는 신을 필요가
없었다.

슈테피는 계단을 내려갔다. 차갑고 신선한 공기가 얼굴을
스쳤다. 집 모퉁이에는 메르타 아줌마의 자전거가 놓여 있었

다. 검은색의 커다란 자전거는 두터운 바퀴와 단단한 골격으로 되어 있었다.

슈테피는 핸들의 나무 손잡이를 잡고 자전거를 밀고 나갔다. 언덕을 오르니 숨이 가쁘고 땀이 났다. 슈테피는 언덕 꼭대기에서 멈추었다. 앞쪽으로는 길지만 그다지 가파르지 않은 내리막길이 나 있었다. 거의 똑바른 길이었다. 여기서 타면 좋을 것 같았다.

슈테피는 오른발을 페달 위에 올려놓고 깊이 숨을 들이쉬었다. 그러고는 왼발을 페달 위에 올려놓고 오른발과 동시에 밟았다. 자전거는 굴러가기 시작했다. 슈테피는 안장 위에 앉으려고 해 보았지만 너무 높았다. 페달 위에 선 채로 흔들거리며 언덕을 점점 더 빨리 내려갔다. 황홀한 기분이 들면서도 동시에 겁이 났다.

커다란 바위 두 개 사이로 왼쪽으로 갈라진 길이 나왔다. 슈테피는 핸들을 꺾다가 그만 자전거 위에서 균형을 잃었다. 그러고는 비틀거리며 갑자기 제동을 걸다가 그만 자갈 위로 미끄러지고 말았다. 자전거는 쓰러졌고, 슈테피는 도랑 위로 넘어졌다.

죽었구나, 슈테피가 생각했다.

하지만 팔과 무릎이 아픈 걸 보니 아직 죽지는 않은 모양이었다. 자갈 위로 급제동을 거는 소리가 들려 슈테피는 위를 쳐다보았다. 이제 섬 전체에 소문이 쫙 퍼질 것이다.

베라가 물었다.

"어떻게 하다 그랬어?"

슈테피가 대답했다.

"나도 몰라. 팔이…… 부러진 것 같아."

베라가 말했다.

"내가 도와줄게."

베라는 자전거에서 내리더니 슈테피를 도랑에서 일으켜 세웠다.

"네 자전거야?"

"아니, 메르타 아줌마 거야."

베라는 자전거를 세운 뒤 살펴보았다.

"고장은 안 난 것 같고. 진흙받이가 약간 휘어진 것 같아. 아니면 원래 그랬니?"

슈테피가 말했다.

"모르겠어."

어지러움은 잦아들었다. 무릎에는 긁힌 상처만 생겼지만 오른팔은 아직도 아팠다.

베라가 조심스럽게 슈테피의 팔을 더듬으며 물었다.

"팔이 부러진 것 같니? 움직일 수 있겠어? 이렇게?"

슈테피는 이렇게 저렇게 팔을 움직여 보려 애썼다. 아프긴 했지만 움직이기는 했다.

베라가 말했다.

"부러진 것 같지는 않아. 자전거 처음 타는 거야?"

이제 와서 부인해 봤자 아무 소용없는 일이다.

베라가 말했다.

"내가 가르쳐 줄게. 그냥 달린다고 되는 게 아냐. 제동을 걸고 커브를 틀 줄 알아야지. 가르쳐 줘?"

"응."

베라가 말했다.

"내일 수업이 끝나고 만나자. 내일은 토요일이니까 숙제가 없잖아. 그만 집에 가 봐야 해. 너도 씻고 옷 갈아입어야지."

슈테피는 더러워진 옷을 내려다보았다.

"수업이 끝나면 자전거를 가져와. 어디서 만날까?"

"여기 어때?"

"좋아."

"그때 보자."

베라는 이렇게 말하며 자전거에 올라타더니 가버렸다.

슈테피는 집까지 자전거를 밀고 갔다. 자전거가 점점 더 무겁게 느껴졌다. 집으로 가는 길은 가파른 내리막길이어서 자전거가 앞으로 밀리지 않게 힘껏 잡고 걸어야 했다. 슈테피는 자전거를 모퉁이에 세워 놓고 집 안으로 들어갔다.

"저 왔어요."

슈테피는 메르타 아줌마에게 큰 소리로 인사하고는 얼른 계단 위로 올라갔다. 더러운 옷을 안 보여 주기 위해서였다. 세면대에서 옷에 묻은 더러운 흙을 씻어낸 뒤 세수를 하고 긁힌 상처도 깨끗이 씻었다.

메르타 아줌마가 이층으로 올라와서 말했다.

"아, 너 자전거 배우고 싶구나."

슈테피는 자전거가 없어진 사실을 아줌마가 알아채지 않기를 바랐다. 하지만 벌써 8시인데다가 저녁기도는 이미 끝났다. 메르타 아줌마는 마당에 나가 자전거가 없어진 것을 본 게 틀림없었다.

슈테피가 말했다.

"죄송해요. 자전거를 갖고 나가기 전에 허락을 받았어야 했는데."

메르타 아줌마가 말했다.

"괜찮아. 조심히 타기만 하면. 또 죽지만 않는다면."

아줌마는 슈테피의 긁힌 무릎과 뻣뻣한 팔을 바라보며 덧붙였다.

"내일 수업 끝나고 자전거 좀 빌려도 돼요?"

"물론이지."

"고마워요."

다음 날 슈테피는 다른 때보다 더 빨리 집으로 왔다. 자전거를 약속 장소까지 밀고 갔다. 베라는 벌써 와 있었다.

"가자."

베라는 이렇게 말하며 슈테피를 옆길로 이끌었다.

"여기가 더 좋아. 먼저 평평한 곳에서 연습해야 해. 우선 안장부터 낮추자."

베라는 나사돌리개를 꺼내더니 안장을 고정시킨 나사를 풀었다. 안장을 돌려서 내린 뒤 다시 나사를 꽉 조였다.

베라가 말했다.

"이제 타 봐."

슈테피는 어제처럼 안장에 올라타려고 했지만 곧 균형을 잃고 말았다.

베라가 말했다.

"올라타자마자 페달을 밟아야 해. 내가 뒤에서 붙잡고 있을 테니까 다시 한번 해 봐."

베라는 짐칸을 꽉 붙잡았다. 슈테피는 안장 위에서 흔들거리며 페달을 밟기 시작했다.

슈테피가 점점 빨리 달리자 베라가 숨을 헐떡이며 말했다.

"그렇게 빨리 달리지 마. 이제 제동 걸어. 천천히."

슈테피가 페달을 뒤로 밟자 자전거는 천천히 멈춰 섰다. 슈테피는 한쪽 다리를 땅에 내려놓았다.

베라가 말했다.

"다시 한번 해 봐. 너무 빠르다 싶으면 조심스럽게 제동을 걸어."

슈테피는 다시 출발했다. 베라는 한 손으로 짐칸을 붙잡은 채 같이 달렸다. 그러다가 베라가 뛰어오는 발자국 소리가 더는 들리지 않았다. 삐걱거리는 자전거 바퀴 소리만 자갈 위로 들렸다. 페달이 돌아갔다. 자전거는 길을 따라 부드럽게 달렸다. 슈테피도 혼자 달릴 수 있었다!

그러다 길 한가운데 놓인 돌멩이가 슈테피를 방해했다. 하지만 슈테피는 얼른 발을 땅에 내려놓았기 때문에 다치지 않았다.

베리는 자기 자전거를 타고 슈테피를 쫓아왔다.

베라가 기쁜 얼굴로 말했다.

"잘 타는데. 월요일에는 자전거를 타고 학교에 올 수 있겠는걸."

그날 오후 내내 슈테피는 자전거를 타고 길을 오르락내리락하며 연습했다. 처음 출발할 때는 베라가 약간 도와주었다. 그러다가 슈테피는 곧 균형을 잡았다. 그럼 베라는 슈테피 옆으로 달렸다. 베라의 머리카락과 치마가 따뜻한 바람에 휘날렸다. 소금기를 머금은 바닷바람이 햇살로 덥혀진 대지 냄새와 뒤섞여 풍겨왔다. 길 가장자리와 바위 사이에는 연초록 풀들이 피어 있었다.

이제 그만 연습하기로 하자 베라는 바퀴에 공기 넣는 방법을 가르쳐 주었다. 두 사람은 나란히 쪼그린 채 앉아 있었다. 서로 손과 팔이 닿았다. 바람이 불어 베라의 머리카락이 슈테피의 뺨에 닿았다.

슈테피는 베라에게 묻고 싶은 게 많았다. 수업 시간에 왜 늘 다른 아이들을 재미있게 해 주려고 애쓰는지, 왜 아무것도 못 알아듣는 것처럼 행동하는지. 왜 실비아와 그 일당하고 친하게 지내는지. 슈테피와 베라가 정말 친구가 될 수 없는 건지.

하지만 슈테피는 아무것도 묻지 않았다. 베라는 몸을 일으켰다.

베라가 말했다.

"그만 집에 가야 해. 엄마가 빨래하는 걸 도와야 하거든."

두 사람은 큰길을 따라 나란히 자전거를 탔다.

베라가 물었다.

"집까지 갈 수 있겠어?"

"갈 수 있을 것 같아."

슈테피는 자전거에 올라탔다. 언덕 꼭대기에 이르자 슈테피는 자전거를 밀고 내려갔다. 안전을 위하여.

33

월요일에 슈테피는 자전거를 타고 학교에 갔다. 일요일 오후 내내 언덕을 오르내리고 왔다갔다히는 연습을 했다. 평소에 메르타 아줌마는 일요일의 휴식을 아주 소중하게 여기기 때문에 주일 학교가 끝나면 슈테피가 조용히 지내기를 원했지만 그날만큼은 슈테피가 자전거를 빌려 달라는 말에 아무 말 없이 허락했다.

하얀 집 뒤로 언덕 위를 힘겹게 오르고 나자 1킬로미터 정도 뒤에서 바람을 맞으며 언덕을 내려왔다. 슈테피는 페달을 밟을 필요가 없었다. 자전거는 혼자서 굴러갔다. 바람이 부드럽게 슈테피의 얼굴을 어루만지고 공기는 신선한 향기로 가득찼다.

슈테피는 달리면서 학교에 도착하는 모습을 그려 보았다. 아무렇지도 않은 듯 교문 앞에서 제동을 걸고는 보관대 쪽으로 자전거를 밀고 간다. 실비아, 바브로, 그 밖의 아이들이 놀란 눈으로 쳐다볼 것이다. 슈테피는 자전거를 타고 오는 것쯤 별일 아닌 것처럼 행동할 것이다. 아이들이 아주 놀란 눈으로 쳐다보면 이렇게 말해 줘야지.

"뭘 그렇게 쳐다보니? 자전거 타는 거 처음 봐?"

그러고 나서 베라의 눈을 바라보면, 베라는 동의한다는 듯 웃어 보일 것이다. 베라는 자기가 자전거 타는 걸 가르쳐 주었다고 절대 말하지 않을 것이다. 그렇게 약속했으니까.

슈테피는 마지막 구간은 일부러 천천히 갔다. 아이들이 모두 와서 자기를 봐 주기를 바랐다.

슈테피는 교문 앞에서 제동을 걸고 다리를 땅에 내려놓으면서 아이들이 와 있는지 운동장 쪽을 바라보며 확인했다. 아이들은 자전거 보관대와 화장실 사이에 모여 있었다. 실비아, 바브로, 군포어, 마야브리트가 보였다.

그리고 베라도 보였다. 베라는 한가운데 있었다. 베라는 방금 누군가 흉내를 내고 있었던 모양이다. 아이들이 베라를 쳐다보며 웃고 있는 걸 보니까.

슈테피는 자전거를 보관대 쪽으로 밀고 갔다. 아무도 슈테피를 쳐다보지 않았다. 슈테피는 베라를 둘러싼 무리를 곁눈질해서 보았다. 베라는 팔이 아픈 것처럼 팔을 감싸 쥐었다.

베라가 소리쳤다.

"아야, 아야. 내 팔! 팔이 부러졌나 봐."

그 순간 군포어가 슈테피를 발견했다.

군포어가 소리쳤다.

"저기 오네!"

슈테피는 가슴속에 뭔가 덩어리가 걸린 것 같았다. 덩어리는 처음에는 차갑더니 점점 뜨거워졌다. 게다가 덩어리는 점점 커졌다.

모두 슈테피를 바라보았다.

"쟤 좀 봐."

실비아는 어른이 어린아이에게 말하듯 짐짓 목소리를 꾸며서 이렇게 말했다.

"저 꼬마는 아줌마에게 자전거를 빌렸나 보네. 도랑으로 넘어지지 않게 조심해. 다음에는 지나가는 사람이 아무도 없어서 널 못 꺼내 줄지도 모르니까."

슈테피는 애써 아이들을 못 본 척했다. 슈테피는 보관대만 뚫어지게 바라보며 그 쪽으로 향했다. 슈테피는 이미 볼 건 다 보았다. 비웃는 입, 조롱하는 눈길. 또 수치심으로 하얗게 질린 베라의 얼굴도 보였다. 헝클어진 빨간 머리로 둘러싸인 베라의 얼굴을.

교실로 가는 계단에서 베라가 슈테피에게 뛰어와 말했다.
베라는 숨을 헐떡이며 말했다.

"슈테피. 미안해…… 그러려고 한 건 아니었어."

슈테피의 가슴에 맺혀 있던 덩어리가 폭발했다.

슈테피가 퍼부었다.

"날 내버려 둬. 너도 저 애들이랑 똑같아! 난 네가 싫어."

베라가 눈길을 돌리며 계단을 오르기 전, 그 짧은 순간 슈테피는 베라의 눈 속에서 뭔가를 발견했다. 그 뭔가는 슈테피에게 익숙하게 느껴졌다. 슈테피는 그게 뭔지 정확히 알 수는 없었지만 갑자기 울고 싶은 기분이 들었다.

수업이 끝나자 슈테피는 복도에서 서성거렸다. 다시 조롱당하고 싶지 않아서 아이들이 다 가고 나면 보관대로 갈 생각이었다.

학교 건물을 나오면서 슈테피는 운동장 어딘가에서 베라의 빨간 머리가 보이기를 기대했다. 베라가 슈테피를 기다려 주기를 바랐다. 서로 서먹서먹한 일이 있긴 했지만 말이다.

하지만 운동장은 텅 비어 있었다. 자전거 보관대에는 자전거 여섯 대만 매여져 있었다. 메르타 아줌마의 검은색 자전거는 실비아의 파란색 자전거와 잉그리드의 푸른색 자전거 옆에서 낡고 초라해 보였다.

슈테피는 보관대에서 자전거를 뒤로 잡아 뺐다. 자전거는 평소와는 달리 무겁게 굴러갔다. 슈테피는 바퀴를 살펴보았다. 공기가 다 빠지고 없었다. 밸브 마개가 열려 있었다.

누가 휴식 시간에 열어 둔 게 틀림없었다. 그렇지 않으면 이렇게 공기가 다 빠져나갔을 리가 없다. 바브로가 그랬겠지. 아니면 군포어와 마야브리트가 그랬거나. 실비아가 직접 그랬을 수도 있지만 그럴 가능성은 적었다. 실비아는 들켜서 벌 받을 만한 일은 직접 하지 않으니까. 실비아가 시켜서 다른 아이들이 했을 것이다.

슈테피는 주변에서 밸브 마개를 찾아보았다. 그때 옆에서 뭔가 반짝거렸다. 작은 못이었다.

피식 하며 실비아의 자전거 바퀴에서 공기가 새나가는 소리가 들렸다. 슈테피는 못의 머리가 삭은 점처럼 보일 때까지 못을 더 깊이 찔렀다. 거기 못이 박힌지도 찾기 힘들 지경이었다. 실비아는 거리에서 모르고 못 위를 밟고 지나간 줄 알 것이다.

슈테피는 밸브 마개를 찾았다. 다행히 메르타 아줌마는 자전거에 펌프를 매달아 두었다. 슈테피는 바퀴에 펌프질을 한 뒤 집으로 갔다.

다음 날 아침, 아이들이 자전거 보관대 옆에서 슈테피를 기다리고 있었다. 슈테피가 자전거를 세우고 나자 아이들이 슈테피를 둘러쌌다. 슈테피는 무리 안에 갇혔다.

실비아는 엄지와 검지로 잡고 있던 뭔가를 슈테피 얼굴에 어찌나 바싹 갖다댔던지 슈테피는 그게 뭔지 알아보지도 못했다. 그 물건은 번쩍거렸다.

못이었다.

실비아가 말했다.

"네가 그랬지. 네가 그랬다고 실토하시지!"

아니라고 할까? 실비아는 슈테피가 그랬다는 걸 절대 증명할 수 없을 것이다.

실비아가 반복했다.

"실토해."

실비아가 어찌나 바싹 다가왔던지 실비아의 숨결이 느껴질 정도였다.

"그래, 내가 그랬어. 하지만 너희들이 먼저 내 자전거 바퀴에서 바람을 뺐잖아."

실비아가 말했다.

"내가 안 그랬어. 게다가 이건 문제가 달라. 사과해."

"못해!"

"어서 해!"

바브로가 슈테피의 오른팔을 잡아 등 뒤로 꺾었다. 팔이 아팠다.

"못한다고 말했어?"

"그래, 못한다고 말했어."

바브로는 슈테피의 머리를 잡더니 뒤로 잡아당겼다.

"그렇게 말했어?"

"그래."

실비아는 몸을 굽혀 자갈을 한 움큼 쥐었다.

"겨울에 내가 눈으로 널 문질러 준 거 기억나지? 또 한번 그렇게 해 주지. 이번에는 눈 대신에 자갈로 말이야."

슈테피는 실비아를 쳐다보았다. 실비아는 진짜 그렇게 할 기세였다. 슈테피의 유일한 바람은 어서 빨리 종이 울리는 것이다.

실비아는 슈테피 쪽으로 한 발짝 다가왔다.

슈테피가 말했다.

"미안해."

"무릎 꿇어!"

"싫어."

"그럼 소용없어."

실비아가 말하는 동안 바브로는 슈테피를 바닥으로 내리눌렀다. 슈테피는 자갈 위로 무릎을 꿇었다.

"말해!"

"미안해."

"'네 자전거 고장 내서 미안해' 라고 말해."

"네 자전거 고장 내서 미안해."

"이제 내 신발에 입 맞춰."

실비아는 먼지 묻은 샌들을 앞으로 내밀었다. 슈테피 얼굴에서 약 10센티미터 떨어진 거리였다.

"입 맞추라니까!"

바브로는 슈테피의 등을 아래로 내리눌렀다. 슈테피는 얼굴이 실비아의 신발에 닿자 입술을 꽉 다물었다.

그때 드디어 종이 울렸다.

34

마을의 집들 주변으로 작은 정원에는 풀들이 푸르게 빛났다. 작은 사과나무에는 연분홍 꽃들이 가득 피었고, 라일락 숲은 하얀색과 연보라색 꽃봉오리로 뒤덮였다.

세상 끝 하얀 집의 정원에는 사과나무도 라일락도 없었다. 바다에서 불어오는 바람 때문에 꽃나무가 자라지 않았다. 하지만 해변에는 돌 사이로 작은 꽃들이 피었다. 노란 꽃, 흰 꽃, 창백한 장미부터 붉은 장미까지 온갖 종류의 장미들로 가득했다. 바위틈 사이에는 자줏빛 팬지꽃이 빛났다.

갈색 얼룩이 있는 솜털오리와 그 새끼들이 바다를 향해 가고 있었다. 짙은 노란색 새끼들은 완전히 솜털로 뒤덮여 있었다. 오리들은 어미 뒤를 따라 나란히 한 줄로 헤엄쳤다.

메르타 아줌마가 위층에서 소리쳤다.

"이리 와서 옷 입어 보렴!"

아줌마는 슈테피가 졸업식에 입을 옷을 만드는 중이었다. 천은 예뻤다. 흰색 바탕에 파란색과 분홍색 작은 꽃무늬가 새겨져 있었다. 슈테피는 앞단추에 깃과 소맷부리가 달린 원피스를 입고 싶었다. 그럼 어른스러워 보일 것 같았다. 하지만 메르타 아줌마는 그런 옷은 바느질이 복잡하다고 말했다. 아줌마는 앞은 밋밋하고 지퍼가 뒤에 달린 원피스를 만들었다. 동그란 작은 깃도 달려 있었다.

"아야."

메르타 아줌마가 실수로 슈테피 어깨를 바늘로 찌르자 슈테피가 비명을 질렀다.

메르타 아줌마가 말했다.

"가만히 있어. 그럼 괜찮아."

바늘을 모두 제자리에 꽂고 나자 슈테피는 거울 앞에 서서 원피스를 보았다. 치마가 너무 넓었다. 한바퀴 빙 돌자 치마가 딸려 올라갔다.

메르타 아줌마가 말했다.

"거울을 너무 오래 보고 있지 마. 허영도 죄다."

하지만 슈테피의 원피스를 살펴보면서 치마에 붙은 실밥을 떼는 아줌마 역시 만족스러운 표정이었다.

졸업식 전날 밤, 메르타 아줌마는 새 옷을 다림질하고, 치마가 더 풍성하게 보이도록 속치마에 풀을 먹였다. 천은 딱딱하게 느껴졌다. 머리 위로 속치마를 뒤집어 입을 때 바스락 소리가 났다. 슈테피는 기분이 아주 좋았다. 이 원피스는 섬에 온 이후 처음 갖게 되는 새 물건이었다. 물론 메르타 아줌마가 우편으로 주문한 속옷과 스타킹을 빼고, 또 크리스마스 선물로 받은 모자와 장갑을 빼면 말이다.

슈테피는 치마에 주름이 가지 않도록 특히 조심해서 자전거에 올라탔다. 슈테피는 짐칸 위로 치마를 펼친 뒤 구겨지지 않게 손으로 폈다. 그러고는 천이 자전거 바퀴살에 걸리지 않는지 살펴보았다.

아이늘은 일단 학교에 모였다가 다시 줄을 시시 교회로 가야 한다. 여자 아이들은 대부분 새 옷을 입었다. 실비아의 옷은 슈테피가 입고 싶었던 앞단추가 달린 옷이었다. 하지만 아무도 슈테피처럼 그렇게 통이 넓은 치마는 입지 않았다.

교회에서 하는 교장 선생님의 연설은 전혀 끝날 것 같지 않았다. 교장 선생님은 '유럽을 뒤덮은 전쟁의 어두운 그림자'에 대해 한참 연설했다. 그러고는 아이들에게 '이 암울한 시대'에 놀기만 할 것이 아니라 특히 부모의 말에 순종하고 집안일을 도우라고 훈계했다.

나무 의자는 딱딱했고, 풀을 먹인 속치마는 허리를 파고들었다.

교장 선생님이 말했다.

"여러분 대부분이 가을이면 다시 학교로 돌아올 것입니다. 하지만 6학년 학생들은 이번이 이 학교에서 보내는 마지막 학기입니다. 예테보리의 김나지움에 진학하는 학생들과 이제 졸업하는 학생들에게 특별히 행운을 빌어주고 싶습니다. 이제 여러분이 어느 곳에 가든지 간에 여러분에게는 한 가지 과제가 있다는 사실을 명심하길 바랍니다. 여러분이 무슨 일을 하는지는 중요하지 않습니다. 중요한 것은 그 일을 잘해 내는 것입니다."

무슨 일을 하는지가 중요하지, 슈테피가 생각했다. 원하는 일이라야 잘할 수 있는 법이니까. 하기 싫은 일은 잘할 수가 없다.

교장 선생님은 계속 연설했다.

"베리스트룀 선생님과 나는 올해에 특히 다섯 명이나 김나지움에 진학하게 된 걸 무척 자랑스럽게 생각합니다. 우리 학교로서는 영광입니다."

실비아는 슈테피 앞으로 대각선 방향에 앉아 있었다. 실비아는 교장 선생님이 자신만 위해서 연설하기라도 하는 듯 만족스럽게 웃음을 지으며 듣고 있었다.

"자, 그럼 이제부터 특별한 공적이 있는 졸업생들에게 상을 수여하겠습니다. 베리스트룀 선생님, 앞으로 나와 좀 도와주시겠습니까?"

베리스트룀 선생님은 책을 들고 교장 선생님 옆으로 다가섰다. 베리스트룀 선생님은 교장 선생님에게 쪽지를 건넸다.

교장 선생님이 이름을 불렀다.

"잉그리드 안더슨."

잉그리드는 앞으로 나가 책을 받은 뒤 교장 선생님과 악수했다. 무릎을 살짝 굽혀 인사한 뒤 다시 제자리로 돌아왔다.

"베르틸 에리크슨."

슈테피는 벽에 걸린 그림을 바라보았다. 빳빳하게 깃을 세운 검은색 옷을 입은 늙은 남자 그림이었다. 깃은 커다란 흰 꽃처럼 보였다. 슈테피는 저 깃도 지금의 자기 속치마처럼 따가울까 생각했다.

브리타가 슈테피의 옆구리를 찔렀다.

브리타가 속삭였다.

"못 들었어? 너잖아."

교장 선생님이 불렀다.

"슈테파니 슈타이너. 슈테파니 슈타이너는 안 왔습니까?"

슈테피는 당황하며 일어섰다.

슈테피가 말했다.

"왔어요."

베리스트룀 선생님은 슈테피를 보고 웃었다.

베리스트룀 선생님이 말했다.

"그럼 앞으로 나와야지, 슈테파니."

슈테피는 의자에서 일어서 중간 복도를 따라 베리스트룀 선생님과 교장 선생님 앞으로 다가갔다.

베리스트룀 선생님이 교장 선생님에게 물었다.

"한마디 해도 되나요?"

"물론이죠."

베리스트룀 선생님이 말했다.

"성실한 학생에게 상을 주는 건 언제나 기쁜 일입니다. 하지만 특별히 이 학생에게 상을 주게 되어 얼마나 기쁜지 모릅니다. 이 학생은 아주 능력이 뛰어나서 반에서도 최상위에 속합니다. 일 년 전에는 스웨덴어를 거의 한마디도 못했는데도 말이죠. 행운을 빈다, 슈테파니."

슈테피는 두꺼운 멋진 책을 받았다.

'닐스 홀게숀의 재미있는 스웨덴 여행기'

표지에는 금박으로 이렇게 써 있었다. 맨 앞장에는 베리스트룀 선생님의 예쁜 글씨로 이렇게 적혀 있었다.

'슈테파니 슈타이너에게. 1940년 6월 7일. 이 책은 너의 새로운 고향인 스웨덴과 스웨덴어에 관해 많은 정보를 줄 거야. 선생님 아그네스 베리스트룀으로부터.'

슈테피는 책장을 넘기면서 정신없이 그림만 쳐다보았다. 오르간 소리가 들리자 브리타는 다시 일어나라고 슈테피의 옆구리를 쳤다.

"내 마음에서 벗어나 기쁨을 찾아가리……."

슈테피는 가사의 모든 의미를 다 이해하지는 못했지만 참 아름다운 노래라고 생각했다. 슈테피는 선생님이 한 말과 선물로 받은 책이 기쁘기도 했지만 슬프기도 했다. 그냥 보통의 여름 방학이었으면 슈테피도 기뻐했을 것이다. 하지만 다시 학교에 다닐 수 없는 방학이란 진짜 방학이 아니다.

가을이 되면 슈테피는 일주일에 이틀 가사 학교에 다녀야 한다. 가사 말고도 배울 게 참 많을 텐데!

교회에서 졸업식을 마치자 아이들은 다시 교신로 돌아와 선생님에게서 성적표를 받았다. 위쪽에 '졸업 성적표'라고 인쇄로 찍혀 있었다. 이름, 날짜, 성적이 파란 잉크로 적혀 있었다.

'수학과 기하학 : 수'

미술에서도 슈테피는 가장 좋은 성적을 받았다. 성적은 스웨덴어를 제외하고는 모두 좋았다. 스웨덴어는 '미'를 받았다. 하지만 선생님은 가장자리에 이렇게 써 놓았다.

'슈테피의 모국어는 스웨덴어가 아님. 이런 사실을 고려할 때 이번 학기에 슈테피는 상당히 뛰어난 발전을 보였음.'

자전거를 타고 집으로 오는 도중에 집집마다 라일락 향기가 퍼져 나왔다. 사과나무는 거의 활짝 꽃피웠다. 하얀 꽃송이들이 눈처럼 땅에 수북이 쌓여 있었다.

"그 옷부터 벗어."

메르타 아줌마는 슈테피가 집으로 들어서자마자 이렇게 말했다.

"여름 숙박 손님들이 오니까 집 안 청소를 해야 해."

슈테피가 말했다.

"제 성적표예요."

메르타 아줌마는 대충 넘겨 보았다.

"아주 잘했구나."

아줌마는 짤막하게 말한 뒤 슈테피에게 성적표를 다시 돌려주었다.

"상으로 책도 받았어요."

"아."

메르타 아줌마의 목소리는 약간 이상하게 들렸다.

슈테피는 자기 방으로 가서 일상복으로 갈아입었다. 그러고 나서 두 사람은 아래층에서부터 위층까지 온 집 안을 철저하게 청소했다. 크리스마스 때처럼. 내일 여름 숙박 손님이 온다. 그럼 슈테피, 메르타 아줌마, 에버트 아저씨는 지하실로 거처를 옮겨야 한다. 지하실에는 방 하나, 작은 부엌이 하나 있었다. 슈테피는 부엌 의자에서 자야 한다.

섬에서는 대부분 여름 숙박 손님을 맞는다. 방 하나만 빌려 주는 사람도 있지만 대부분은 집 전체를 내주고 주인은 지하실에서 생활한다. 가게 주인인 실비아의 아버지는 집을 하나 지어서 겨울에는 비워 두고 여름에만 세를 준다. 그래서 가족은 여름에도 방해받지 않고 가게 위 이층에서 계속 생활할 수 있다.

슈테피는 자기 방의 장롱을 비우고 물건들을 지하실로 옮겼다. 옷은 창고에 있는 장롱에 넣어 두어야 했다. 부엌에는 옷을 둘 공간이 없었다.

사진, 보석상자, 일기장은 신발 상자에 넣어 부엌 의자 밑으로 밀어 넣었다. 예수 그림은 그냥 내버려 두고 왔다.

35

다음 날, 여름 숙박 손님이 항구에서 택시를 타고 왔다. 차 트렁크는 가방과 상자로 가득했다.

모두 여섯 명이었다. 중년 부부, 다 자란 자녀 둘, 딸의 약혼자와 가사를 도와줄 가정부. 슈테피는 메르타 아줌마가 그 부인에게 '의사 사모님'이라고 부르는 소리를 들었다. 남편이 의사인 모양이었다. 아빠처럼. 회색 머리에 안경을 쓴 남자는 피곤해 보였다.

의사 사모님은 몸집이 크고 위풍당당했다. 젊었을 때는 아름다웠을 것 같았다. 딸은 금발머리에 얼굴도 예뻤다. 딸과 약혼자는 계속 손을 잡고 있었다. 아들은 키가 크고 회색 눈은 생각에 잠긴 듯 보였다. 갈색 머리카락이 이마 위로 흘러

내려왔다.

가장 마음에 드는 것은 개였다. 흰색과 갈색 점박이 폭스테리어로 슈테피를 보자마자 달려들더니 슈테피의 손을 핥았다.

딸이 말했다.

"푸테는 네가 좋은가 봐."

부인이 물었다.

"개를 무서워하지 않았으면 좋겠는데?"

슈테피는 푸테 머리를 쓰다듬으며 말했다.

"오, 아니에요. 개를 아주 좋아해요."

부인이 말했다.

"데리고 산책해도 좋아. 원한다면."

슈테피는 숙박 손님이 집 안으로 짐을 옮기는 걸 도왔다. 아들은 슈테피 방에서 자기로 했다. 아들의 이름은 스벤이었다. 부인이 아들 이름을 부르는 걸 듣고 알았다. 슈테피는 스벤이 몇 살 정도 되었을지 궁금했다. 열일곱, 아니면 열여덟 정도.

짐을 모두 옮기자 부인이 슈테피에게 1크로네를 주었다.

부인이 말했다.

"도와줘서 고마워."

슈테피는 얼굴이 빨개졌다.

"돈을 받고 싶진 않아요."

"기분 나쁘게 생각할 거 없어. 그 돈으로 뭐 맛있는 거라도 사 먹어. 근데 넌 어디서 왔니?"

슈테피는 동전을 주머니 속에 집어넣으며 대답했다.

"빈에서요. 감사합니다."

오후에 슈테피는 알마 아줌마 집을 방문했다. 알마 아줌마의 여름 숙박 손님은 다음 날 오기로 되어 있었다. 알마 아줌마는 넬리, 엘사, 욘과 함께 마지막 짐을 지하실로 옮기던 중이었다.

알마 아줌마가 말했다.

"학교 성적이 좋았다는 말 들었어."

"네, 상으로 책을 탔어요."

"학교에서 돌아온 넬리가 어찌나 자랑스럽게 자기 언니에 대해 설명하던지. 넌 정말 재능이 많은 아이야."

슈테피가 말했다.

"그래봤자 무슨 소용이 있겠어요?"

"뭐가 소용없다는 거니?"

"학교 성적이 좋든 나쁘든 말이에요. 김나지움에도 못 가는데요, 뭐."

알마 아줌마가 말했다.

"메르타와 에버트를 이해해야 해. 예테보리에 방을 하나 빌리려면 돈이 아주 많이 들어. 게다가 책이니 뭐니 돈들 일이 많잖아."

"에버트 아저씨는 절 김나지움으로 보내 주셨을 거예요. 메르타 아줌마는 반대하셨지만."

알마 아줌마는 한동안 입을 다물었다.

"메르타 아줌마가 네가 보고 싶을까 봐 예테보리에 안 보내 준다는 생각은 못해 봤지?"

정말 어처구니없는 말이어서 슈테피는 웃고 말았다. 메르타 아줌마가 슈테피를 보고 싶어할 거라니!

슈테피가 말했다.

"메르타 아줌마는 절 좋아하지 않으세요. 왜 날 받아들이셨는지 모르겠이요."

알마 아줌마가 물었다.

"아줌마가 네게 안나 리사에 대해 말해 주든? 아니면 에버트 아저씨라도?"

"아뇨. 그게 누구죠?"

알마 아줌마가 대답했다.

"안나 리사는 메르타와 에버트의 딸이었어. 유일한 자식이었지."

"난 두 분에게 자식이 없는 줄 알았는데요?"

알마 아줌마가 말했다.

"십사 년 전에 죽었단다. 열두 살의 나이로 죽었지."

"왜 죽었어요?"

"안나 리사는 몸이 약한 아이였어. 어린아이였을 때부터 자주 아팠어. 메르타는 항상 그 아이를 잘 보살피고 돌보았지. 그 아이가 열한 살이 되었을 때 결핵에 걸렸다는 사실을 알게 되었어. 마지막 반 년은 베스터예트란드의 한 요양소에서 지냈어. 숲 속의 신선한 공기가 건강에 좋을 거라고 의사가 말했지. 하지만 아무 소용없었어."

슈테피가 말했다.

"모자하고 썰매."

"무슨 말이니?"

"내게 준 물건 말이에요. 그 아이 것이었군요."

겨울 내내 쓰고 다녔던 모자와 장갑이 슈테피가 태어나기도 전에 죽은 소녀의 것이었다고 생각하니 이상한 기분이 들었다. 안나 리사가 모자와 장갑을 써 보기나 했을까? 아니면 메르타 아줌마가 뜨개질을 끝냈을 때는 이미 죽은 후였을까?

슈테피가 물었다.

"왜 진작 말씀하지 않으셨어요? 왜 그 아이의 사진은 하나도 없는 거죠?"

알마 아줌마가 말했다.

"메르타가 힘들어 하니까. 메르타는 그 아이의 사진을 보는 걸 힘들어 해. 아이가 죽고 나서 일 년 이상 메르타는 거의 죽은 사람처럼 지냈어. 하느님에 대한 신앙이 없었더라면 어떻게 되었을지 몰라. 안나 리사가 살아있었을 때의 메르타를 봤어야 했는데. 그때는 완전히 달랐어. 아주 활기차고 대범했지. 말대답도 잘했고, 누가 뭐라고 하면 자기 의견도 곧잘 말했어. 하지만 안나 리사에게는 늘 상냥하게 대했어. 메르타는 안나 리사가 사기로 만들어진 인형이라도 되는 것처럼 살살 다루었어."

"그럼 메르타 아줌마가 왜 나를 데려왔을까요?"

"나도 몰라. 나도 왜 그랬을까, 이미 생각해 봤어. 안나 리사를 살리지 못했기 때문에 다른 아이를 살리고 싶었는지도 몰라."

"왜 나는 이 집에서 살 수가 없죠? 넬리와 나는 한 집에서 살아야 해요. 그렇게 하기로 약속되어 있었어요."

슈테피는 이런 말이 튀어나오려고 했지만 꾹 참았다.

알마 아줌마가 말했다.

"알아. 나도 너희 둘을 다 받아들이고 싶었어. 하지만 시구르드가 원치 않았어. 한 명이면 충분하다는 거지. 그래서 원조기구에 문의해 봤어. 섬에 사는 다른 사람에게 둘 중 한 명을 맡겨도 되냐고. 그럼 적어도 너희 둘이 가까이서 살 수는

있으니까. 메르타는 금방 좋다고 말했어. 어린아이는 원치
않았기 때문에 네가 가게 된 거야."

넬리가 집 뒤쪽에서 불렀다.

"언니. 언니, 이리 와서 내가 뭘 찾았는지 좀 봐!"

알마 아줌마가 웃고는 말했다.

"가서 놀아. 그렇게 골머리를 앓을 필요가 없어. 그냥 있는
그대로 받아들이고 최선을 다하면 돼."

슈테피는 집을 돌아 뒤쪽으로 갔다. 넬리와 아이들이 알마
아줌마의 감자밭에서 통통한 지렁이를 찾아냈다. 지렁이는
넬리의 엄지와 검지 사이에 매달려 있었다.

넬리가 흥분해서 말했다.

"이것 봐. 정말 징그럽지! 한번 만져 볼 수 있어, 언니?"

슈테피는 넬리의 손에서 지렁이를 붙잡았다. 지렁이는 손
가락 사이에서 꿈틀거렸다.

슈테피가 말했다.

"돌려보내자. 지렁이는 땅으로 돌아가고 싶어해."

슈테피는 감자밭으로 지렁이를 조심스럽게 내려놓았다.
지렁이는 금방 땅 속으로 사라졌다.

욘이 말했다.

"지렁이가 집으로 돌아갔어."

슈테피가 그만 집으로 가려고 하자 알마 아줌마가 슈테피

를 집 안으로 불러들였다.

"줄 게 있어."

알마 아줌마가 몰래 말했다. 부엌 식탁에는 납작하고 부드러운 상자가 놓여 있었다.

"내 거예요?"

"응."

"근데 왜죠…… 내 생일은 칠월인데."

"알아. 하지만 지금 필요한 물건이라서. 안 열어 볼 거야?"

슈테피는 끈을 풀고 상자를 열었다. 안에는 수영복이 들어 있었다. 하얀 물방울 무늬가 있는 빨간 수영복으로 목 부위에는 가장자리 장식이 달려 있었다.

"정말 예뻐요!"

슈테피는 수영복을 몸에 대 보았다. 딱 맞는 것 같았다.

알마 아줌마가 말했다.

"그래, 잘 맞는구나. 이제 너도 올 여름에는 수영할 수 있어. 하루 종일 해변에 앉아 있을 필요 없어."

슈테피가 물었다.

"안나 리사가 살아 있었더라면 낡은 수영복을 고쳐서 입어야 했을까요?"

"안나 리사가 살아 있었더라면 넌 여기 없었을 거야. 당장 수영복을 입어 보는 게 어때? 잘 맞는지 한번 보자."

알마 아줌마가 이렇게 말하며 웃었다.

슈테피는 넬리 방으로 올라가 수영복을 입었다. 잘 맞았
다. 내일은 수영하러 가야지.

36

지하실은 집 뒤편에 따로 입구가 나 있었다. 매일 아침 슈
테피는 이 문을 나와서 집을 한바퀴 빙 돌아 현관의 돌계단
을 올라갔다. 슈테피는 현관문을 두드린 뒤 잠시 기다렸다.

종종 의사 사모님이 문을 열기도 했지만 대부분은 딸 카린
이 문을 열었다. 문이 열리자마자 푸테가 달려나와 꼬리를
흔들며 슈테피의 무릎과 손을 핥았다. 카린은 현관 앞에 걸
린 끈을 가져와 푸테의 목에 매 주었다.

"내가 할 일이 있어요?"

슈테피는 매번 이렇게 물었다.

슈테피의 할 일은 우체국에 편지를 부치는 일일 수도 있
고, 의사 사모님이 깜빡 잊고 가게에서 주문하지 않은 물건

을 사러 가는 일이 될 수도 있었다. 그 여름에 가게 주인은 배달부를 고용했다. 배달부는 자전거에 작은 수레를 매달아 물건을 싣고 여름 숙박 손님들에게 배달을 다녔다. 그래서 가게에 전화해서 주문만 하면 되었다.

슈테피는 우체국이나 가게에 갈 때면 자전거를 이용했다. 그럴 때면 개 끈을 자전거에 묶어서 푸테도 옆에서 같이 달리게 했다. 자전거를 타지 않을 때는 대개 자전거가 못 다니는 좁은 길로 푸테를 산책시켰다. 푸테는 코를 킁킁거리며 열심히 앞장서 나갔다. 푸테 속도를 맞추려면 슈테피는 거의 뛰어야 할 지경이었다.

슈테피는 푸테를 풀어 주면 안 되지만 가끔씩 그렇게 했다. 슈테피가 막대기를 던지면 푸테는 달려가서 막대기를 주워오는 놀이를 좋아했다. 슈테피가 부르면 푸테는 언제나 곧장 달려왔다. 슈테피가 바위 위에 앉아 있으면 푸테는 슈테피에게 다가와 무릎에 머리를 파묻었다. 그럼 슈테피는 푸테의 귀 뒤와 턱 아래를 쓰다듬어 주어야 했다.

슈테피가 푸테와 산책을 마치고 돌아오면 의사 사모님, 카린, 약혼자는 정원 테이블에 앉아 모닝커피를 마시고 있었다. 에버트 아저씨는 바위 근처의 움푹 들어간 안전한 곳에 이 정원 테이블을 만들어 놓았다. 의사는 일을 하러 다시 예테보리로 돌아갔다. 주말에만 돌아와 이곳에서 지냈다. 스벤은 어디에 있는지 알 수 없었다. 아침에는 늦잠을 자는 모양이라고 슈테피는 생각했다.

하지만 어느 날 아침 슈테피는 푸테를 데리고 시로미 숲과 메마른 들판을 지날 때 스벤을 발견했다. 스벤은 바위 위에 서서 바다를 바라보고 있었다. 다행히 푸테는 줄에 매여 있었다. 슈테피는 이제 푸테를 풀어 주면 안 되겠다고 생각했다. 푸테를 풀어 주었을 때 의사 가족을 만나면 곤란하니까.

스벤이 불렀다.

"안녕. 정말 멋진 아침이야!"

슈테피는 그날 아침이 특별히 멋지다는 생각은 하지 못했다. 태양은 평소처럼 빛났고 바다에서는 바람이 불어왔다.

푸테도 스벤을 발견하고는 좋아서 날뛰었다. 스벤은 바위에서 뛰어내리더니 슈테피와 푸테를 향해 다가왔다. 푸테는 자기를 쓰다듬어 달라고 스벤의 다리 주변을 뛰어다녔다.

"안녕, 푸테. 안녕, 우리 늙은이……."

스벤은 슈테피처럼 부드럽게 푸테를 쓰다듬는 게 아니라 털을 힘껏 움켜잡으며 장난을 쳤다.

스벤이 말했다.

"그냥 풀어 줘도 돼. 내가 있으니까 이젠 멀리 가지 않아."

내가 있을 때도 멀리 가지 않아, 슈테피는 이렇게 말하고 싶었지만 감히 입 밖에 내지는 않았다.

스벤은 푸테와 장난치는 걸 그만두더니 바위 가장자리에 앉았다. 스벤의 발이 슈테피의 앞을 가로막았다. 슈테피는 푸테의 개 끈을 붙잡은 채 그 자리에 서 있었다.

스벤이 말했다.

"바다는 몇 시간이고 쳐다볼 수 있겠어. 계속 변하거든."

슈테피가 말했다.

"음. 그건 날씨에 따라 달라."

슈테피는 스벤이 자기 발을 치워 주기를 바랐다. 그래야 슈테피가 앞으로 갈 수 있으니까.

"넌 바다 안 좋아하니?"

"바다는 너무 커. 난 여기가 섬이 아니었으면 좋겠어. 그래야 연결되었다는 느낌이 들 것 같아."

"뭐하고 연결된다는 거지?"

"모든 것하고. 사람들. 도시."

스벤이 물었다.

"여기 온 지 얼마나 돼?"

"팔월부터니까 십개월 정도 돼."

"가족은 어디 있어?"

"부모님은 아직 빈에 계셔. 여동생은 여기 있지만 다른 집에서 살아."

"네가 함께 사는 얀손 씨 가족은 어때?"

슈테피가 말했다.

"좋은 사람들이야."

스벤이 말했다.

"넌 얀손 씨 가족과는 어딘가 다른 것 같아. 물론 그렇다고 네가 혼자 지내야 한다는 말은 아니야."

푸테는 낑낑 소리를 내며 줄을 잡아당겼다.

슈테피가 말했다.

"이제 그만 가야 해."

스벤이 말했다.

"기다려 봐. 읽어 줄 게 있어."

스벤은 등에 멘 작은 배낭을 내려놓더니 안을 뒤적여 구겨진 버터 빵 봉지, 보온병, 스웨터를 꺼냈다. 그러고는 배낭 맨 밑에 있던 두꺼운 책을 꺼냈다.

스벤이 물었다.

"영어로 된 책이야. 너 영어할 줄 아니?"

"아니."

"괜찮아. 내가 번역해 줄게."

스벤은 책장을 넘기며 원하는 구절을 찾았다.

"어떤 인간도 스스로 섬이 될 수 없다. 인간은 누구나 육지의 일부다. 인류라는 전체에 속하기 마련이다……."

슈테피는 조용히 귀를 기울였다. 글을 읽는 스벤의 목소리는 말할 때와는 다르게 들렸다. 더 깊고 더 조용했다.

"……누군가의 죽음이 나를 슬프게 만든다. 그건 나도 인류의 일부이기 때문이다. 그러니 전령을 보내 이렇게 묻지 않도록 하라. 누구를 위하여 종을 울리느냐고. 종은 바로 그대를 위하여 울리리니."

스벤은 입을 다물더니 고개를 들었다. 두 사람은 잠시 가만히 있었다. 곧 스벤은 책을 덮었다.

스벤이 말했다.

"그게 다야. 네가 너무 어려서 이해 못할지도 모르겠어."

슈테피가 말했다.

"이해해. 누가 쓴 책이야?"

스벤이 대답했다.

"헤밍웨이라는 미국 작가야. 근데 내가 읽어 준 부분은 17세기에 영국에서 살았던 존 던이라는 시인의 시를 인용한 부분이야. 좀 더 커서 영어를 배우면 이 책을 읽을 수 있을 거야."

슈테피가 말했다.

"난 영어 안 배울 거야."

"왜? 네가 스웨덴어하는 걸 보면 외국어를 쉽게 배울 것 같은데."

"난 이제 학교 안 다녀. 가을이 되면 가사 학교에 다닐 거

314

야. 양부모님은 날 김나지움에 보낼 형편이 못 돼."

스벤이 말했다.

"안 됐구나. 넌 공부해야 해. 읽고, 쓰고, 생각해야 해."

스벤은 책과 다른 물건들을 다시 배낭에 넣었다.

"원하면 책을 빌려 줄게. 몇 권 더 가져왔어. 아빠가 오실 때 책을 좀 더 가져오라고 부탁할 수 있어. 원한다면 독일어 책도 빌려 줄 수 있어."

"정말? 읽고 싶어!"

"원하면 언제든지 내 방으로 와. 혹시 내가 네 방에서 자는 거니?"

"응."

스벤이 물었다.

"방에 붙은 예수 그림, 네가 원한 거니?"

슈테피는 힘주어 대답했다.

"아니."

스벤이 말했다.

"내가 벽 쪽으로 돌려놨어."

"얀손 부인에게는 말하지 마. 원한다면 내가 일부러 떨어 뜨려서 깨버릴 수도 있어."

슈테피는 웃었다.

"그럴 필요까지는 없어."

스벤은 다시 진지해졌다.

"하루는 밤에 너무 더워서 통풍기를 열었더니 안이 꽉 막혀 있더라. 종이가 구겨진 채 쑤셔 박혀 있었어. 편지였어. 독일어로 쓴 걸 보니까 네 편지였던 것 같은데."

섬에 온 첫날밤에 쓴 편지였다. 엄마 아빠에게 이렇게 쓴 편지였다.

"날 데려가 줘요. 안 그러면 죽을 것 같아."

슈테피는 얼굴이 빨개졌다.

스벤이 말했다.

"읽진 않았어. 맹세해. 그 편지 다시 줄까?"

슈테피가 말했다.

"아니. 갖다 버려. 아니면 태우든가. 하지만 아무도 못 읽게 해 줘. 이제 가 봐야 해. 푸테가 가자고 난리야."

슈테피가 약간 멀어지자 스벤이 뒤에다 대고 외쳤다.

"이름이 뭐라고 했지?"

"슈테파니."

왜 그냥 슈테피라고 하지 않았는지 자신도 알 수 없었다. 슈테파니가 좀 더 어른스럽게 들려서 그랬는지도 모르겠다.

"예쁜 이름이네."

스벤이 소리쳤다.

"안녕, 슈테파니."

그날 오후에 슈테피는 넬리와 수영하러 갔다. 슈테피는 메르타 아줌마의 자전거에 넬리를 태워 보려 했지만 잘 되지 않았다. 언덕을 올라갈 때는 무거워서 비틀거렸다.

해변에서는 넬리의 친구 소냐를 만났다. 세 사람은 수건을 펴놓고 그 위에서 일광욕을 즐겼다. 바닷물은 차가웠지만 잠깐 들어가 있으면 아주 기분이 좋았다.

저쪽 바위 위에는 실비아와 바브로가 남자 애 두 명과 함께 일광욕을 하고 있었다. 슈테피가 모르는 남자 애들이었다. 여름 숙박 손님인가 보다.

37

하지를 며칠 앞둔 어느 날, 슈테피는 숙박 손님들에게 줄 비스킷을 사기 위해 자전거를 타고 가게에 갔다. 푸테는 평상시처럼 자전거 옆에서 달렸다.

가게 마당을 둘러싼 담장 위에는 아이들이 몇 명 앉아 있었다. 아이들 한가운데는 실비아와 바브로가 있었고, 그 옆으로는 숙박 손님인 남자 아이 두 명이 있었다. 한 남자 아이는 어찌나 짙은 금발이었던지 짧게 자른 머리가 거의 하얗게 보일 정도였다. 또 한 명은 좀 더 머리가 검고 얼굴에는 주근깨가 가득했다.

베라도 함께 있었다. 베라는 다른 아이들과 약간 떨어져서 민들레로 화관을 엮고 있었다.

슈테피는 자전거를 세우고 가게 벽에 붙은 고리에 푸테를 묶었다. 실비아와 바브로는 남자 아이들과 속삭이며 킬킬 웃었다. 가게 문을 열고 들어가던 슈테피는 아이들이 쳐다보는 시선을 느꼈다.

슈테피가 계산을 하는 동안 밖에서 푸테가 짖는 소리가 들렸다.

가게 주인이 화를 내며 물었다.

"네 개가 지금 짖고 있는 게냐?"

"내 개는 아니에요. 내가 그냥 산책시키는 중이에요."

"좀 조용히 시켜라."

슈테피는 비스킷 봉지를 가방에 넣고는 계단을 내려왔다. 실비아, 바브로, 남자 아이 두 명이 푸테를 동그랗게 둘러싸고 있었다. 푸테가 버둥거려도 물리지 않을 정도로 적당한 거리를 유지한 채. 베라는 여전히 담장 위에 있었다.

슈테피는 가까이 다가갔다. 그제야 금발머리 남자 아이가 손에 뭘 들고 있는지 보였다. 실 끝에 묶은 각설탕 한 조각이었다. 그 아이는 푸테의 입 위로 설탕 조각을 흔들어 보이다가 푸테가 먹으려고 달려들면 매번 실을 뒤로 잡아당겼다. 푸테는 약이 올라 짖어댔다.

슈테피가 말했다.

"푸테를 그냥 내버려 둬."

설탕 조각을 든 남자 아이가 말했다.

"푸테. 이 똥개 이름이 푸테야?"

바브로가 따라 하며 킬킬 웃었다.

"푸테."

슈테피가 말했다.

"이건 똥개가 아냐. 족보가 있는 개야."

그 남자 아이가 물었다.

"순종이란 말이야?"

슈테피는 푸테의 끈을 고리에서 풀기 위해 한 발짝 앞으로 다가갔다. 그러나 그 남자 아이가 슈테피를 막아섰다. 푸테는 계속 짖어대며 줄을 잡아당겼다.

실비아가 말했다.

"시끄러. 조용해."

그러면서 실비아는 푸테의 입을 힘껏 때렸다. 푸테가 깽깽거렸다.

슈테피가 소리질렀다.

"푸테에게 손대지 마!"

지금까지 조용히 있던 다른 남자 아이가 말했다.

"와우. 기분이 나쁜 모양인데."

금발머리 남자 아이가 말했다.

"이 똥개처럼 말이지. 저 여자애도 족보가 있을 것 같니?"

실비아와 바브로가 킥킥 웃었다.

주근깨투성이 남자 아이가 말했다.

"순종이야. 최상급이지."

슈테피는 그만 그 자리를 피하고 싶었다. 하지만 푸테는 데려가야 했다.

슈테피는 앞을 가로막고 있는 남자 아이에게 말했다.

"좀 비켜 줘."

금발머리는 조금도 움직이지 않았다.

금발머리가 말했다.

"너희들 들었냐? 이 애가 하는 말을 들었어? 좀 비켜 줘? 이따위 애가 스웨덴에 와서는 우리더러 스웨덴어로 이래라저래라 할 수 있는 거야?"

실비아가 말했다.

"너나 비키시지. 도대체 스웨덴에는 왜 온 거야?"

주근깨투성이가 말했다.

"우린 네가 여기 왜 왔는지 다 알아. 너희는 돈과 보석을 들고 독일에서 도망쳐 왔어. 독일에서 그랬던 것처럼 우리나라 땅을 몽땅 사들일 수 있을 거라고 생각했겠지. 하지만 마음대로 안 될걸. 곧 독일군이 와서 너희 같은 사람들을 어떻게 해 줄 거야. 이 빌어먹을 유대인 같으니라고!"

순간 슈테피는 그 자리에 얼어붙은 것 같았다. 그러다가 슈테피는 그 남자 아이에게 달려들어 주근깨 사이로 보이는 입을 마구 때렸다. 그러고는 주먹으로 가슴을 때리고 정강이를 걷어찼다.

남자 아이는 갑자기 기습을 당하는 바람에 처음에는 자신을 방어하지도 못했다. 여자 아이가 때리리라고는 생각도 못한 것이다. 그 남자 아이는 슈테피의 손목을 잡아 흔들며 말했다.

"내 몸에 손대지 마."

이렇게 말하는 그 남자 아이의 목소리는 증오로 가득했다.

"내 몸에 손대지 마. 재수 없어."

남자 아이의 아랫입술에서 피가 뚝뚝 흘러내렸다.

푸테는 으르렁거리며 귀를 세웠다.

남자 아이가 슈테피의 손목을 힘껏 밀쳐내자 슈테피는 자갈 위로 쓰러졌다. 남자 아이는 한 발짝 뒤로 물러났다. 그러자 푸테가 남자 아이의 바짓가랑이를 물어뜯어 바지가 크게 찢어졌다.

남자 아이가 비명을 질렀다.

"아야. 저 똥개가 날 물었어."

그 아이는 성큼성큼 다가가 푸테를 발로 찼다. 푸테는 옆구리에 발길질을 당하자 비명을 질렀다.

슈테피는 푸테에게로 몸을 날렸다. 벽에 붙은 고리까지는 몸이 닿지 않았다. 그래서 슈테피는 푸테의 목에 맨 끈을 풀어 주었다.

슈테피가 소리쳤다.

"도망가, 푸테. 얼른 도망가!"

푸테는 흰색과 갈색이 섞인 화살처럼 쏜살같이 도망쳤다. 슈테피도 몸을 일으켜 푸테를 따라 달려갔다.

거리에 나오자 슈테피는 멈춰 서서 사방을 둘러보았다. 아이들은 쫓아오지 않았다.

슈테피가 소리쳐 불렀다.

"푸테! 이리 와, 푸테!"

푸테는 어디에도 보이지 않았다. 집으로 간 것일까? 아니면 자신을 괴롭히는 폭군을 피해 그냥 아무 곳으로나 달아난 것일까?

슈테피는 다시 소리쳐 불렀다.

"푸테!"

그때 도로가에서 바퀴가 달린 상자를 갖고 노는 꼬마 아이 둘이 눈에 띄었다.

슈테피가 물었다.

"개 한 마리 못 봤니? 갈색과 흰색 점박이 개야. 혼자 돌아다니는 개 못 봤어?"

그 중 한 남자 아이가 말했다.

"봤어. 이쪽으로 달려갔어."

아이는 항구 쪽을 가리켰다. 다른 아이가 브리타가 사는 오른쪽 방향을 가리키며 말했다.

"아냐. 저쪽으로 달려갔어."

푸테를 찾으려면 자전거가 필요했다. 하지만 다시 가게로 가서 자전거를 갖고 올 자신은 없었다.

슈테피는 항구 쪽으로 달려갔다. 푸테의 흔적은 어디에도 없었다. 슈테피는 의자에 앉아 일광욕을 하는 노인들에게 물어보았다. 아무도 혼자 돌아다니는 개를 본 사람이 없었다. 슈테피는 다시 꼬마 아이들이 놀고 있던 사거리까지 달려왔다. 그러고는 브리타 집을 향해 지름길로 갔다.

브리타는 무릎을 꿇은 채 화단에서 잡초를 뽑고 있었다.

슈테피가 숨을 헐떡이며 말했다.

"안녕. 개가 지나가는 것 봤니? 약 십 분 전에?"

브리타가 말했다.

"지금 막 나온 길이야. 어떤 갠데?"

슈테피는 브리타의 말에 대답할 시간이 없었다.

브리타의 집이 있는 이 길은 노란 집에서 끝났다. 빨랫줄에 막 빨래를 널고 있던 여자는 조금 전에 개가 달려가는 걸 봤다고 했다.

"뭔가 홱 하고 지나갔어. 그게 네 개였니?"

슈테피는 긴 설명을 피하기 위해 여자에게 그냥 자기 개라고 대답했다.

"네."

그 여자가 말했다.

"마당을 가로질러 가면 더 빨리 갈 수 있어."

슈테피는 그 집 마당을 가로질러 초원까지 달려가 도랑을 건넜다. 발을 잘못 내딛는 바람에 샌들 한쪽이 진흙탕에 빠졌다.

슈테피가 소리쳐 불렀다.

"푸테. 푸테!"

슈테피는 몇 시간 동안 푸테를 찾아 헤맸지만 푸테는 어디에도 보이지 않았다. 한번은 노간주나무 뒤에서 개 짖는 소리가 들린 것 같아 달려가 봤지만 아무것도 없었다.

마침내 슈테피는 포기하고 바위에 앉았다. 계속 뛰어다니느라 몸이 피곤했다. 맨 다리는 상처투성이였다.

이제 어떻게 해야 할까? 푸테는 없어졌고, 그건 슈테피 잘못이었다. 게다가 슈테피는 싸움까지 했다. 그것도 여름 숙박 손님과. 그 아이의 입술을 때렸다. 또 푸테는 슈테피를 지키느라 그 아이의 바지까지 물어뜯었다.

푸테는 도시에서 자란 개다. 자연 속에서 마음대로 돌아다니는 일에는 익숙하지 않다. 어딘가 헤매고 있거나 다리가 부러졌을 수도 있다. 푸테를 다시 찾으려면 시간이 오래 걸릴 수도 있다. 푸테는 굶어 죽을 수도 있다. 여우가 와서 잡아갈 수도 있다. 아니면 벌써 죽었을지도 모른다.

메르타 아줌마는 몹시 화를 낼 것이다. 아줌마는 사람들을 찾아다니며 용서를 빌어야 할 것이다. 의사 사모님, 카린, 주근깨투성이 남자 아이, 그리고 예수님에게.

슈테피는 절대 이 남자 아이에게 용서를 빌지 않을 생각이었다. 자기에게 그런 말을 한 아이에게는. 슈테피는 그 아이에게 아무 잘못도 하지 않았다. 하지만 어떻게 하다가 싸움이 일어났는지 슈테피가 설명한다고 해도 아무도 슈테피 말을 믿지 않을 것이다. 슈테피는 혼자였고, 상대는 네 명이었다. 게다가 실비아나 바브로는 뻔뻔하게 거짓말을 할 게 틀림없었다.

게다가 슈테피는 그 남자 아이가 뭐라고 말했는지 다른 사람에게 설명하고 싶지도 않았다. 아무에게도. 슈테피는 창피했다. 자기 잘못 때문에 일어난 일은 아니었지만 그래도 창피했다.

슈테피는 집으로 갈 수 없었다.

밤에 밖에서 자도 될 만큼 날씨는 따뜻했다. 하지만 슈테피는 먹을 게 필요했다. 밤이 될 때까지 기다렸다가 아무도 안 볼 때 지하실 창고로 숨어 들어가면 된다.

주머니에는 비스킷 한 봉지도 있었다. 이걸로 하루를 버틸 수 있다. 어차피 비스킷은 다 부스러지고 말았다. 남자 아이가 밀 때 슈테피가 비스킷 봉지 위로 넘어졌나 보다. 슈테피는 봉지를 뜯어 비스킷을 하나 꺼냈다. 나머지는 진짜 배가 고플 때까지 아껴 먹기로 했다.

38

하루가 이렇게 길 수 있다니! 시간이 지나면서 태양은 섬의 동쪽에서부터 조금씩 움직이더니 하늘 꼭대기에 걸렸다. 그러다가 태양은 아주 천천히 다시 서쪽으로 움직였다.

슈테피는 몇 번이나 푸테가 짖는 소리가 들리는 것 같았다. 하지만 그냥 상상이었나 보다. 어쨌든 푸테는 전혀 보이지 않았다. 배에서 꼬르륵 소리가 났다. 한번씩 비스킷을 먹으면 한동안은 배고픔을 잊을 수 있었다.

그날은 더웠다. 태양은 하늘에서 이글거렸고, 가벼운 바람도 더위를 식혀 주지 못했다. 슈테피는 갈증이 났다.

슈테피는 처음 섬에 왔을 때 종종 그랬던 것처럼 외딴 섬에 난파당한 사람이 되어 보기로 했다. 외딴 섬에는 배부르게 먹을 수 있고 갈증도 풀어 주는 맛있는 과일나무들이 있어야 한다. 슈테피는 베라가 가르쳐 준 나무딸기 덤불이 생각났다. 하지만 이제 6월이어서 덤불은 흰 꽃들로만 덮여 있을 뿐 아직 열매는 열리지 않았다.

나무딸기 덤불 뒤의 바위틈은 어둡고 깊었다. 그곳에는 햇빛이 들지 않았다.

슈테피는 바위틈까지 몇 발짝 조심스럽게 다가갔다. 바위틈 안의 공기는 차갑고 눅눅했다. 발밑으로는 모래 같은 부드러운 땅이 밟혔다.

좀 더 들어가 보니 물이 졸졸 흐르는 소리가 들렸다. 돌에서 물이 스며 나와 바위로 떨어지고 있었다. 슈테피는 손을 동그랗게 모아 물줄기 아래 갖다대어 홀짝홀짝 물을 마셨다. 물에서는 흙과 금속 냄새가 약하게 났지만 맛은 괜찮았다.

바위틈 반대쪽으로 빠져나가기 전에 작은 동굴 같은 곳이 나왔다. 이곳에는 모래바닥에 풀이 듬성듬성 나 있었는데 그늘이 지고 시원했다.

슈테피는 땅 위에 누웠다. 풀은 맨 팔과 다리를 간질였다. 아주 조용했다. 이 안에서는 파도 소리도 들리지 않았다. 들리는 소리라고는 끊임없는 귀뚜라미의 울음소리뿐이었다.

슈테피는 동굴 속에 한참 있었다. 좀 자다가 이런저런 생각을 하기도 했다. 비스킷도 하나 먹었다. 계속 한 개씩만 먹었다.

마침내 슈테피는 추위를 타기 시작했다. 슈테피는 자리에서 일어났다. 몸이 아주 뻣뻣하게 굳었다. 슈테피는 바위 입구 쪽으로 다시 돌아와 얼굴을 씻고 물도 더 마셨다. 이상하게도 배는 고프지 않았지만 힘이 없고 현기증이 났다.

태양은 서쪽 바다로 내려앉았다. 마지막에는 어찌나 빨리 지던지 마치 바닷속으로 미끄러지는 것 같았다. 하늘은 맑고 연한 파스텔 색조로 빛났다. 분홍색, 연보라, 연파랑, 회색빛이 섞인 것 같았다. 태양이 사라지기 직전, 바다는 검붉은 안개에 휩싸였다.

공기는 더 차가워졌다. 슈테피는 달달 떨었다. 따뜻하게 걸칠 만한 게 필요했다. 보트 창고에 가면 낡은 이불이나 스웨터 같은 게 있을지도 모른다.

날이 어두워졌다. 하늘은 검푸르게 변했고, 서쪽 하늘에만 빛줄기가 하나 보였다. 메르타 아줌마는 틀림없이 잠자리에 들었을 것이다. 아줌마는 매일 밤 10시에 잠자리에 든다. 여름이나 겨울이나. 여름 숙박 손님은 물론 아직 깨어 있을지도 모른다. 하지만 위험은 피하는 게 좋다. 슈테피는 몹시 배도 고프고 춥기도 해서 더는 오래 기다릴 수가 없었다.

슈테피는 천천히 해변을 따라 바닷가 집을 향해 갔다. 어둠 속에서 하얀 집은 스스로 빛을 내는 것처럼 보였다. 창문은 어두웠고, 2층에 있는 슈테피 방에만 아직 불이 켜져 있었다. 스벤은 아직 자지 않는 게 분명했다. 침대에 누워 책을 읽고 있겠지. 이제 슈테피는 절대 스벤에게서 책을 못 빌리게 될 것이다.

지하실 창고 문을 열자 삐걱거리는 소리가 났다. 슈테피는 얼른 통조림 몇 개, 잼 한 통, 당근 몇 개를 집어 종이봉투에 쑤셔 넣었다.

이젠 진짜 도둑이 되었네, 슈테피가 생각했다.

슈테피는 물통에 물을 채워야 했다.

창고 선반 맨 위쪽에 빈 병과 잔들이 놓여 있었다. 거기까지는 팔이 닿지 않아 슈테피는 의자 위에 올라서야 했다. 병으로 손을 뻗었을 때 그만 균형을 잃는 바람에 선반을 붙잡아야 했다. 한순간 비틀거린 슈테피는 병과 잔 들이 슈테피 위로 쏟아져서 바닥에 떨어져 깨지는 줄 알았다.

다행이었다. 선반은 그대로 무사했다. 슈테피는 병을 꺼낸 뒤 의자에서 내려왔다. 먹을 것이 든 종이봉투는 문 앞에 놓아두었다. 이제 병에 물만 채우면 된다.

슈테피는 집 모퉁이를 살금살금 돌다가 그만 멈춰 섰다. 지하실 창문에 불이 켜져 있었다! 우물로 가려면 창문 앞을 지나야만 했다. 그래서 슈테피는 벽에 딱 붙어서 창문 밑으로 기어가기로 했다. 창문은 벽에서 채 1미터 높이도 되지 않았다.

슈테피는 한걸음씩 조심스럽게 창문 밑으로 기어갔다. 하지만 궁금증을 참을 수가 없던 슈테피는 고개를 들어 창문 안을 들여다보았다. 지하 침실에는 불이 빛났다. 메르타 아줌마는 침대 가장자리에 앉아 있었다. 잠옷을 입은 아줌마의 길게 땋은 머리는 등 뒤로 내려와 있었다. 슈테피는 지금까지 머리를 틀어 올린 아줌마 모습만 보아 왔다.

메르타 아줌마는 고개를 숙인 채 앉아 있었다. 물론 어림없는 말이지만 아줌마는 정말로 우는 것처럼 보였다.

슈테피는 좀 더 잘 보기 위해 목을 뺐다. 그 순간 메르타 아줌마도 고개를 들어 창밖을 내다보았다. 슈테피는 얼른 몸을 숙였지만 이미 늦었다.

메르타 아줌마가 소리질렀다.

"누구세요? 거기 누구 있어요?"

슈테피는 메르타 아줌마가 밖으로 나오기 전에 음식 봉투를 들고 도망갈 수도 있었다.

슈테피는 몸을 일으키며 말했다.

"저예요."

메르타 아줌마는 슈테피를 야단치지 않았다. 슈테피를 지하실 부엌으로 데려와 버터 빵을 주고 코코아를 타 주었다.

아줌마가 말했다.

"먹어. 배가 몹시 고플 텐데."

슈테피가 나지막이 말했다.

"지하 창고에서 먹을 것을 꺼냈어요. 밖에 종이봉투 안에 있어요."

메르타 아줌마가 물었다.

"도망가려고 했니? 어디로 가려고 했는데?"

슈테피는 뭐라고 대답해야 할지 몰랐다. 아주 많은 일들이 일어났고, 또 몹시 피곤했다.

"남자 아이들이 몇 명 있었어요."

슈테피가 말을 시작했다.

"가게에요."

메르타 아줌마가 말했디.

"설명할 필요 없어. 무슨 일이 있었는지 나도 다 알아."

버터 빵 조각이 슈테피 목구멍에 걸렸다. 누군가 슈테피가 한 짓을 메르타 아줌마에게 다 일렀다. 가게 주인이 일렀을 까? 아니면 그 남자 아이들의 부모가? 의사 사모님도 푸테에 대해 당연히 물었겠지. 음식을 다 먹고 나면 야단을 맞을 테고, 내일은 용서를 빌러 다녀야 할 것이다.

메르타 아줌마가 말했다.

"베라가 자전거를 갖다 놨어. 베라 헤드베리 말이야. 베라는 네가 집으로 온 줄 알더라. 베라가 다 이야기해 줬어."

슈테피가 말했다.

"푸테를 풀어 줘야 했어요. 내 생각에…… 내 생각에 푸테는 죽은 것 같아요."

메르타 아줌마가 말했다.

"죽었다고? 푸테는 나만큼이나 멀쩡해. 푸테는 벌써 아침 열 시쯤에 다리를 절룩거리며 집에 왔어. 다리를 다친 것 같은데 의사 사모님이 괜찮다고 하셨어."

그러자 슈테피는 울음을 터뜨렸다. 식탁에 팔을 대고 엎드려서 흐느꼈다.

메르타 아줌마가 말했다.

"넌 정말 알 수 없는 애구나. 개가 안 죽었다고 해서 우는 거니?"

메르타 아줌마는 말은 그렇게 했지만 목소리는 더 부드러워졌다.

슈테피는 흐느끼면서 겨우 말을 내뱉었다.

"미미가 죽었어요."

메르타 아줌마는 휴지를 주며 말했다.

"코부터 풀어. 그리고 나서 하고 싶은 말을 하렴."

그러자 슈테피는 무장한 남자들이 왔던 그날 밤에 대해 설명했다. 아빠를 데려간 그날 밤이었다.

"남자들이 우리 집 대문을 두드렸지만 우린 열어 주지 않앞어요. 그러자 남자들이 문을 부숴 버렸어요. 아주 많았어요. 한 열 명쯤이었던 것 같아요. 모두 권총을 갖고 있었지만 군복은 입지 않았어요. 몇 명이 우리 방으로 왔어요. 일어나서 복도로 나오라고 했어요. 엄마는 넬리와 내게 슬리퍼를 주려고 했지만 남자들이 허락하지 않았어요. 우린 모두 복도에 나가 줄을 서야 했어요. 집 안에 있던 사람들 모두 말이에요. 엄마, 아빠, 넬리, 나, 어린 아기를 안은 골드베르그 부부, 늙은 실버스타인 부인과 눈먼 아들, 라이히 부부와 세 자녀 모두요. 바닥은 아주 차가웠어요. 남자들 중 책임자로 보이는 사람이 계속 우리 앞을 왔다갔다했어요. 한번씩 권총으로 사람들을 건드리기도 했어요."

"그게 가능한 일일까?"

메르타 아줌마의 목소리는 슈테피가 아니라 자기 자신에게 질문하는 것처럼 들렸다.

"미미가 끙끙거리기 시작했어요. 미미도 가만 있을 수가 없었나 봐요! 미미는 남자들이 데려 온 개들이 무서웠나 봐요. 남자들은 커다란 셰퍼드 두 마리를 데리고 왔거든요. '이집에 개가 있나?' 한 남자가 물었어요. '유대 놈들은 애완동물 키우는 게 금지라는 걸 모르나?' 아빠가 말했어요. '개는 아이들 것입니다.' 그러자 남자가 총을 쐈어요. 미미는 쓰러지더니 다리를 버둥거렸어요. 잠시 후 미미는 잠잠해졌어요.

바닥에는 피가 흘렀어요. 내 발에도 피가 묻었어요."

메르타 아줌마가 말했다.

"아가야. 가련한 아가."

아줌마는 슈테피의 머리를 어루만져 주었다.

"그만 가서 자렴. 여기서는 아무도 네게 나쁜 짓을 못해."

39

커피 향이 슈테피의 코를 찔렀다. 슈테피는 눈을 떴다. 메르다 아줌마는 화덕에 서서 파란 꽃무늬 잔에 커피를 따르고 있었다.

메르타 아줌마의 목소리는 평소처럼 차갑게 들렸다.

"아하, 드디어 일어나셨어?"

모든 게 꿈이었나 보다. 메르타 아줌마가 어제 부드럽고 친절한 목소리로 슈테피와 이야기를 나눈 것도, 슈테피의 머리를 어루만져 준 것도, 모두 슈테피가 꿈꾼 게 틀림없었다.

슈테피는 식탁 의자에서 몸을 일으키며 말했다.

"얼른 일어날게요."

메르타 아줌마가 말했다.

"그래라. 예쁜 옷을 입어. 가게 집의 숙박 손님을 방문하러 갈 거니까."

이 말이 의미하는 것은 한가지 밖에 없다. 슈테피는 주근 깨투성이 남자 아이에게 용서를 빌어야 한다.

"꼭 그래야 해요?"

하지만 메르타 아줌마는 침대를 정리하러 벌써 옆방으로 가고 없었다.

슈테피는 옷을 갈아입고 버터 빵을 먹었다. 슈테피는 배가 고프지 않았지만 억지로 빵을 먹으면서 시간을 벌었다. 그러고 나서 거울 앞에서 꼼꼼하게 머리를 빗었다.

메르타 아줌마는 안달했다.

"빨리 끝낼 수 없니?"

슈테피가 말했다.

"그럴게요. 머리핀을 못 찾겠어요."

슈테피는 머리핀이 어디 있는지 다 알고 있었다. 어제 입었던 옷의 주머니에 있었다. 메르타 아줌마는 다른 핀을 찾아 주었다.

아줌마가 말했다.

"이제 가자."

집 앞에는 스벤이 푸테의 배를 어루만지고 있었다. 푸테는 다리를 하늘로 뻗은 채 등을 대고 누워 있었다. 다리 하나에는 붕대가 감겨 있었다.

슈테피가 물었다.

"푸테는 어때?"

스벤이 말했다.

"아주 좋아. 다리가 부러진 건 아냐. 약간 부어올랐을 뿐이
야. 곧 괜찮아질 거야."

슈테피는 푸테를 쓰다듬었다.

스벤이 물었다

"무슨 일이 있었어?"

메르타 아줌마가 대화에 끼어들었다.

"그만 가자. 그건 나중에 얘기해도 돼."

슈테피는 짐칸 뒤에 올라탔다. 처음 섬에 오던 날처럼. 두
사람이 가게 앞 갈림길에 도착하자 길가 바위 위에 앉아 있
던 베라가 일어섰다. 거기서 기다리고 있었던 모양이다.

메르타 아줌마는 가게까지 자전거를 밀고 갔다.

아줌마가 말했다.

"자, 베라야. 내가 한 말 생각해 봤니?"

베라가 고개를 끄덕였다.

메르타 아줌마는 가게로 들어가는 대신 정원 문을 열었다.
가게 주인이 계단을 내려왔다.

"안녕하세요? 무슨 일이시죠?"

메르타 아줌마가 대답했다.

"안녕하세요? 여름 숙박 손님에게 볼일이 있어서요."

가게 주인이 말했다.

"아, 그러시군요. 네, 벌써 일어나셨을 겁니다."

메르타 아줌마는 씩씩거리며 말했다.

"그렇길 바랍니다. 벌써 훤한 오전인 걸요!"

메르타 아줌마는 정원 안으로 성큼성큼 걸어갔다. 슈테피
와 베라가 뒤따랐다. 가게 주인도 따라왔다.

여름 숙박 손님은 정원 테이블에 앉아 아침을 먹고 있었
다. 남자 아이 둘과 오빠만큼이나 주근깨가 많은 여동생도
있었다. 아빠로 보이는 남자는 키가 크고 몸집이 떡 벌어졌
으며 거의 대머리였다. 좀 더 젊어 보이는 부인은 파마를 한
금발머리였다. 흰색 앞치마를 두른 젊은 여자가 시중을 들고
있었다.

가게 주인이 말했다.

"실례합니다. 손님이 찾아오셨어요."

메르타 아줌마가 말했다.

"메르타 얀손입니다. 여긴 내 양딸 슈테파니입니다."

남자가 말했다.

"아, 네. 그래서요?"

부인이 당황하며 말했다.

"좀 기다려 주시면 안 될까요? 아직 아침을 먹는 중이라서요."

주근깨투성이 소년은 차마 슈테피를 바라보지 못했다. 접시만 뚫어지게 쳐다보면서 오트밀만 열심히 입에 퍼 넣고 있었다.

메르타 아줌마가 말했다.

"편하게 드세요. 기다리지요."

실비아가 가게 뒷문으로 나왔다. 정원 테이블에서 약간 떨어진 꽃밭에서 잡초를 뽑는 척했다.

남자가 말했다.

"말도 안 돼. 자, 그냥 말씀하세요!"

메르타 아줌마가 말했다.

"당신 아드님 때문에 왔습니다."

남자가 말했다.

"그렇군요. 라그나? 이 여자 아이였니?"

주근깨투성이는 올려다보지도 않고 웅얼거렸다.

"네."

숟가락이 접시 위로 철거덕거리며 떨어졌다.

남자가 말했다.

"까다롭게 굴지는 않겠어요. 바지가 찢어졌지만 보상을 요구하지는 않겠습니다. 사과로 충분해요."

부인이 화를 내며 말했다.

"새로 산 바진데. 셔츠에도 핏자국이 묻었어요. 저 여자 아이는 정상이라고 볼 수가 없군요!"

메르타 아줌마는 아주 천천히 또박또박 말했다.

"여기서 사과를 해야 하는 사람이 있다면, 그건 슈테파니가 아닙니다."

남자가 다시 물었다.

"그래요? 그럼 누구죠?"

메르타 아줌마가 말했다.

"슈테피가 아드님을 왜 때렸는지는 설명 안 한 모양이군요. 아니면 했나요?"

남자가 말했다.

"안 했어요."

남자는 메르타 아줌마가 성가신 파리라도 되는 듯 손을 휘휘 내젓는 동작을 취했다.

메르타 아줌마가 말했다.

"그럼 제가 설명 드리지요. 슈테피가 아드님을 때린 것은 아드님이 '빌어먹을 유대인'이라고 말하면서 독일군이 이리 와서 슈테피를 잡아갈 거라고 말했기 때문입니다."

남자는 얼굴이 빨개졌다. 남자가 어찌나 테이블을 세게 쳤던지 커피 잔이 흔들거리고 나이프와 포크가 쩔렁거릴 정도였다.

남자가 아들에게 물었다.

"사실이야?"

한 남자 아이가 말했다.

"아니에요. 저 애가 거짓말하는 거예요. 맞지? 군나르?"

동생은 어깨를 으쓱했다.

"난 아무것도 못 들었어."

메르타 아줌마가 말했다.

"아, 정말. 교양 있는 사람들이라면 사실대로 말하라고 교육시켜야 하는 거 아닌가요?"

남자가 말했다.

"시로 말이 다를 수 있죠. 당신 양딸이 나중에 변명거리를 지어 냈을 수도 있죠."

메르타 아줌마가 불렀다.

"베라, 슈테피가 한 말이 사실이니? 아니면 이 남자 아이가 한 말이 사실이니?"

베라는 작은 목소리로 빠르게 대답했다.

"저 애가 슈테피에게…… 저 애가 슈테피에게 그렇게 말했어요. 그리고 나서 작은 개를 걷어찼어요."

메르타 아줌마가 말했다.

"베라가 어제 오후에 우리 집에 찾아왔어요. 그때는 베라도, 나도 슈테피와 아직 얘기를 못해 본 상태였어요. 슈테피는 도망가서 숨어 있었거든요. 베라가 무슨 일이 있었는지 내게 얘기해 줬어요. 베라는 내가 몰랐던 몇 가지도 더 얘기해 줬어요. 하지만 그 문제에 대해서는……."

메르타 아줌마는 가게 주인과 실비아를 바라보며 말했다.

"나중에 다시 얘기하지요."

남자가 말했다.

"라그나. 저 여자 아이와 얀손 부인이 하는 말이 사실이니?"

남자 아이는 고개를 끄덕였다.

"아빠가 그렇게 말씀하셨잖아요……."

남자가 버럭 소리를 질렀다.

"입 닥쳐!"

"앞으로는 절대로 내 딸아이에게 그런 소리를 안 했으면 좋겠어요. 아드님도 예의바르게 행동하길 바라요. 그러니까 사과는 못합니다. 바지 값은 물어 드리죠. 바지가 얼마죠?"

남자는 거부하듯 고개를 흔들어 댔다. 남자 얼굴은 토마토처럼 빨개졌다.

"정말 그럴 필요는 없습니다."

부인이 말했다.

"9크로네 75외레예요."

메르타 아줌마는 지갑을 열어 10크로네를 테이블 가장자리에 놓았다.

메르타 아줌마가 말했다.

"거스름돈은 필요 없어요. 가자, 슈테피."

'내 딸'이라고 아줌마가 말했다. 내 딸이라니! 슈테피가 진짜 아줌마 딸이기라도 한 것처럼!

40

슈테피와 베라는 바닷가 바위 위에 누워 있었다. 슈테피는 알마 아줌마가 선물한 빨간 수영복을 입고 있었고, 베라는 푸른 수영복을 입고 있었다. 두 사람은 막 수영을 끝낸 참이었다.

이제 두 사람은 팔을 옆으로 뻗은 채 등을 대고 나란히 꼭 붙어 누워 있었다. 햇볕에 달궈진 바위가 등을 따뜻하게 덥혀 주었다. 슈테피의 검은 머리카락이 베라의 빨간 머리카락과 뒤엉켰다. 물방울이 맨 살갗 위에서 반짝거렸다.

슈테피는 그 어느 때보다 몸이 그을었다. 베라는 몸이 타지 않았다. 베라는 여름이 시작할 때는 피부가 분홍색이었다. 이제는 하얀 피부가 작은 주근깨로 수북하게 뒤덮였다.

베라가 말했다.

"가을에는 따분할 거야."

베라가 얼른 덧붙였다.

"네가 김나지움에 가고 나면 말이야. 너한테는 물론 잘 된 일이지만."

슈테피가 말했다.

"그래. 하지만 방학이 되면 돌아올 거야. 종종 주말에도 올 거고."

슈테피는 아직도 사실을 믿기가 어려웠다.

메르타 아줌마와 에버트 아저씨가 마음을 바꿔 김나지움에 보내 주기로 한 사실을.

슈테피는 우선 의사 사모님에게 감사했다. 슈테피가 스벤에게 처음으로 빌린 책을 돌려 주러 갔을 때 스벤 엄마와 부딪혔다. 스벤 엄마는 슈테피더러 자리에 앉으라고 하더니 책과 학교에 대해 물었다.

며칠 후 스벤 엄마는 메르타 아줌마와 슈테피를 커피 시간에 초대했다. 메르타 아줌마는 얌전을 빼면서 안 가려고 했다. 그러다 결국 둘은 초대에 응했다.

의사 사모님은 슈테피가 재능이 있으니 김나지움에 가야 한다고 아줌마에게 말했다. 그건 메르타 아줌마도 벌써 몇 번이나 들은 말이었다. 하지만 아줌마로서는 슈테피에게 방

을 얻어 주고 책을 사 주고 필요한 물건을 사 줄 형편이 못
된다고 말했다.

그러자 의사 사모님은 예테보리 저택에 빈 방이 하나 있다
고 말했다. 카린과 약혼자는 8월 말에 결혼한다는 것이다.
집은 리제움에서 아주 가까운 곳에 있으며 슈테피는 이 집에
서 지내도 좋다고 했다. 집세는 필요 없지만 식사비만 약간
지불하면 된다고 했다. 책과 교재를 위해서는 장학금을 받을
수 있다고 의사 사모님이 말했다.

메르타 아줌마는 고맙다고 말하면서 생각할 시간을 달라
고 청했다. 에버트 아저씨가 고기잡이에서 돌아오면 의논할
생각이었다.

일주일 동안 슈테피는 그 어느 때보다 친절하게 굴고 집안
일을 잘 도와주려고 애썼다. 그런 노력이 통한 건지 아닌지
는 알 수 없었다.

의사 사모님은 가을 학기 입학 신청 기간이 이미 지났지만
슈테피가 리제움의 김나지움에 입학한다는 것을 이미 사실
로 여기고 있었다. 부인은 김나지움 교장과 친분이 있었던
것이다. 베리스트룀 선생님은 슈테피에게 수학책을 다시 빌
려 주었다. 슈테피는 혼자 공부해야 했지만 베리스트룀 선생
님은 슈테피가 모르는 게 있으면 언제든지 도와주겠다고 약
속했다.

베라가 말했다.

"실비아가 너랑 다시 같은 반이 되면 어떡하니?"

슈테피가 말했다.

"상관없어."

그건 사실이었다. 그날 아침, 가게 주인의 정원에서 그런 일이 있고 난 후 슈테피는 이제 실비아가 더는 어떻게 못 할 거라는 느낌을 받았다.

베라가 말했다.

"맞아. 도시에 가면 실비아도 이제 자기 멋대로 하지는 못 할 거야."

베라는 잠깐 말을 멈추더니 이렇게 말했다.

"네게도 다른 친구들이 생기겠지. 도시에 사는 친구들이."

슈테피가 말했다.

"그래. 그랬으면 좋겠어. 하지만 그래도 넌 내게 가장 소중한 친구로 남을 거야."

슈테피는 그 말을 하고 나자 가슴이 따끔거리며 아파왔다. 몇 주 전부터 에비에게 편지를 쓰지 못했다.

슈테피가 덧붙였다.

"너와 에비가 내겐 가장 소중한 친구야."

"에비가 누구야?"

"빈에서 가장 친하게 지내던 친구야. 일 학년 때부터 친구

였어. 늘 짝꿍이었어."

"그 친구가 보고 싶니?"

"응, 종종."

"부모님도?"

"응."

베라가 말했다.

"난 아빠가 보고 싶어."

베라의 아빠는 돌아가셨다. 베라가 미처 태어나기도 전에 물에 빠져 돌아가셨다. 베라 아빠와 엄마는 그 전에 제대로 결혼식도 못 올렸다.

슈테피가 말했다.

"엄마, 아빠, 에비, 그 밖에 빈에서 알던 사람들을 생각하면 이상한 기분이 들어. 그 사람들은 빈의 익숙한 거리를 돌아다니는데 난 여기 있는 게 이상해."

"거기서 살았으면 좋겠니?"

"그 사람들이 이리로 오면 좋겠어."

"여기 올 수 없대?"

"나도 몰라. 의사 사모님이 우리를 도와줄 수 있는 사람에게 편지를 써 준다고 약속했어."

슈테피는 눈을 감았다. 밝은 태양빛 때문에 눈꺼풀 안쪽의 빨간 부분이 희미하게 보였다. 아주 따뜻했다. 슈테피는 몸을 일으켰다.

슈테피가 말했다.

"수영하러 가자."

바닷물은 유리처럼 맑았다. 바닥까지 보일 정도였다. 바다 가장자리에는 갈색의 해조 다발이 찰랑거리며 떠다녔다. 슈테피는 그 중 하나를 집어 노란 수포를 터뜨렸다. 수포가 터지면서 쾅 하는 소리가 작게 났다. 이 해조는 이름이 바다 마름이지만 아이들은 '폭음 해조'라고 불렀다.

베라가 물었다.

"우리 다이빙할래?"

두 사람은 아이들이 늘 다이빙하는 바위 위로 올라가 바다 수면을 살펴보았다. 불해파리 바로 위로 떨어지지 않도록 조심해야 한다. 슈테피는 한번 그런 적이 있었다. 그때 팔과 가슴 전체에 붉은 발진이 생겼다.

다이빙 바위 오른쪽으로 몇 미터 떨어진 곳에 커다란 오렌지색 해파리가 떠다니는 게 보였다.

베라가 말했다.

"왼쪽으로 다이빙해야겠어. 저 해파리 꼬리가 길지도 몰라."

슈테피가 말했다.

"내가 먼저 다이빙할게."

슈테피는 숨을 들이쉰 뒤 코를 잡았다. 그러고는 도움닫기를 한 뒤 바위 가장자리를 내디뎠다. 슈테피는 눈을 뜬 채 푸른색으로 반짝이는 물 속으로 뛰어들었다. 그 순간 슈테피의 몸은 물 속에서 무중력 상태가 되었다. 슈테피는 수면으로 올라와 숨을 급하게 내뿜었다. 베라가 바위에서 다이빙하는 모습을 지켜보기 위해서였다.

여름은 더웠다. 8월이 된 지금도 바닷물은 따뜻해서 한참 동안 수영할 수 있었다.

슈테피와 베라는 누가 오래 잠수하나 시합을 하면서 바다 밑에서 돌을 주워 왔다. 물 위로 올라오는 동안 수면 바로 아래 있던 따개비에 슈테피의 무릎이 긁혔다. 모서리가 날카로운 따개비는 작고 단단한 껍질을 바위에 딱 붙인 채 산다.

피가 몇 방울 났다. 슈테피는 다리를 살펴보았다. 다리에는 파란 멍 자국, 긁힌 상처, 모기에게 물려 긁은 자국이 뒤덮여 있었다. 발바닥은 딱딱해져 있었다. 여름 내내 슈테피가 맨발로 돌아다녔기 때문이었다. 슈테피는 이제 일 년 전에 처음 섬에 왔을 때와는 모습이 상당히 달라져 있었다. 겉으로 봐도 달라진 모습이 잘 드러났다.

두 사람은 태양 아래 몸을 말린 뒤 옷을 입었다. 슈테피의 갈색 피부는 흐릿한 흰색으로 뒤덮여 있었다. 슈테피는 팔뚝을 혀로 핥았다. 소금 맛이 났다.

해변에서는 넬리와 소냐가 물 속에서 첨벙거리며 놀고 있었다.

넬리가 소리쳤다.

"안녕, 언니. 내가 수영하는 것 좀 봐!"

넬리는 이 여름에 수영을 배웠다. 평영과 배영을 할 수 있었다. 넬리는 통통한 돌고래처럼 물 속을 뛰어다녔다.

슈테피와 베라는 모래사장 위쪽에 자전거를 세워 두었다. 슈테피의 새 자전거는 햇빛에 빨갛게 빛났다. 그 자전거는 몇 주 전 슈테피의 열세 번째 생일 선물로 받은 것이었다. 생일날 아침에 눈을 떴을 때 지하실 문 앞에 세워져 있었다. 슈테피의 새 자전거가.

도로로 들어서자 베라가 물었다.

"너희 집으로 같이 가도 되니? 서로 펌프질해서 머리를 감겨 주자."

슈테피가 말했다.

"그래, 좋아."

두 사람은 기다란 언덕 위로 달리며 덤불 속을 지나갔다. 언덕 꼭대기에서 슈테피가 멈춰 섰다.

베라가 물었다.

"왜 그래? 이제부터는 내리막길인데."

슈테피는 아무 대답도 하지 않았다. 슈테피는 저 멀리 서

쪽으로 하늘과 맞닿은 바다를 바라보았다. 수평선 너머에는 육지가 있다. 내년에도 저 너머 어느 섬에서 부활절 축화가 불붙을 것이다. 지금은 날씨가 맑은 데도 그 섬이 보이지 않았다. 저 너머에는 섬도 있고 육지도 있다.

대서양 저 건너편에는 신기루처럼 미국이 있다. 가장 가까이에는 독일이 이미 점령한 노르웨이가 있다. 여기서 가장 먼 곳에 빈, 엄마, 아빠, 에비가 있다. 언덕 기슭의 하얀 집에는 메르타 아줌마와 에버트 아저씨, 의사 사모님과 스벤이 있다. 슈테피 곁에는 베라가 있다.

슈테피는 이제 세상 끝에 있는 게 아니었다. 슈테피는 바다 한가운데 외딴 섬에 있지만 혼자가 아니었다.

슈테피가 베라에게 말했다.

"가자. 누가 먼저 내려가나 내기할까!"

옮긴이의 말

유대인이라는 이유로 슈테피와 넬리는 어린 나이에 부모와 생이별을 하고 머나먼 스웨덴으로 피난을 옵니다. 바다 한가운데 외딴 섬에 도착한 자매 앞에는 혹독한 인생이 기다리고 있습니다.

총 4부작 중 첫 번째에 해당하는 이 작품은 슈테피와 넬리가 스웨덴의 먼 외딴 섬에서 생활하게 된 이야기부터 시작합니다. 오스트리아 빈에서 의사인 아버지와 함께 남부럽지 않게 생활하던 자매는 나치를 피해 머나먼 이곳까지 오게 됩니다. 처음 섬에 도착했을 때 언덕 기슭에 외로이 서 있던 하얀 집을 보며 슈테피는 세상 끝에 왔다고 느낍니다. 더 갈 곳도 없는 세상 끝. 외딴 섬에 덩그마니 놓인 외로운 집이었습니다. 하지만 그 외딴 섬에서도 슈테피는 마음을 터놓을 수 있는 친구도 사귀고, 진정으로 자신을 사랑해 주는 사람들도 만납니다. 그런 슈테피에게 이제 섬 마을은 더는 세상 끝 외딴 곳이 아닙니다.

"어떤 인간도 스스로 섬이 될 수 없다. 인간은 누구나 육지의 일부다. 인류라는 전체에 속하기 마련이다……."

아마 작가가 이 작품에서 하고 싶었던 이야기는 이것인지도 모르겠습니다.

우리도 외딴 섬처럼 고립되어 있다고 느낄 때가 있지요. 하지만 실제로는 우리 중 아무도 스스로 섬이 될 수 없습니다. 누구나 육지라는 전체, 곧 인류에 속할 수밖에 없습니다. 세상 끝에 내몰린 기분이 들 때, 바로 그곳에서 새로운 삶이 열리는 지도 모릅니다. 김나지움에 진학하기 위해 이 섬마을을 떠나기 직전, 슈테피는 바로 이 진리를 깨닫습니다.

이제 슈테피는 세상 끝에 있지 않습니다.

슈테피는 바다 한가운데 외딴 섬에 있지만 혼자가 아닙니다. 슈테피에게는 희망이 있고, 그 희망은 살아갈 힘을 줄 테니까요.

어린 슈테피로서는 힘들지만 그래도 꿋꿋이 살아가야 할 이유가 바로 그 희망입니다.

임정희